ハヤカワ・ミステリ

陸 秋槎

元年春之祭《がんねんはるのまつり》

元年春之祭

陸《りく》　秋槎《しゅうさ》

稲村文吾訳

TOKYO HAYAKAWA BOOKS

A HAYAKAWA
POCKET MYSTERY BOOK

Translated by
BUNGO INAMURA
First published 2018 in Japan by
HAYAKAWA PUBLISHING, INC.
This book is published in Japan by
direct arrangement with
NEW STAR PRESS CO., LTD.

装幀／水戸部 功

元年春之祭《がんねんはるのまつり》

[観家系図]

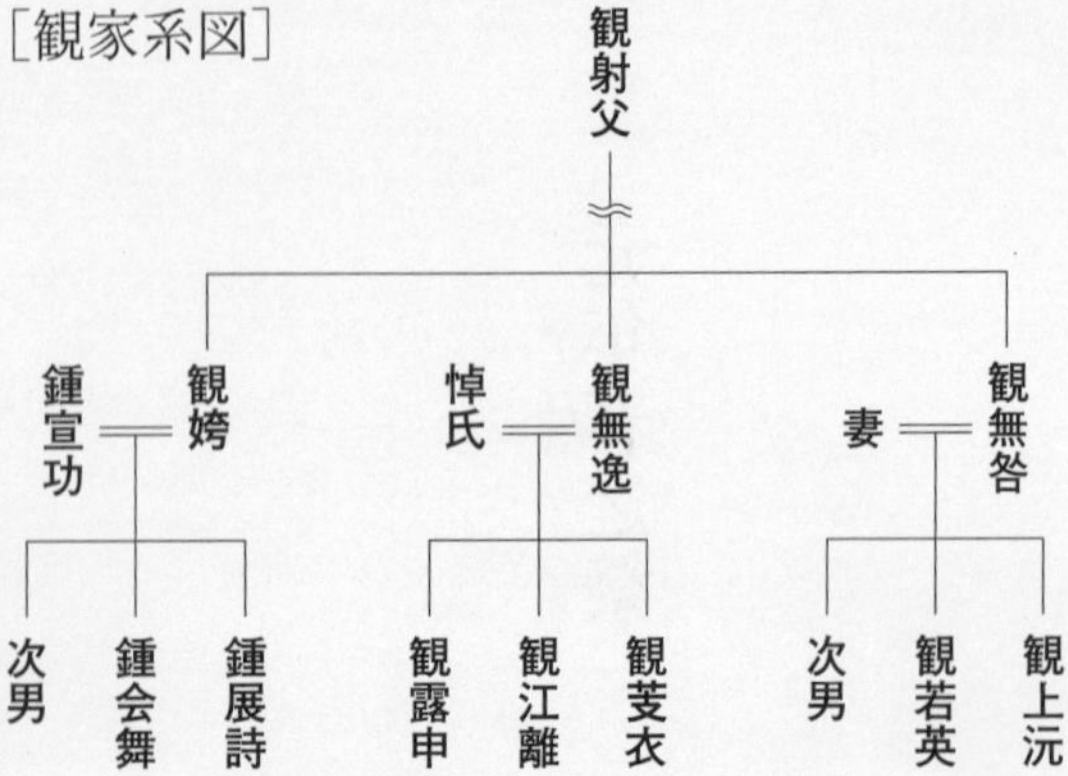

おもな登場人物

観無逸(かんむいつ)……………………観家の当主
悼氏(とうし)………………………………無逸の妻
観露申(かんろしん)……………………無逸の娘
観江離(かんこうり)……………………露申の姉
観芰衣(かんきい)………………………露申の姉。故人

観婩(かんか)……………………………無逸の妹
鍾会舞(しょうかいぶ)…………………婩の娘
鍾展詩(しょうてんし)…………………会舞の兄

観無咎(かんむきゅう)…………………無逸の兄。故人
観若英(かんじゃくえい)………………無咎の娘
観上沅(かんじょうげん)………………若英の兄。故人
観射父(かんしゃふ)……………………観家の先祖

於陵葵(おりょうき)……………………豪族の娘
小休(しょうきゅう)……………………葵の侍女
白止水(はくしすい)……………………学者

第一章

開春発歳《かいしゅんはっさい》、白日出でて悠悠たり。
吾将《われまさ》に志《こころざし》を蕩《とう》して愉楽し、
江夏《こうか》に遵《したが》いて以《もっ》て憂《うれい》を娯《たの》しましめんとす。
——屈原〈思美人〉

1

天漢《てんかん》元年、[1]雲夢《うんぼう》[2]の荒野《あれの》で、晩春の夕映えのなか少女が雉《きじ》を射抜いた。上には長襦《ちょうじゅ》、下には大袴《だいこ》をまとい、犀皮《さいひ》の矢筒を背負った姿は、武人と見まがういでたちである。傍にはこの地で育った少女が木陰に立ち、襜褕《せんゆ》（丈の短い単衣）を身につけて、夕暮れどきの温気《うんき》に耐えながら友人が射抜いた獲物を手に提げていた。

弓は父親から贈られたもので、長安《ちょうあん》の職人が古い作法で仕立てた弓だった。これだけの弓を作りあげるために、一年以上の期間が費やされている。本体に使われるのは、東海《とうかい》郡に生える柘《つげ》を真冬に切りた

1　紀元前一〇〇年。前漢の時代、第七代武帝の治世にあたる

2　現在の湖北省周辺の地域名

おしたもの。春がやってくると、前年の秋に手にいれた牛の角を水にひたし作業にそなえる。夏の時期には麋鹿《シフゾウ》の筋を丁寧になめす。秋に入れば、細工を終えた角と筋を朱色の膠《にかわ》で柘のうちそとへと貼りつけて、上から糸を巻きつけ、漆《うるし》を塗りかさねたうえで、冬の空気にさらすことで仕上げとする。

彼女はこの贈り物をかねてから大事にしていて、矢を射るときもつねに慎重に扱い、汚れをつけないようにしてきた。生きた的を射るのは、これがはじめてだ。はじめは動く的を射る要領がつかめずになんども的を外して、友人からの失笑をこうむっていた。その笑い声がまだ林のなかを漂っているところに、最初の獲物の血が緋色の蕚茅《ヒルガオ》の花へとはねとんだ。

彼女は幼いころから長安で育った。京畿《けいき》のまわりの山林は、おおよそが皇家の管理のもとにある。そのせいで、かつての将軍から弓術の手ほどきを受けてはいても、腕を見せる機会はほぼなかった。きょうのように心おきなく狩りを行うのは、まさにひとつの宿願だった。

そのうえ、この一帯はかつて楚王《そう》の狩場だったのだ。

かつては初冬の時節、軍備を固めるころになると、楚王は玉《ぎょく》の飾りに彩られた戦車に乗り、美しい弓と強力な矢を手に供の者を引き連れて、林を歩く獣たちを射ていた。みるまに雨のごとく矢が飛び交い、血肉が飛び散る。多くの矢を受けた獲物たちは倒れて動かなくなったのち、車輪に轢《ひ》きつぶされ歩兵に踏みにじられるのがさだめだった。柔らかく肥えた肉は、いちども舌に載らないまま泥と入りまじっていく。殺戮を終えて楚王は満足げに弓矢を置き、地面を埋めつくす屍《しかばね》と意気の衰えない兵士たちを見回す。朝霧のように薄い紗の単衣《ひとえ》をまとった少女たちが、鼻を刺す血のにおいのなかで踊りはじめる。その衣の裾は地面に触れ、たちまち血の汚れに染まっていく……。

しかし襄王《じょうおう》二一年（紀元前二七八年）になると、秦《しん》の将軍白起《はくき》が兵を率いて楚王を郢《えい》都から追い落とすことになる。その後、秦はこの地に南《なん》郡をおき、そして禁山を解いた。そこにくわえて雲夢官という職務を新たに設置し、この地を管理させることにした。百余年が経ち、雲夢でも平坦な土地は田畑として開墾《かいこん》されている。残されたのはいりくんだ地形で、峻険さゆえにもとあった姿が保たれ、いまでも山中の人々が木こりや狩猟を続けることができていた。

「儒者は魚を針で釣るだけで網を広げては獲らないし、狩りでも巣へともどった鳥はもう射ないと聞いたけれど。葵《き》は儒術を崇めているなら、こうして動物を殺してまわってはいけないんじゃないの？」

襜褕をまとった土地の少女は、息絶えたばかりの雉《きじ》を拾いあげて不平を漏らす。腹立たしげに顔をそむけていうものの、手は射抜かれた雉をしっかりとつかんでいた。実をいえば、長安からやってきた於《お》陵葵《りょうき》が雉をすこししとめて肴にしようといいだしたとき、偽りごとには向かない観露《かんろ》申《しん》の舌の裏からはいくらか唾が湧いてきていた。鏃《やじり》が雉の羽毛と脂肪へ突き刺さったときも、その心のなかではほとんど憐憫《れんびん》の情が巻き起こることもなかった。

3　長江中流域に存在した王国。紀元前二二三年に秦に滅ぼされた。作中時点では漢（前漢）の支配下にある露申がこう口にしたのは、弓を引くのができないことで葵に引けをとっていると感じ、悔しく思っただけかもしれない。しかしながら、いちども勝てずに終わることになる彼女と葵との競いあいは、このときまだ幕を開けたばかりだった。

　これから露申を待っているのは、どこまでいこうと落胆と劣等感だけだ。

「露申はきっと知らないだろうけれど」葵は毎度この言葉から話を始めたが、彼女の話すことを露申がまったく知らないのも毎度のことだった。「その〝釣《ちょう》して綱《こう》せず、弋《よく》して宿《しゅく》を射ず〟[4]の先生は、厩《うまや》から火が出たとき〝人を傷つけたるか〟[5]と聞いただけで、馬の命はすこしも気にかけなかった。人に食べられる側に同情しているなら、露申がわざわざ狩りについてきたのはどうして？」

「私はお父さまのいいつけを聞いて案内をしているだけで、葵の共犯になるつもりなんてまったくないのに」

　二人の少女はきょうの午前に顔を合わせたばかりだというのに、いまでは古くからの友のようにいいあらそいを始めていた。

「あなたのいうのとは正反対で、弓術はただの技術ではない。礼書の言葉によれば、〝射《しゃ》は仁《じん》の道なり。射は正《せい》を己《おのれ》に求む。己正しくして而《しか》る後《のち》に発《はっ》す。発して中《あた》らざるときは、則《すなわ》ち己に勝つ者を怨みず、反《かえ》りて己に求むるのみ〟[6]。勝負の色のある格闘の術と比べると、弓術のかなりの部分は敵と張りあうというよりも自分との闘いで、そこから自身の弱点を克服して、〝仁〟の境地まで到るの」

「ずいぶんと高尚なことをいうけれど、それより前に葵はこの血の流れる現実をよく見て。この屍と、命を奪うためにつけた傷が葵のいう〝仁〟だっていうの？　もし徳行を求めているだけならただの的で稽古や力試しをすればいいのに、どうして生きているものを屠《ほふ》る必要があるの？　ねえ葵、ただ獣の肉への欲にかられているだけなのに立派な理屈をひねりだして自分を欺くなんて、それが長安の人たちの性分なの？」

「それでいえば、露申はこの土地で育ったなら、雲夢澤《うんぼうたく》をなぜ〝澤〟（沼、湿地の意）というかは知っているでしょう？」

「それはもちろん。学問で葵には敵わないけれど、いちおうは貴族の血を引いているのだから、そこまで常識が欠けているわけがないでしょう」露申は頬をふくらませてみせたが、内心ではそこまで腹を立てているわけではない。「雲夢には湖が多くて水系がいきわたっているから、〝雲夢澤〟と呼ばれているんでしょう」

露申の答えを聞いて、葵はつい笑い声を漏らした。

4　《論語》述而
5　《論語》郷党
6　《礼記》射義

「それは俗にいわれる説明というだけ。字面だけ見て見当をつけるのでは、まっとうな儒者に笑われてもしかたがない」

「なら、そちらのまっとうな儒者はどう説明するの？」

「澤《たく》、擇《たく》なり」葵は落ちついた調子で説明を始める。「礼書の言葉では、〝天子将に祭らんとするときは、必ず先《ま》ず射を澤《たく》に習わす。澤は士を擇《えら》ぶ所以《ゆえん》なり〟[7]。ようするに、私のように澤で獲物を射止める人間が、祭祀《さいし》にたずさわる資格があるということ。雲夢は湖や沼にことかかないけれど、いまでも切り開かれていない山はかなり残っていて、無数の鳥獣がひしめきあい、となりあって暮らしている、絶好の狩り場でしょう。せっかく訪れたのだから、楚王が狩りをしていたころの規模は無理にしても、景色を前にして、おぼろげにいつかの雄々しい風格を推察することはできるでしょう。私も当然古人の道を追って、記念のため雉をしとめて持ち帰るというわけ」

「結局、肉が欲しいだけじゃないの……」

そういいながら露申は、手に提げた獲物の目方をみる――きっといいごちそうになる。

「自分は雉肉を食べたことがないようにいって」葵は背から矢を一本とり、意地悪く笑った。「そうでなくても、露申のように不器用な人は、動く的を射抜くなどできないんじゃない？」

「弩《ど》（いしゆみ）を使えば、私にだってできる」

観氏の一族は山深く住んでいるが、獣たちにそなえるため武芸の鍛錬も怠ってはいなかった。短兵器に向かない女子供たちも、ふだんから弩の鍛錬を積んでいる。

「へえ、弩？」葵の態度には見下しの気持ちがあふれていて、察しの悪い露申も気づくほどだった。

「武器にも君子と小人《しょうじん》のちがいがあるとするなら、弩はどう考えても小人が使うべきもの。露申、まがりなりにも貴族の子なら、自分を貶めて祖先を侮辱するようなものには触れないほうがいいと思う」

「弩のなにがいけないの。どうして葵はそうやって切り捨てるの？」露申はいいかえす。「たしか、弓をよくする家柄の生まれの李《り》広《こう》将軍も、採った戦法は〝千弩ともに発す〟だったでしょう。弓の腕はきっと葵のはるか上でも、率いる兵士たちに弩を禁じたりはしなかった」

「李広将軍は私がいちばんに尊敬する武人ね、あいにく私が生まれるのが遅すぎて、じかに教えを乞うことはできなかったけれど。そのとおり、あの方はいつも兵士たちに弩で匈奴《きょうど》[8]を射殺するように命じていた。弩は弓よりも性能で優るから。弩のほうが矢が速く、兵士の体力を浪費せずに、しかも弓よりも修得がやさしい。ごくわずかな鍛錬で文句のない威力を発揮してくれる。くわえて、どれだけ勇猛な武将でも三石《せき》（約九三キログラム）に達する力で弓を引くことはできないけれど、弩なら楽々と四石を超える力が出せる」

---

7 《礼記》射義

8 漢帝国の北方に位置した異民族

「だから……」

「だから、小人にこそお似合いの武器なの」そういって葵は顔をそむけたあと、露申に視線を送ってみせる。「ついいま知ったけれど、自分の目のまえにも弩がお似合いのつまらない人間がいた」

「そうとうな時間を費やして弓を引くことを身につけたって、ほかの人は軽く弩の懸刀《けんとう》（弩の引き金）を引けば葵よりも遠く、精確な矢を射れるのに、その見下しはいったいどこから来るの。手には時代にとり残されたがらくたを持って、口を開けば〝貴族〟、〝君子〟、〝儒者〟、ようするにそれは自分をかばっているだけじゃない」

「その通り、私はあなたの祖先と同じで、世間から笑われる宿命だから。時代遅れの人間で、古人の知恵と在りかたにあこがれて、いままさに流行っているものにはついていけない」葵がいうと、空の際にかかる彩雲もふいにその色を暗くした。「ともかく、この世はあなたたちの時代で、私のものではない」

「葵……」

ふいに顔をくもらせた葵を見て、露申は答えに困った。自分が葵のいう下等の人間そのものとは理解しながらも心中不快を覚えないではなかったが、それでも反発の感情はほとんど浮かんでこない。自分の学問や技芸が、先祖の名を汚す水準にちがいないとは承知していた。

もちろん、自分の祖先について知ることは少なかった。

「そういえば」葵はなにかを思いだしたようだった。つい先ほど夕暮れの雲とともにほの暗くなった光が、眼のなかでふたたび輝きだした。「露申はこの土地に住んでいるなら、司馬《しば》相如《しょうじょ》の〈子虚賦《しきょふ》〉を読んだことはある？　楚国の使者、子虚が斉《せい》[9]の国を訪れて王の狩りに随行したあと、雲夢のことを語りはじめるの」

「読んだことはないけれど」

「〈子虚賦〉で雲夢はこう描かれている」葵はゆっくりと朗誦する――

　雲夢は方《ほう》九百里、其の中に山有り。其の山は則ち盤紆《ばんう》茀鬱《ふつうつ》、隆崇《りゅうしゅう》嵂崒《ろつしゅつ》たり。岑崟《しんきん》参差《しんし》として、日月《じつげつ》も蔽《かく》れ虧《か》く。交錯糾紛して、上《かみ》は青雲を干す。罷池《ひち》陂陀《はだ》として、下《しも》は江河《こうが》に属《つづ》く。其の土《ど》は則ち丹青《たんせい》、赭堊《しゃあく》、雌黄《しおう》、白坿《はくふ》、錫碧《せきへき》、金銀あり。衆色炫耀《しゅうしょくげんよう》し、照爛《しょうらん》すること龍鱗《りょうりん》のごとし。其の石は則ち赤玉《せきぎょく》、玫瑰《ばいかい》、琳瑉《りんびん》、昆吾《こんご》、瑊玏《かんろく》、玄厲《げんれい》、碝石《ぜんせき》、碔砆《ぶふ》あり。其の東には則ち蕙圃《けいほ》有り、衡《こう》、蘭《らん》、芷若《しじゃく》、芎藭《きゅうきゅう》、菖蒲《しょうぶ》、茳蘺《こうり》、蘪蕪《びぶ》、諸柘《しょしゃ》、巴苴《はしょ》有り。其の南には則ち平原広沢《こうたく》有りて、登降陁靡《とうこういび》たり。案衍壇曼《あんえんだんまん》して、縁《めぐ》すに大江《たいこう》を以てし、限るに巫山《ふざん》を以てす。其の高燥《こうそう》には、則ち葴《しん》、菥《し》、苞《ひょう》、荔《れい》、薛《せつ》、莎《さ》、青薠《せいはん》を生ず。其の埤《ひ》濕《しつ》には、則ち蔵莨《ぞうろう》、蒹葭《けんか》、東薔《とうしょう》、彫胡《ちょうこ》、蓮藕《れんこう》、觚盧《ころ》、菴閭《えんろ》、軒芋《けんう》

9　現在の山東省周辺

を生ず。衆物《しゅうぶつ》之に居り、勝《あ》げて図《えが》くべからず。其の西には則ち湧泉《ようせん》、清池《せいち》あり、激水推し移る。外には芙蓉《ふよう》、菱華《りょうか》を発し、内には鉅石《きょせき》、白沙《はくさ》を隠す。其の中には則ち神亀《しんき》、蛟鼉《こうだ》、瑇瑁《たいまい》、鼈黿《べつげん》有り。其の北には則ち陰林《いんりん》、巨樹《きょじゅ》、楩柟《べんなん》、豫章《よしょう》、桂椒《けいしょう》、木蘭《もくらん》、檗離《はくり》、朱楊《しゅよう》、樝梨《さり》、樗栗《えいりつ》、橘《きつ》、柚《ゆう》の芬芳《ふんぽう》なる有り。其の上には則ち鵷鶵《えんすう》、孔鸞《こうらん》、騰遠《とうえん》、射干《やかん》有り。其の下には則ち白虎《はくこ》、玄豹《げんぴょう》、蟃蜒《まんえん》、貙《ちゅ》、犴《かん》有り……

「私からすればそんな文章、九度翻訳してやっと意味がわかるような異国の言葉ってところだけれど」「雲夢一帯の風土と産物を書いているだけ。露申は自分が育ってきた文化のこともまったく知らないということね」葵はまえへ一歩進みでて、露申を背にしていう。「私は長安で育ったけれど、もとは斉国から出た家系なの。だけれど、私の祖先はあなたのような栄誉ある生まれではない。たしかに私の家族はもとの土地でも商人として権勢を振るっていて、元朔《げんさく》二年（紀元前一二七年）のときには家産が三百万銭《せん》を超えていたから茂陵邑《もりょうゆう》に移った。[10] それでも旧里では、私の一族の出自は斉国の賢者、於陵仲子《おりょうちゅうし》の召使でしかなかったことをまわりも知っていた。於陵仲子は生涯廉潔《れんけつ》でどんなにわずかな恵みも受けず、そのすえに行方がわからなくなった方で、飢え死にしたという噂もあるのだけど。あとになって、私の祖先はその姓氏を僭用《せんよう》するようになったの。長安に移ってきたお父さまの代からは、まわりに自分が於陵仲子の子孫だと嘘をいうようになった。とはいっても、かの清貧の賢者に、あんな金のにおいのする後継ぎがいるなんてだれも信じないでしょう」

そういって寂しげに笑う。

「だから葵は、古い貴族の家に生まれた私を嫌っているの？」

「嫌ってなんかいない。ただ、いくらか嫉《そね》んでいるだけ。私も同じような生まれだったらどんなに良かったか。私がいくら経書《けいしょ》を考究して、武道を修得して、古代の賢人の徳行や言葉をどう真似たとしても、この生まれだけは変えることができないわ。私の身体に流れているのはそもそも臣僕《しんぼく》の血でしかない。しかも長いこと贅沢な暮らしを続けてきたものだから、この身体には古礼とはほど遠い悪習もやまほど染みついてしまって、そのせいでおこないをやましく感じることもある。雲夢に向かうあいだもずっと私は、もし観氏のような古い貴族の家に生まれていたらよかったのにと考えていた。それなのに……」

「なのに、名門の子の私に葵は失望したんでしょう？」

「そう、心から失望した」なんの遠慮もなく答える。「これまで私は、この頽廃《たいはい》した時代にあなたたち貴族の血を引く家だけは信頼に値すると考えていたの。私のあこがれるものをあなたたちは引き継いでいて、滅びて久しい楚国についての見聞を深めさせてくれるだろうと。なのにあなたは、古代のことをいくらも知らないうえに、いま生きる時代のこともおよそなにひとつ知らない。長安にいる悪友たちよ

10　武帝の政策による。茂陵邑は長安近郊、武帝の陵を囲む地区

りもがらんどうで退屈なくらい、あの子たちとは日ごろまさに流行っている品物や文章の話ができるから。なのにあなたは。まったく、かける言葉もないわ……」

聞いていた露申は、長く黙りこんだ。ふと、自分を村の農婦から根本的に分けるのは、読み書きができることではなく、農作業をこなせないことだと気づいた。羞恥《しゅうち》の涙をこらえながら、露申は襜褕の下襟を必死に握りしめ、息が詰まりそうなのを鎮めようとした。

「お供をするなら若英《じゃくえい》ねえさまのほうがよかったかもしれない。あの人は家族でいちばん古礼に詳しいから」

「それは、あなたの従姉の観若英さまのこと？ その方は私たちと同じ歳ではなかった？ それがどうして観家でいちばん古礼に詳しいの」

「お父さまはこの家の長男ではないから、家伝の教養はおおまかにしか学んでいないの。四年まえまでは、観氏の当主はお父さまではなくて無咎《むきゅう》伯父さまだったの。礼器もほんとうは無咎伯父さまのところにあって、祭儀もずっと上沅《じょうげん》にいさまと二人でとりまわしていた。二人の学識は太学《たいがく》の博士《はくし》に講義ができるくらいで、伯父さまにはいつも学者から教えを乞う手紙が来ていたし、伯父さまはよく上沅にいさまに返事を書かせていて。でも、四年まえに二人とも亡くなって、きっと失われた古礼はたくさんあったと思うわ」話すうち、露申の眉間の皺が深くなっていく。「伯父さまと上沅にいさまが死んだその晩、若英ねえさまだけが生き残ったの」

「その日になにが起こったの？」

「私にも、いったいなにが起こったのかわからなくて」露申が率直に答えると、かえって葵の混乱は増した。「ただ、みなが死んだ。それだけ」

「あなたの伯父さまの一家が？」

「伯父さまも、伯母さまも、上沅にいさまもまだ六歳だった従弟も、みなそこで死んだの。若英ねえさまはたまたま私の家にいたから、命が助かったけれど。死体を見つけたのは芰衣《きい》ねえさまだった」そう話して、はっと気づく。「そう、芰衣ねえさまももういない……」

「そういうことなら、どうして〝いったいなにが起きたかわからない〟といったの？」

「葵、なに、ひどいじゃない。こんな悲しい話にも一言も慰めようとしないで、ひとり勝手に質問ばかりして」露申は涙を流しはじめた。「ほんとうにいきさつがわからないの、芰衣ねえさまがいったときにはすべて終わっていたから。いまになるまで犯人がいったいだれなのかもわからないし、どんな理由があってあんな残酷なことをしたのかもわからない。あの日のことは、糸口のない謎がたくさん残っているの。葵はとても賢いし、世間をよく知っているから、もしかすると答えを出せるかもしれないけれど」

「よかったら、あなたの知っていることを聞かせてくれない？」

「わかった」露申はうなずく。「全部話せるといいけれど……」

そういって、服の袖で涙を拭い、視線を林の奥へ向けた。そこにはなにもないように見えたが、大きく広がった枝葉の落とす影に、なにかが潜んでいるかのようでもあった。このあいだにも夕陽は沈んでおり、影がじわりと葵の足元へと伸びてくる。露申はひそかに、宵の明星が上ってくるまえに話を終えられるのを望んだ。

2

早春はまだ名のみであった。

風が山間を吹きわたると、だれしも骨の髄へ否応なしに寒さが染み入る。

ふだんは勤勉で鳴る観芰衣《かんきい》も、この日ばかりは母屋で莞《フトイ》のござを敷いた床にぽつんと座り、凭几《ひょうき》（床に置いて体をもたせる家具）にもたれ、膝元には琴譜《きんふ》を広げて眠気と戦っていた。身体には分厚い服を羽織っている。

頭のなかでは楽の音がはるか遠くから響いてきているが、寒さにかじかんだ指先はすこしたりとも動こうとしてくれない。

芰衣のまぶたはしだいに重くなり、眠気がじわりと襲ってくる。覚えたての曲をひととおりさらいなおすまで、部屋にもどって寝るつもりはなかった。

眠気を破ったのは、扉を叩く音だった。

庭の入口は母屋から三十歩ほど離れており、風の勢いは弱まっていなかったが、扉を叩く音はくっきりと響いた。叩く力は強くないが、ひどく性急な調子だった。

立ちあがって長衣をひとまず軽く整えたあと、芰衣は母屋を出て、庭の入口へ走っていく。

日没のあとにひとときの粉雪が降って、山の背も平地ものこらず銀白色に染まっている。芰衣の家の中庭も例外ではなく、夜空の光は黒雲に隠されて、母屋の蠟燭《ろうそく》のみが頼りなく庭を照らしていても、薄く積もった雪は月光のように明るく澄んで映しだされていた。

足音が聞こえたからか、外の人間は扉を叩くのをやめる。相手の荒い息づかいが芰衣の耳に届き、芰衣はおずおずと声をかける。

「……若英《じゃくえい》?」

「芰衣ねえさま……」

芰衣は急いで閂《かんぬき》を外し、扉を開いた。

このときまだ十三歳の観若英が、呆けたような様子でとたんに芰衣の胸のなかに倒れこんできた。ぐったりした従妹を支えながら母屋にもどると、芰衣の父親である観無逸《むいつ》と芰衣の妹の江離《こうり》が駆けつけてきた。

なにが起きたのかと無逸が聞いたが、若英は顔を芰衣の腕のなかに埋めたまま、身体を縮めてなにも答えられない。しかたなく芰衣が耳元に口を寄せて聞くと、若英は蜘蛛の巣のように細々とした声で答えを返した。

「お父さまに……叩かれて……」

そのとき気づいたが、この天気だというのに若英は単衣を一枚着ているだけだった。そのうえ、背中に張りついた生成《きな》りの絹布には血の痕がにじんでいる。

若英を泊めるよう父親に訴えて許しが出ると、芰衣は従妹を自分の部屋まで支えて連れていった。母屋から歩くといくらか離れているので、自分の外衣を脱いで若英に羽織らせる。江離には、若英が着替えるための服をとりにいかせた。

部屋に着くと服を脱がせ、随所へ目を走らせる。若英の身体には、背から太腿のなかばにかけて鞭に打たれた傷が無数に刻まれていた。その素肌はまるでいままでまとっていた絹布のようで、鞭の痕は交差する縦糸と横糸のようだった。傷のひどい場所はすでに皮が裂けており、傷の軽いところも青あざになり腫れている。

もとより無咎《むきゅう》伯父の娘への扱いはあまりに厳しく、若英も反抗的な娘ではあった。幼いころから兄と同じく祭祀の術を教えこまれ、いずれは漢王朝の祭祀に加わる巫女となるよう期待されている。

芰衣の記憶でも、こうした折檻はきょうがはじめてではなかった。伯父の怒りはつねづね長く続き、往々にして若英を叩きすえるだけでは収まらず、母屋の裏の倉庫に一晩閉じこめなければ気がすまなかった。若英の兄である観上沅《じょうげん》も同じように強引な教育を受けて育ち、結果臆病な性格となり父親の考えにはわずかたりとも盾つかないようになっていた。

それに比べて、芰衣の父親の無逸が三人の娘へ向ける態度ははるかにもの柔らかだった。これは兄である無咎が、幼いころから観氏正統の継承者として自覚を育んできたからか。そのために無咎はたいへんな労力を払って学問を修め、楚の古礼に通じるだけでなく儒家の礼書にも渉猟を広げている。対して次男である無逸はいくばくかその名に恥じるところがあり、若いころには胡乱《うろん》な輩と交わってかなりの時間を無為に費やしていた。

「若英はこっそり逃げだしてきたの？」

傷口を拭いてやりながら芰衣は聞く。

痛みをこらえる若英は、かすかに首を縦に動かした。その様子に芰衣は涙を抑えられなかった。塩の混じる涙が傷口に落ち、若英が低く声を漏らしたが、芰衣にはそれがうめき声なのか、それとも自分が露わにした同情に応えたのかわからなかった。つまるところ芰衣は若英の運命を変えるのに無力で、こうして苦難を受けるのを見守るしかできないのだ。

「伯父さまはどうしてこんなことをするの？」

ほぼ意識しないうちにそう聞いていた。すると若英は首を横に振ったが、「知らない」ということか「いいたくない」ということか、これも芰衣には意思がつかめない。そのうち、若英も涙を流しはじめる。屋外に虫の声はなく、風の音と二人のすすり泣きだけが響きあっていた。

「もしや、伯父さまはまたあなたを倉庫に閉じこめたの？」

「いつも同じで……」

すると、芰衣の妹の江離が若英のための服を持って部屋に入ってきた。

このとき芰衣は十六歳、江離は十四歳である。

江離は従姉として若英の面倒をみるようよく両親からいいつけられていて、対して若英の父は娘に長幼の序を遵奉するよう教えこんでいた。結果、二人の少女はどちらも自分に都合のいい考えを聞いて、幼いころから江離は年長をかさに若英へ居丈高《いたけだか》にふるまい、若英はなんの遠慮もなく江離へ仕返しに出ていた。江離はさまざまな面で父親の無逸に似ており、祭祀の術にはさほど長けておらず、若英をまえにするとところなしか引け目を感じる。しかしその感情を覆いかくす手だてとして、さらに若英へはひどく当たることになった。

ことの三カ月まえ、江離は執礼の姿勢を若英に嘲笑され、頭に血を上らせて伯父へ若英の悪口を吹きこんだ。ためにその晩、若英は父親からひどく打ちすえられることになる。若英も自分が叩かれた原因が江離の誹《そし》りだと気づいて、この三カ月は意識して江離を避け、一言も交わしてはいなかった。

江離が部屋に入ってきても若英はなんの声もあげず、ただもと着ていた長衣を胸に押しつけ、江離に成長の途中の身体を見せまいとするだけだった。江離が歩き寄り、服をつかむ若英の手を握って、詫びの言葉を繰りかえした。

1　安逸をむさぼることがない、の意。《尚書》無逸

「ごめんなさい、ごめんなさい、ごめんなさい……」

江離の謝罪を聞いた若英は、しかし怯えたように目を閉じた。おそらくはいままで鞭打たれていたときにもなんども「ごめんなさい」と繰りかえして許しを求め、そのためにこの言葉で不快な記憶がよみがえったのだろう。

芰衣はいまが二人の仲直りを促す絶好の機会だと思い、折よく傷を清める世話が終わったこともあり、妹に若英へしっかり優しくするよう託して、自分はあちらの家が若英のことで心配しないよう伯父にこの件を伝えにいくといった。若英にも声をかけて落ちつかせ、彼女がここへ数日泊まれるよう伯父に許しを願ってくると伝える。

「いかないで……」

若英の引きとめる声を芰衣はまったく聞かず、扉の向こうへ姿を消した。江離は黙りこくったまま、若英に柔らかな服を着せてやる。のちに芰衣が亡くなってからは、江離がすべて若英の世話を焼くことになるのだった。

父親に事態を説明し、芰衣は火台《かだい》をとって伯父の家へ向かった。若英が逃げてきたときの足跡を遡って進んでいく。やってきたとき若英は草履《ぞうり》をはいているだけで、きっと寒く足元も危なかっただろう。いま自分は木靴をはきその内に足衣を重ねていて、重くはあるが足元はしっかりして、暖かさも優れている。そう考えて、さらに若英のことが憐れになった。

「無咎伯父さま、芰衣が参りました」

到着すると芰衣は風のなかで声をあげ、門の扉を叩いた。とたんに扉が開く。風の力で開いたのか、自分が叩き開けたのか。ただ、なかでだれかが応じたのでないのはたしかだった。

まさか、伯父の一家は若英がいないのに気づいて山へ探しにいったのか。

二つの家はどちらも谷間にあり、周囲は絶壁と険しい坂があるだけだ。伯父の家を出ると、山のどこへ向かうにしても進める道は二つしかなく、ひとつは芰衣たちの家に、もうひとつは反対の方向へ通じている。雪が降って間もないのだから、若英を探すのなら足跡をたどっていけばよく、なにも迷うことはない。しかしいま来た道には、若英ひとりの足跡しかなかったのだけれど……

心の奥から不吉な予感が湧き、夜の霧のように四方へ這い広がって、たちまち胸に苦しいものがこみあげる。深々と息を吸いこんでみたが、かえって胸の鼓動を速めるだけだった。しばらくして勇気をふるいおこし、芰衣は足を進めて門をくぐり、いまにも対面しなければならないだろう暗雲と夜露、危険を覚悟した。

庭に積もった雪は大まかに掃きのけられ、母屋に通じる道が作ってある。

芰衣は母屋のなかから漏れるかすかな光に目をとめ、そして玄関の外にうつぶせで倒れる人間に気づいた。

彼女はすでに、つい先ほどの不安な予感はおそらく現実になるのだろうと感じていた。そして自分がここから無事にもどれるかはわからない。それでもまえに進んでなにが起きたかをたしかめ、不幸の現場を目に映すほかにすべきことはなかった。

そして、芰衣は倒れていた身体まで数歩ほどの位置へ歩いていく。地面でいま凍りつこうとしている血を踏みたくはなくて、それ以上近づくことはできない。暗紅色の氷をこわごわ避けながら、倒れている人間の頭のほうへまわりこむ。軽く腰をかがめて、手にした火台を膝先に突きだした。

倒れた人間はすこしも動かず、すでに息絶えているようだった。死体の背中、左上寄りのところに内臓に届く深い刺し傷がある。傷口は硬く凍りついて、いまでは血は流れだしていない。

一歩後じさると、積もった雪を足が踏んだ。両脚を軽く曲げ、ほとんど地面にうずくまるようにさらに低く火台を近づけて、ようやく死体の顔をたしかめることができた。

——無咎伯父さま。

その表情まで見さだめる気は起きなかった。ふだんはいつも硬い表情で眉間に皺を寄せていた無咎が、いまわの際にどのような表情で死を迎えたか、いくらか想像はつく。

ふいに芰衣は、無咎の足元、雪の上に何列かの足跡が残って、火台と家の明かりの照らす外まで続いているのに気づいた。その足跡をたどって、母屋の西側の空き地まで歩いていく。すると、一本のすでに枯れた巨木が視界いっぱいに現れた。

木の上からは、断ち切られた縄が地面から七、八尺（約一六一－一八四センチメートル）のところまで垂れている。

縄の下には二つめの死体が、地面から曲がりくねって伸びる根の上にあおむけで倒れていた。若英の兄である観上沅は、七尺になる身体をこわばらせ、冷え切って、もはや動くことはない。火台の光で照らすとその首には五、六寸（約一二―一五センチメートル）ほどの刀傷があるのが見え、大量の血が四方に飛び散って、雪の上を点々と暗い赤に染めていた。

この場に背を向けて去ろうとした芠衣は、もういちど上沅の面影を見ようと思いなおした。幼いころからともに育った二人は実の兄妹のような間柄で、こうも突然に別れが訪れるとは夢にも思っていなかったのに。しかし向きなおった拍子に、足がなにかにつまずいた。数歩よろけただけで転びはしなかったが、火台が手から滑り地面に落ちる。

炎が完全に消えてしまうまえ、自分がつまずいたものを目がとらえた。はじめは木の根だと思ったが、地面にあるのは空になった木桶だった。

地面に落ちた火台を拾いあげて、母屋へ歩いていく。内心では、なかへは入らずにすまないかとばかり考えていた。きっとさらに凄惨な光景が目に飛びこんでくるのはわかりきっていた。もし火が消えていなければ、すぐに家へもどって伯父と従兄の死を父に知らせ、父とともにほかの死体と対面することもできたのに。

だがいまの芠衣は闇のなか夜道を家までもどるわけにはいかず、母屋に入って火台に火を入れなおす以外の道はなかった。

見越したとおり、母屋のなかにも惨状が広がっていた。伯母は背中を数度貫かれ、その腕に抱かれたまだ六歳の幼子は、首を切られ命を奪われていた。

二人の服は黒ずんだ血にまみれている。

凶器になった匕首《ひしゅ》は床に落ちていて、四人の血が残っていた。

その匕首に芝衣は見覚えがあった。居間にしつらえられた兵架へと視線を移す。思ったとおり、匕首の鞘が残っている。どうやら犯人は兵架からそれをとり、そして一家を殺していったらしい。となると、殺人を行ったのは賊ではなく、訪ねてきていた客というほうが納得できる。でなければ、一家全員の隙をついて匕首を手にとることはできない。

しかし……

今度は武器の並んだ木製の兵架に視線を向けると、そこには鞘に入った長剣が鎮座していた。剣身は鋳鋼で作られ、柄尻は円形を玉《ぎょく》で作り黼《ほ》紋[2]が刻まれて、鞘尻、鍔、剣鼻《けんび》（柄に嵌める装飾品）はすべて白玉《はくぎょく》である。鞘尻には鳳凰の紋様が描かれ、鍔には雲の紋が刻まれている。この剣は、芝衣の祖父が江陵《こうりょう》に住む鍛冶に作らせたものだった。実際に使われることはなく、ふだんからただここに置かれている。あの匕首も同じころに作られたものだった。どちらもひどく鋭利に研ぎあげられ、丁寧に手入れされている。使われることのなかった兵刃《へいじん》が結果、このようなことに使われるとは。芝衣はひそかに嘆息し、燃えている炉から火台に火を点けなおした。

庭から門をくぐると、ふいにとてつもなく悲しくなった。これまでは、死がそばにあるという恐れだけが内心の思いを占めていたのだ。数歩と歩かぬうちに涙が視界をぼやけさせ、火の明かりも頼りなく見える。目を伏せ、足先の雪の上へ涙を落とす。

そのとき、芰衣ははじめてある事実に気づいた。

――どういうこと？

たちまち鼓動が速くなり、扉のむこうに置いてきた怯えが再度襲ってくる。

――まさか、犯人はまだ家のなかに？

芰衣は、即座にことのいきさつを悟った――犯人が訪ねてきたのは伯父が若英を折檻して倉庫に閉じこめたころで、まだ雪は降りはじめていなかった。若英はおそらく客と伯父が母屋で話している最中、すでに雪が降っているなかを逃げだした。そう考えるのは、若英が押しこめられた倉庫は母屋の裏にあり、若英が逃げだすには母屋のまえの庭を通らないといけないからだ。逃げてきたときの若英は、自分が叩かれたといっただけで家族が襲われたことには触れなかったから、そのとき庭にまだ死体はなく、事件が起きるまえだったということになる。凶行のあと犯人はすぐに立ち去らず敷地にとどまっていた。なにかを探していたのかもしれない。それから犯人は、芰衣が扉を叩くのを聞いて身を隠した。

2　礼服にもちいられた模様のひとつ。斧をかたどる

その説明しかありえない。そうでなければ……

雪がまた降りはじめたが、若英が逃げたときと芰衣がやってきたときの足跡ははっきりと見ることができた。

雪は勢いを増していった。やっと自分の家のまえまで駆けてくると、背後の足跡はすでに休みなく舞い落ちてくる雪にかなり覆われていた。ならばきっと、この雪は伯父と従兄の骸にも降り積もっているだろう。芰衣は足を止めて雪のなかに立ちすくみ、悲しみのいっぽうで考えをまとめようとしたが、新たな説明はひとつも浮かんでこなかった。

その説明しかありえない。そうでなければ……

でなければ、伯父の家から伸びるもう一方の道には、なぜひとつの足跡もなかったのか。

3

「……これが、四年まえに伯父さまの家で起きた恐ろしいできごと」

露申《ろしん》が事件について話し終わったとき、空はまだ暗くなりきっておらず、夕映えの縁がわずかな闇に染まっているだけだった。

「四年まえ……」

葵《き》はその言葉を嚙みしめるうち、おのずとそのころのことを思いだしていた。

そのころ自分は十三歳になったばかりで、弓を習いはじめて間もなかった。手にできたたこはなんとなく破れ、見苦しい膿が流れだしたが、続けているとまた新しくたこができる。弓の指南役は元将軍にして歴戦の英雄で、顔には蜈蚣《ムカデ》のように傷が盛りあがっていた。とうとう二百斤（約四五キログラム）の強さの弓で八十歩離れた的に当てられるようになったとき、葵は勇猛な元将軍の笑顔をはじめて見た。傷のせいで、その笑顔は怒鳴りつけられたとき以上に凄絶に見えたものだ。祝いのため二人はその晩酒甕《さかがめ》を囲んで、断ち割った瓠子《ユウガオ》の実に酒を注いで飲み、元将軍は葵を酔いつぶれさせて家まで送りとどけることになった。慎みぶかい性格だった葵は、それからものいいに遠慮が消えた。

「ところで、その晩露申はなにをしていたの？」

「そのときはもう寝ていて、ねえさまたちも起こしてくれなかったの」

「ほんとうにあなたらしい」そうからかうが、葵は抑えた口ぶりだった。二人の間に漂う空気はまだどこか硬さがある。「犯人はいまもまだ捕まっていないの？」

「そう、いままでずっと」

「そういうことなら、すこしは力になれるかもしれない。京兆尹《けいちょういん》1さまのそばで、裁きをくだすときの心得を学んだことがあるから。長安では役人方に代わって事件をいくつか解決したこともあった。調べに関わることは難しいけれど、そのかわり手がかりを繫ぎあわせて真相を導きだすのが得意なの」そう話す葵は、ほんとうに露申のため手を貸したいと思っているのかもしれないが、自分の才能を見せびらかす機会を逃したくないだけなのだとしても話は通った。「先ほどの事件についての話は、あなたの姉の観芰衣《かんきい》さまから聞いたの？」

「そう」露申はうなずく。「ただし芰衣ねえさまはもう亡くなったから、これ以上詳しいことは話せないけれど」

「従姉の若英《じゃくえい》さまは？　事件のまえのことはいくらか覚えているんでしょう？」

「そうかもしれないけれど、だれもあの人のまえで事件のことはいいだせないの」露申は続ける。「あのことがあってから、若英ねえさまは気分の揺れ動きが激しくなって、いつも家のなかに籠もって玄関先の庭にもほとんど出ないの。二年まえの初夏、芰衣ねえさまがまだ元気だったころ、山で香草を採るといって無理やり若英ねえさまを引っぱっていったことがあったけれど、一里（約四百メートル）もいかないうちに若英ねえさまは、木の枝に棲みついていた蛇を見てへたりこんでしまったの。芰衣ねえさまが抱きしめてなだめようとしたけれど、それを若英ねえさまが突き飛ばして。そこに座ったままなんの表情もなく、なにもいわずに、左手も引きつったままだった。そうとうな時間が経ってなんとか立ちあがって、芰衣ねえさまに支えられて自分の部屋までもどったの。私は、芯が強いというのは鈍感な人のことではなくて、ああしてひどく繊細で、敏感な人こそほんとうに芯が強いと思う。ただ生きていくだけでたくさんの苦労を重ねて、たくさんの恐れを耐え忍んでいるんだから。それに若英ねえさまはあれだけ苦労して……」

　話しているうち、露申はすすり泣きを始めた。

「むかしの若英ねえさまはほんとうに勇ましくて、二人で山で遊んだときも私を守ってくれて……」

　葵は友人に歩み寄り、右手の指を包む革を外して、雉の屍で両手を汚した露申の涙を手の背でぬぐった。

「二つの家はすぐ近くにあるんでしょう?」

「そう。一里もないし、谷間の歩きやすい道だから。横の斜面も急で、獣が飛びかかってくる心配もない。だからあの晩、若英ねえさまは明かりがなくてもひとりで逃げてこられたの」

「そういうことか。芠衣さまがことを知らせたあと、あなたのお父さまも伯父さまの家へいったの?」

「そう、芠衣ねえさまも一緒に」

「ふうん、わかった。若英さまがあなたの家に現れたのは夕暮れどきのことで、雪はやんでいて地面には雪が積もっていた。だから伯父さまの家からあなたの家までの道には、若英さまが逃げてきた足跡が残っている。惨劇のことはなにもいっていなかった……」葵は整理する。「たしか、閉じこめられていた倉庫からあなたの家まで逃げてくるには、母屋のところの空き地を通る必要があるんでしょう?」

「かならずね」

「それなら、若英さまがわざと口をつぐんだのでなければ、凶行があったのは彼女が出ていったあとになる。でもそのときには雪がやんでいたから、犯人がそれよりもあとにもう一方の道から伯父さまの家へやってきたとすると、道にその痕が残ったはずでしょう。なのに芠衣さまが最初に事件の現場へ来たときには、伯父さまの家から山を出ていくほうのその道にだれの足跡もなかった。ということは……犯人は雪がやむまえに無咎《むきゅう》伯父さまの家を訪れていて、若英さまが出ていくときにもとどまっていたということ。なら、その間犯人はどこで過ごしていたんでしょう?」

「芰衣ねえさまの考えでは、その間犯人は客として母屋にいたんだろうと」

「それなら、殺しが始まったのは母屋で、最初に襲われたのはあなたの伯母さまと従弟、それから伯父さま、最後が従兄の上沅《じょうげん》さまとなる」

「凶器は母屋の兵架にあったんだから……」

「そここそ、納得のいかないところなのだけど」葵は首を振り、続ける。「あなたの話を聞いてからずっと、凶器についてひとつ疑問があって。この疑問が晴れないと、あなたの姉の推量は成りたたなくなるかもしれない。わからないのは、どうして犯人は兵架に置かれた長剣を使わず、匕首を凶器に選んだのか」

「そのほうが使いやすかったからじゃないの。家のなかで長剣を振り回すより、匕首《ひしゅ》を使うほうが都合がよかったかもしれない」

「室内ならそれでもいいけれど、ただ、伯父さまとお従兄《にい》さまはどちらも屋外で襲われていた。ひとまず、三種類の状況に分けて事件を検討してみましょう。ひとつ、事件のとき二人とも母屋のなかにいた。そう考えると二人とも臆病がすぎるでしょう、犯人が匕首を手にしただけで、女子供を置いて自分たちだけ逃げだしたのだから。犯人が追いかけてきたにしても、長剣をとるのが正しいはず。だからこの考えは否定できる。ふたつ、事件のとき伯父さまかお従兄さまのどちらかが家のなかにいて、もうひとりは屋外にいた。同じ理由で、この考えも成りたちそうにない。ではみっつめの状況、事件のとき二人とも母屋の外にいて、伯父さまは家族の悲鳴を聞いて駆けつけ、玄関先で殺された……」

「だとすると、なおさら犯人は長剣をとって襲いかかるはずでしょう？」

「そう」ここで葵が一時言葉を切ったのは、露申に考えを整理する時間を与えるためだろうか。「凶器の選択がひどく不自然。芰衣さまの推測は、この疑問が解けないのだからおそらく成りたたないはず。つまり、私たちはほかの可能性を考えないといけない」

「ほかの可能性？　わからない」

「もし殺したのが外の人間でないとすると……」

「葵、自分がなにをいっているかわかる？」

露申は一瞬立ちすくみ、手に提げていた雉も地面に落ちる。葵の考えにはもうついていけなかったし、これ以上葵の話を聞きたくもなかった。本能的に察したのは、目のまえの友人は禁忌の領域まで足を踏みいれており、このまま事件の整理を続けさせれば、二人が築いたばかりのつながりに影がさすということだった。

「当然、自分のいっていることはわかっている」葵は、露申が全身を震わせ、その歯が固く下唇を嚙みしめているのにまったく気づかない。「雪の上に唯一足跡を残したのは若英さまで、しかも伯父さまの一家で唯一生き残った人なのだから、この可能性も考えずにはいられないでしょう――あなたの従姉、若英さまが犯人なのか？」

しかし露中は黙りこんだままだった。

「彼女が犯人だと考えると、凶器を選んだ理由にとりかかるまえにもうひとつ解決すべき問題がある。つまり、若英さまはどうやって母屋に入り、凶器を手にしたか。折檻を受けて倉庫に閉じこめられたすぐあとに、大手を振って母屋に入っていけるとは思わないでしょう？　ただ、倉庫に閉じこめられたというのは本人だけがいっていることだから、もしかすると折檻のあとも母屋にいたのかもしれない。それなら凶器を手にとる機会があったことになる。次に、匕首を選んで長剣を手にとらなかった理由を探ってみましょうか。単純な理由で、匕首は長剣よりも隠すのに都合がよかったというのは考えられる。無慈悲な虐待を受けるのに耐えられなくて、若英さまが家族全員を殺そうと思いついたというのは無理な想像ではないでしょう。父と兄が母屋を出ていた隙に、母と弟の目を盗んで兵架からとった匕首を隠し持って、静かに二人の命を奪う。それから玄関口に隠れて伯父さまを待ち伏せし、そして目的を遂げた。背中を刺された伯父さまは外に数尺這っていって、そこで息絶えた。このときあなたのお従兄さまは庭の西側の巨木のあたりにいて、すぐそばで起きている惨劇に気づく由もなかった。若英さまは匕首を背に隠して何事もなかったように近づき、すかさず……露中、聞いている？」

「葵、もうやめて、これ以上いわないで。これからも友達でいたいから」

「この説明ははじめの推測よりはいくらか筋が通っているけれど、それでも納得のいかないところがいくらでもある。たとえば、枯れ木から垂れていた、切られた縄はいったいなんのためにあったのか。もしくは、あなたの姉がつまずいた木桶はどうしてそこにあったのか。完全な答えがあるなら、それは犯人が凶器を選んだ理由を明らかにしてくれると同時に、いまの疑問も一気に解決してくれるはず。私の話した推理はどこから見ても不合格ということになる」

よかった、葵が私の家族を疑っていなくて――露申は内心喜び、こわばっていた顔の筋肉も一気にほぐれた。それでも、心の底に植えつけられた翳りは去ってくれない。外の人間の仕業だという可能性は葵がほぼ否定してしまったのだ。つまりは葵の知恵に希望を託して、すべての疑問を氷解させる説明を考えだしてくれるのを期待するしかない――外から来た犯人はなぜ長剣でなく匕首を選んだのかを説明し、縄と木桶の目的を説明してくれるような……

だが、葵が露申の意志に従うことはない。天が与えた一切を見通す力は、依然として露申を傷つけることにしか働かないようだった。

ゆっくりと葵は口を開き、自分にとっていちばんに納得のいく答えを語りはじめた。

「私の考えでは、ほんとうの犯人はあなたの姉、観芰衣よ」

4

「犯人が長剣でなく匕首《ひしゅ》を選んだのが道理に合わないことに思えるのは、長剣のほうが匕首に比べて殺人に向いているというだけのことでしょう。ただ、それ以外なら匕首のほうが便利なこともある。だから、犯人がはじめに匕首を手にしたのがほかの使いみちを考えてのことなら、その行動もじゅうぶんに筋が通る」葵《き》はいう。「言葉を変えれば、犯人にとって殺人はその場のはずみでのおこないで、匕首をなにかのため使ったあとに、伯父さまの一家を殺すという考えが生まれたの」

露申《ろしん》は葵の言葉に応えなかったが、その話に慄然としたものを感じはじめていた。

「では、匕首ならやすやすと行うことができて、反対に長剣では難しいのはどんな仕事か？　もちろんいくらでも挙げることはできる、ただし現場に残った手がかりと合わせると、やはり、そう――犯人は殺人よりもまえに匕首を使って、木から下がった縄を断ち切ったんでしょう」

「あの縄を……」

葵になにも答えるまいとしていた露申も、思わず口を開いた。

「露申もあの縄の意味に気づいたのね。あなたの伯父さまは残酷な人で、若英《じゃくえい》さまに手心をくわえる気はすこしもなかった。娘が倉庫から逃げだしたのに気づいて、考えたのはさらにひどい罰を与えることだったの。私の推測では、その日に起きたことのあらましは——

芰衣《きい》さまが伯父さまの家に着いたとき、一家は全員まだ無事だった。伯父さまは縄を庭の巨木に結びつけて、お従兄《にい》さまは水をなみなみ注いだ木桶を持ってその横にいた。伯母さまとまだ小さい子は家のなかで火にあたっていたんでしょう。二人は芰衣さまが来たのに気づいて、なかで火にあたって身体を温めるようにいった。芰衣さまはそのとおりにする。そのとき、外の男二人の会話が聞こえた。

折檻を受けた若英さまが倉庫から逃げだしたことはすでに気づかれていて、伯父さまは娘がもどってきたら庭の木に吊るし、逃げだした罰としてふたたび鞭打つつもりだった。水桶が必要だったのは、いずれ若英さまが気を失ったら冷水で目を覚まさせられるように。それを知った芰衣さまはきっと啞然としたはず、若英さまの身体では、そんなすさまじい罰はとても耐えきれないだろうから。とにかく伯父さまを止めようと思った。そこで、兵架かられいの匕首を手にとり、木のところまで駆けつけて若英さまを縛りあげるための縄を断ち切ると、伯父さまといいあらそいが始まった。話しあいは決裂したままで、伯父さまはあくまで若英さまにしかるべき罰を受けさせるといいはった。そして……」

まもなく、葵の結論を飲みこんだ露申は、たちまち足元の地面が崩れ落ち、野原が宙に浮いて自分を巡り目まぐるしく回っているように感じた。

両の膝を寄せ、両手で太腿を押さえて低く構え、なんとか倒れてしまわないようにする。

「……そして芰衣さまは、匕首を使って一家全員を殺した。そうしたのは、ただ若英さまを守りたかったから。とすれば、あなたに話してみせた事件の現場のことも、その日はじめて伯父さまの家を訪ねたときの光景ではなく、自らこしらえた場面だったということ」

このときの露申はまだ知らない、率直で博識な葵が残酷な一面を持ち、それを侍女である小休《しょうきゅう》と二人きりのときしか露わにしていないとは。

この答えに思い至ることができたのは、鞭を振るうのに慣れた葵だからこそかもしれなかった。

小休に名をつけたのは葵で、《詩経》大雅《たいが》の詩、〈民労《みんろう》〉からとったものだった[1]。その名前を授けられたときから、葵よりもひとつ下であるこの少女の、忙しさばかりの人生が始まった。長安から楚までの遊歴のあいだも、小休は葵にたえずついてまわり、身辺の雑事を一手に担っていた。その姿を見ると、小休というのは表向きでしかなく、葵がつけた名前の真の意図は民労にあったとうかがえた。

葵と露申が狩りに出ているあいだ、小休は観家で葵に用意された部屋を掃き清めている。豪族の生まれの葵はかねてから衣食のたぐいには口うるさく、小休の奉仕もつねにきめ細かなものだった。ときおり葵は小休を罰することがあったが、その勢いは決して手ひどいものではなく、小休はい

---

1 〝民亦《また》労せり、汔《こいねがわ》くは小休すべし〟。民衆は生活に苦しんでおり、少しでも休ませてやりたい、の意

ちども涙を流したことはないほどである。しかし言うまでもないが、たいていは小休に落ち度はなく、厳しい主人が当たり散らしているにすぎなかった。

「でもそうだとすると、葵……」

「露申、なにをいいたいの？」

野原を突風が吹きぬけ、砂塵や花葉が二人の装束の裾をかすめてゆく。

露申の言葉を聞こうと葵は一歩進みでたが、露申はどこか不快そうに顔をそむけ、目のなかの涙でにじむ夕映えに見いった。

夕映えは終わろうとし、紅顔が枯骨《ここつ》へと変じて、鴉たちを空の際《きわ》へ舞わせていた。はじめは彩雲の縁《ふち》が夕空らしい紫に色づき、わずかずつ内側へと染みわたっていく。しだいに、鮮やかな紅は遥かな山と接する一所だけに追いつめられていった。気づけば落日は姿をすべて隠していた。一筋の光が尾根の向こうから雲のただなかに射し、重なる雲は黒々とした上をにごった金色に縁どられていたが、安手の飾りはみるまにすっかり引き剝がされていった。

西の空に寄り集まった雲はいつしか黒色の髑髏《どくろ》と化して、血にまみれた腐肉は一片たりとも残っていない。

そして暗雲は夜空に消えていく。下弦の月が昇るまでは、だれもその居どころに気づかない。

「……葵、せっかくだけれど、あの考えは成りたたないかもしれない」露申は低い声でいう。「もしほんとうに芰衣ねえさまが犯人なら、私たちに足跡のことを話す必要なんてないでしょう。自分ひとりだけが知っていることなのだから。芰衣ねえさまが家にもどってお父さまに状況を知らせたときには、強い雪がまた降りだして、ついていた足跡もすべて消えてしまっていた。芰衣ねえさまはじゅうぶん隠すことができたはず。道に足跡がなかったことさえ固く口をつぐんでいれば、雪が降るよりまえには外から来た犯人の足跡が残っていたとだれもが思ってくれる。もし犯人なら、そんなことを話すのはどう考えても自分に不利よ。足跡のことを話した芰衣ねえさまは、犯人のはずがないと思う」

露申の言葉を聞いて、葵はうなずいた。

「あなたが正しいかもしれない。私はその方の性格もまるで知らないから。あなたの姉は注意深い人だった？　ちがったなら、ついうっかり口にしてしまったということも……」

「葵は、芝衣ねえさまのことをどれだけ知っているの？」

「その方のことは、なにひとつ知らないようなもの。あなたにも若英にも面倒見がよくて、思いやりがあって、そして一年まえに亡くなったというだけ」

「なにも知らないくせに、いまは意地悪くその名を傷つけたのね。そんな葵は嫌い」

葵はうなだれて露申の非難を受けていた。

「芰衣ねえさまは生涯雲夢澤《うんぼうたく》を出ることはなかった。それがあの人からみて幸せだったか不幸だったかはわからないわ。知っているのは、ねえさまが雲夢の外の広々とした世界に思いこがれていたことだけ。

私の叔母さまは鍾《しょう》という楽府官《がふかん》（音楽をつかさどる楽府の役人）さまに嫁いで、ふだんは長安で暮らしているけれど、毎年この時期には雲夢澤にもどってきて祭祀を手伝うの。芰衣ねえさまは叔母さまから長安のことをたくさん聞いて、あこがれを持つようになった。なんでも、長安で相手を見つけてもらえるよう叔母さまにこっそり頼んだこともあったとか。なのにねえさまの未来について、お父さまには別の考えがあったのよ。もともとは、無咎伯父さまのところでは長男の上沅にいさまが祭祀の家伝を継いで、弟のあの子がうちの家系に入ることになっていたの。なのに四年まえの事件のせいで、お父さまは観氏一家の後継ぎの件について考えなおすことになって、その重荷はもちろん長女の芰衣ねえさまの肩にかかった。つまり、お父さまはあの人に……」

「その方に、贅婿《ぜいせい》（入り婿）をとってほしいと考えたんでしょう？」

「そう。雲夢澤を出ていくことばかり考えていたねえさまにとって、当然たいへんな衝撃だった。ねえさまの願いはずいぶんまえから変わらず、自分が雲夢の外に嫁いで、一緒に若英ねえさまも連れていくことだったから。芰衣ねえさまは、若英ねえさまを守って、あまりに厳しい伯父さまに傷つけられないようにするにはそれ以外ないと考えたんでしょう。ただし四年まえの事件のせいで伯父さまがいなくなって——こういってはいけないかもしれないけれど、事実そう——若英ねえさまを守るという願いは叶ってしまった。もしかするとこのときになってねえさまは、ほんとうの自分の願いはただ雲夢澤を、観氏の一族が隠れ住む辺鄙《へんぴ》な土地を出ていくことにすぎないと気づいたのかもしれないわ。繊細なねえさまはきっときつく自分を責めたでしょう、少なくとも自分では、勝手に過ぎる考えだと思った。そうして自分を責めていたからか、芰衣ねえさまはお父さまのいいつけに従うことになった。お父さまが贅婿を探してくるのを受けいれたの。ただ心のなかではきっとほんとうに、ほんとうに無念だったはず……」

「それはそう、あまりにも憐れな話」

芰衣の事情を聞いて、葵は思わず嘆息した。

富裕な家の娘にとって、贅婿と添いとげることはひどく忌々しい運命なのだ。

人によっては、贅婿は奴隷と差がなく、男子のない家が後継ぎを作るための道具でしかないと見る。女子ばかりで男子のない家族がその血と名をつなごうと考えたなら、贅婿の助けを借りるしかない。淮《わい》南《なん》のあたりのならわしでは、自分の子を売りとばすことを〝贅子《ぜいし》〟というらしい[2]——同じ〝贅〟の字を冠された贅婿の恵まれない立場もうかがえるし、贅婿たちの出自もおおかたがそれで説明がついた。

芰衣は、自分のため贅婿を招くと父親がいうのに同意したが、それは自分のための下僕を受けいれるのに同意したようなものだった。

ここで招くというのは、観家が男の下僕を使っておらず、贅子を買いとって芰衣の贅婿にあてる必要

2　〝贅〟は余りものの意

があるためだ。

芰衣と招かれた贅婿に男子が生まれれば、観氏一族の火は続いていくことになる。

しかし同時にそれは、芰衣が一介の下僕とともに一生を過ごし、恥ずべきことに下僕と房中のことをすませ、そして下僕の血を引く子を産まなければならないことを意味した。

十年あまり見つづけた長安の夢も消えうせることになる。

芰衣の未来には、なんの希望も待っていなかった。

「だから芰衣ねえさまはまもなく身体を壊して死んだし、きっとそのまえから心は死んでいたはず。病気がひどくなって、もう持ちこたえられないと悟ったときねえさまは私たち妹にいったの、〝ごめんなさい、私が死んだらきっと、あなたたちが私の不幸を引き受けることになる〟と。実は、江離《こうり》ねえさまがいままで楽器の修練を積んできたのも、ここを出て叔母さまの旦那さまのような楽師になるためなの。若英ねえさまは伯父さまの望みを果たすために、漢王朝の祭祀にたずさわる巫女になろうとしている。考えてみれば、あの役目を引き継ぐのは私しかいないはず……」

聞いている葵はただ眉をひそめ、立ちつくしていた。

「芰衣ねえさまは最期に、《楚辞》の九章《きゅうしょう》から一節を歌ったの、葵ならどの一節か見当はつくでしょう……いや、考えなくていい、答えは悲しい言葉にちがいはないんだから。もしあてが外れたら、寂しい言葉をよけいに聞かないといけない。芰衣ねえさまが最期に歌ったのは——

〝吾が生の楽しみ無きを哀しみ、幽独《ゆうどく》にして山中に処《お》る。吾は心を変じて以て俗に従う能《あた》はず、固《もと》より将に愁苦《しゅうく》して終に窮まらんとす〟[3]」

いつしか葵も、顔を合わせたことのない少女のため涙を落としていた。

「だけど露申、知っている？」涙が流れるままにいう。「贅婿より悲惨な運命もあるの。私も長女で、私にも向き合わないとならない未来がある。いえ、あるいは、すでに私は縛めを受けているのかもしれない。露申は知らないかもしれないけれど、春秋時代《しゅんじゅう》、斉国《せい》に謚号を襄公《じょうこう》という愚鈍な君主がいて、国じゅうの家に長女が嫁ぐことを禁じたの。結婚を禁じられた長女は家で祭祀を受けもつようになって、巫児《ふじ》と呼ばれた。[4]それから斉の人間は、もし巫児が男と交際すれば家族は災厄にみまわれて、その女自身もおそろしい不幸に襲われると信じるようになったの。いまでも斉には同じ風習がある。私は長安で育ったけれど、於陵《おりょう》家は斉の地から移り住んできた一族にちがいないから、このひどい習慣を固く守っていて。古代の暗君の命令があるだけで、一生の運命がすでに決められているの。そう、私は長女で、生まれたころからお父さまとお母様に〝巫児〟と呼ばれていた……」

そういって、葵は痛ましい笑顔を見せた。

3　屈原〈渉江〉
4　《漢書》地理志にもとづく

「わかるでしょう、露申、どんなに可笑しな運命か！　私は生きているかぎり、だれにも嫁ぐことはできない」

第二章

室家《しっか》遂《つい》に宗《とうと》び、食多方《たほう》なり。——《楚辞》〈招魂〉

1

宵がおとずれ、葵《き》は曲裾《きょくきょ》（漢服の一方式）の紗の単衣に着替えると、露申《ろしん》とともに広間に向かった。小休《しょうきゅう》は東側の料理場で観《かん》家の使用人たちを手伝って肴膳の支度をしている。

広間の屋根は支え木が鶡冠《かつかん》（ヤマドリの尾を飾りにするかぶりもの）のように高々と組みあがっている。戸のない入口のおもてには四つ折りの屏風。柱の合間に這わされた緋色の幄幕《あくまく》は金糸で紋様が縫いとられ、並べて嵌めこんだ玉《ぎょく》と飾り房で彩られていた。広間の左右にそれぞれ七股の灯台を配し、その先すべてに火を灯している。二つの灯台の中央には豆《とう》型の銅の薫炉がある。その作りを見ると、六国《りっこく》[1]のころの由緒あるものらしかった。かつて観氏の一族は楚国の祭祀を担っており、封ぜられる領地はきまって豊穣な土地であり、

1　秦が中国を統一する以前に並立していた諸国

王から賜《たまわ》るのはのこらず稀少な品であった。しかし戦火ののちは家と国ともに破れ、栄華は衰勢にいたって、塗金されたこの炉も当時の輝きは失せていた。

煙がいく筋かたなびき、灯火のもとでことに茫として見える。

長安で葵は、西域から伝わってきた珍しい香を好んで集めていたが、そのなかでも随一のものは月氏《げっし》国《こく》の使者が長安に持ちこんだ〝却死香《きゃくしこう》〟だった。どこかの離島で採れるものといわれ、採取は難しく見てくれも美しくはないものの、その芳《かぐわ》しさは並ぶものがなく、いちど焚くと数日香りが続いた。そのため値は同じ大きさの白玉《はくぎょく》にも引けをとらなかったが、手にいれるために葵はいくども使者の客舎のある藁街《こうがい》に小休を潜りこませていた。

それに対し、きょう観家で焚かれているのはごくありふれた蕙草《けいそう》（サクラソウ科の一種の香草）でしかない。しかし炉のなかには高良姜《コウリョウキョウ》や辛夷《コブシ》も詰められ、それが混じりあって葵のはじめて嗅ぐような香りを放っていた。

家長の観無《かんむ》逸《いつ》はすでに広間におり、葵は西方、東を向く上座を勧められた。

席のまえに置かれた食膳は表が漆塗りで、足は銅の塗金で覆われている。

葵のふだんの食事ではこのような食膳ではなく足のない柈《よ》の膳を使い、その上へ杯や皿を並べ杯に酒を注いでいた。食事をすませるあいだには、小休が毎度向かいに跪坐《きざ》し、両手で膳を捧げもって目の高さまで掲げる。食べ終えたあとにはその酒で口を漱《すす》ぐのである。食事のさい、葵の機嫌のよいときや料理が好みに合ったときは小休に顔をあげるように命じ、自らが手にした箸を小休の口へと運んだ。膳の平衡を保つのが難しくなるふるまいではあったが、小休はこれを満足に感じた。自分の仕事が主人から認められたのにちがいはないからだ。しかし葵が八つ当たりを向けてくるとき、あるいは食事が不満だったときには、小休は手ひどい仕打ちをうけた。葵は皿に残っている料理を順に小休の顔へ浴びせ、その後も膳を捧げているよう命じ、自分の気がすむまで続けさせるのだ。

膳に置かれた銅製の染器《せんき》は、肉を食べる際に使われる。ここでいう染器は上下二つの部分からなっていた。下部は小さく作った炉で、その上に銅の杯が置かれる。使いかたは、杯に用意の済んだ調味料を入れてから炉に火を点け、湯で火を通しておいた肉をそこへ入れて煮る。この手順によって肉の温かさが保たれるとともに、調味料の風味をよく移すことができるのである。当然、この染器はこの広間に三つしか用意されていない。ひとつは葵の膳へ、二つめはいまだ遅れているもうひとりの客へ、あとのひとつは家長の観無逸が使うことになっていた。

染器の左には羽杯《うはい》がひとつ置かれていたが、酒は注がれていない。横には酒をすくうための漆塗りの杓子があった。

葵は、自分の膳のすぐ横、床の上に置かれた犠尊《ぎそん》に目をやった。牛をかたどった銅製の器で、背中には蓋がついていて腹のなかに酒が注がれている。葵は七、八歳のころ《詩経》の詩、商頌〈閟宮〉で"犠尊将将《しょうしょう》たり"という一句と出会った。しかし長安の街では酒を入れるこのような器はすでに流行を外れており、いままで目にしたことはなかった。観家の使っているこれは前代から伝えられたものだろう。葵はふと感慨を覚える。牛は背の中央に穴を開けられても安らかで従容《しょうよう》とした表情を浮かべており、この従順きわまりない態度は、思えば自分の侍女ともいくぶんか似ているようにも見える。

観氏の一族と葵が席についた。家長の無逸の妻である悼《とう》氏と娘の江離《こうり》、露申も出席している。露申の横に座るのは従姉の若英《じゃくえい》。その席に並ぶ観姱《かんか》は無逸の妹で、長安からはるばるこの地を訪れ、葵よりも数日まえに到着している。その息子ひとりと娘ひとりも同行してきて観姱《かんか》の横に座っており、それぞれ名を展詩《てんし》と会舞《かいぶ》という。妹の会舞は小休と同じ歳で、兄の展詩はそれよりも五歳年上。観姱《かんか》と夫の鍾宣《しょうせん》功《こう》のあいだにはもうひとり息子がいるが、まだ幼く長旅は難しいという。鍾宣功は公務の多忙のためにここへは来られなかった。今年は、無逸が具合のすぐれないゆえに祭儀をとりしきることは諦め、いっさいの手配を妹にゆだね、舞踊を娘の江離に任せたのである。

客がまだ揃っていないため、一同は時間を持てあまし歓談を始めた。葵はきょう着いたばかりで午後も狩りに出ていたため、はじめて顔を合わせる相手が多く、彼らに向けて名乗る。

折よく小休が料理場での役目を終えて広間に現れ、葵の斜めうしろにひざまずき、まもなく主人の食事や酒の世話を始めるのに備えた。葵はその流れでその場の一同に小休を紹介する。《詩経》を読んでいる者はみな、〝小休〟という名づけはまことに的確だと感じた。その後無逸が葵へと親族を紹介する。

まだ姿を見せない客は名を白止水《はくしすい》といい、雲夢《うんぼう》の生まれで、この年で四十歳になった。若い時分には長安へ遊学し、夏侯始昌《かこうししょう》について《詩経》を学んだが、深い学識を持ちながらもついにひとつの官職も得ることができなかった。

当時の詩学は四家に分裂し、そのうち斉《せい》、魯《ろ》、韓《かん》の三家が官府から認められていた。そして白止水が長安に暮らしたころは韓嬰《かんえい》が代表する〝韓詩〟がいちばんの勢いを持っていた。今上帝が即位したころ、夏侯始昌の師である轅固生《えんこせい》はすでに齢九十に近く、皇帝に拝謁して学説の地位を求めるような活力はなかったし、まして夏侯始昌の代は年若く、皇帝からの信頼を得ることはできなかった。そのため、彼らの代表する〝斉詩〟は日増しに衰勢となっていったのである。

数年が経って白止水は郷里にもどり自家で経学の伝授を始め、ついに志を果たすことはなかった。学問の内容では、師の説を墨守するにあきたらず頻繁に新たな解釈を編みだし、また楚地の出身ゆえに《詩経》を解釈するのに巫鬼《ふき》（当時の民間信仰）の説をしばしば引くきらいがある。そのため同門からは異端と見られ、声望が雲夢の一帯を出ることはなかった。

この数年来は夏侯始昌の努力が実り、〝斉詩〟の一派はまた隆盛をとりもどしている。しかし同門から排斥を受けた白止水はまったく恩恵にあずかることができなかった。葵が白止水の学説に触れたのは長安でのことだった。自らも巫女である身として、その説にはたちまち引きつけられた。

白止水のとくに知られている説は、《詩経》の斉《せい》風に収められた〈南山《なんざん》〉以下六篇の詩の詳釈である。それらの詩は、長女に生まれ嫁ぐことのできない斉国の巫女を描いていると考えたのだ。葵はその学説に賛同はできなかったが、自らの悲哀が理解されたように感じていた。

馬のいななきが葵の追懐を断ち切る。間をおかずに白止水が広間へ姿を現した。八尺（約一八四センチメートル）の身体に、赤衣に紫の裳《しょう》の平服をまとい、幘《さく》で束髪し、ひどく端正な容貌である。いまは笑いを見せているが、眉のあいだには溝が細かく刻まれ、ふだんから憂憤のなかで暮らしその苦悶が額に焼きつけられたのだろうとうかがえた。

白止水が席についたのを機に、酒宴が本格的に始まった。

無逸は家の使用人たちに酒杯を満たすよう命じ、白止水に、そして葵に一献を注いだ。二人がそれを飲みほしたときには小休が二つの杯を満たして葵の膳に並べており、二人は手にとって主人へと勧めた。主人と客とがともに飲めば、その場の一同が一献ずつを飲みほす。そして、観姱《かんか》は観家の使用人に琴をとるよう、葵は小休に瑟《しつ》を用意するよう命じる。楽器が運ばれてくると、鍾展詩は琴に手を伸ばして奏楽を始め、会舞はそれに合わせて歌う。〈青陽《せいよう》〉であった。

　青陽開動《かいどう》して、根荄《こんがい》以て遂ぐ
膏潤《こうじゅん》並び愛し、跂《き》行《こう》　畢《ことごと》く逮《およ》ぶ

霆聲《ていせい》栄《はな》を発《ひら》き、巌処《がんしょ》傾け聴く
枯槁《ここうま》復た産し、迺《すなわ》ち厥《そ》の命を成す
衆庶熙熙《しゅうしょきき》とし、施《ひ》いて夭胎《ようたい》に及ぶ
羣生嗤嗤《ぐんせいかんかん》たり、惟《こ》れ春の祺《き》なり

それが国の祭祀で使われる曲で、平民が酒席で歌うのは許されていないと葵は知っている。しかし於《お》陵《りょう》家では似たような僭越も皆無ではなかったため、とくにやましく思うでもなかった。会舞の歌がやめば、葵は瑟を鳴らして〈頍弁《きべん》〉を歌う。その末節は――

頍《き》たる有る者は弁《べん》、実《まこと》に維《こ》れ首《こうべ》に有り
爾《なんじ》の酒既《すで》に旨《うま》く、爾の殽《さかな》既に阜《おお》し
豈《あ》に伊《こ》れ異人ならんや、兄弟甥舅《けいていせいきゅう》
彼の雪雨《ふ》るが如き、先ず集《あつま》るは維れ霰《あられ》
死喪《しそうひ》日無けん、幾《いくばく》も相見る無けん
酒を今夕《こんせき》に楽《たのし》む、君子維れ宴す

葵が《詩経》でとくに愛する詩のひとつで、酒を楽しむ際には欠かせないものだった。なかでも〝死喪日無けん、幾も相見る無けん〟の一句は、歌うたびに感慨で胸が満たされた。つまるところ人生は短いもの、〝古《いにしえ》より皆《みな》死あり〟、どのような巡りあいがあろうとも宴には終わりが来る。きょうの酒宴は、どうもこの詩の描きだす情景と並べるには物足りないようだ。だとしてこの詩を詠んだ者もいまではどこにいるというのか。その後この詩を歌った人間は少なくないだろうが、その何人がいま残っているというのか。

曲が終わって酒もおしまいになり、観家の使用人たちが湯気をたてる銅釜を広間へ運びいれて、釜のなかの肉を一同へ分けた。小休が横から葵の染器に火を入れ、肉を染杯へと浸す。葵の舌はあまり熱いものには耐えられないのだが、それでも冷めないうちに口へ運ぶ。味わいから考えておそらくは豚の肉、しかも肩のもっとも脂ののった部分で、葵はひそかに主人のもてなしに感じ入る。この程度の平凡な肴膳ではすでに満足できなくなっているとはいえ。

すこしして使用人たちが銅釜を運びだすと、次に運ばれてきたのは銅鍋で、なかには火を通した禽肉が盛られていた。きょう葵が射殺《いころ》した野雉である。使用人は胸肉を細く分けて葵にさしだし、酢器を用意した。肉を酢にひたして食べると、葵はなかなかの美味だと感じた。

続いて、炊いた白米を盛った銅簋《き》（穀物を盛るのに使われる）が宴席へと持ちこまれる。同時に運ばれてきたのはいくつかの菹醢《しょおう》で、なかには数種の漬物が盛られている（〝菹〟は漬物の意）。このときは露申がその手で菹醢のなかの漬物をとり、漆塗りの皿に載せて葵のまえへさしだした。葵が礼をいうよりもまえに露申が口を開いた。

「どうぞたっぷり食べて、これは葵漬だから。毎年九月になると、生えている葵をひとつずつ摘みとって、それからここに入れて塩漬けにするの。上に水を注いで空気に触れないようにすると、葵は息ができなくなって次の年には立派な葵漬になるから。葵をこうして食べるのが好きなの、歯切れがよくて爽やかで。葵も食べてみたらどう？」

　葵《フユアオイ》はこのころとくに食膳に上ることの多かった野菜であり、葵は幼いころからいまに至るまでたびたびくだらない人間たちから同じようなくだらない冗談を投げかけられていたから、すでに慣れて気に留めることはなかった。

「ちょっと」葵はため息をつく。「草花どうし、からかいあうのはやめましょう」（〝露申〟は香草の名）

　露申はそれももっともだと思いなおし、ばつが悪くなって黙りこんだ。席へともどろうとしたとき、葵が装束の袖をつかむ。

「待って、私は小さいころから同類は食べないから。あなたには責任を持ってこの葵を食べてもらわないと」

---

3 《論語》顔淵

「同類？」露申は勢いで葵の横へ腰を下ろし、指をさしていった。「この葵も食べていいの？」

「それはだめ。あなたは私を恨んで恨みぬいて、剝いだ皮に寝て肉を食らうくらいに恨んでいるの？」

口では三度続けて恨むといいながらも、その目は楽しげだった。

「だったら、皮に寝て肉を食らうくらい人を愛するのではいけない？」露申がいいかえす。「食べてしまう以上に、相手を自分の一部にとりこむ方法がなにかあるの？」

「人を愛するゆえに、相手を自分にとりこむ？　露申はそうとうに怪しい趣味なんだ」

「そう、なら自分を相手にとりこませるのはどう」

「それならずいぶん簡単になる」ほろ酔いの葵は軽く笑った。「相手を傷つけさえすればいい。この身体、皮や肉に傷をつけることではなくて、人の心を傷つけるということだけれど。相手がまちがいなく受けいれられないことをする、まちがいなく受けいれられないことをいう、そうすれば相手には生涯、あなたが心につけた傷が残りつづける。それならあなたは、その人間の一部分になる」

露申は静かに葵の詭弁を聞いていた。

「ただし、それだけでは不十分だけれど。つまるところ自分は自分であって、完全に相手の一部分としてとりこまれることはできないから。最後までやりぬくには、自分が消えてしまわないと」

「自分の死をもって相手を傷つけるの？」露申は不快の表情を露わにする。「そんな方法で自分の愛を表す人がいるの？　それを愛と呼んでいいなら、そんな愛は結果だけみれば、憎しみとどこもちがわないじゃない」

「ちがう、露申。それこそが最高の愛になるの。いにしえの名臣、直言極諫《ちょくげんきょっかん》、身を殺して仁をなすといわれる人たちは、まさにこの道理をおこないに反映させた――自分の死を用いて君主の心に傷を残し、そして諫言の目的を達する。兵をもって楚国を破った伍子胥《ごししょ》もそう、楚国の復興に心を砕いた屈原《くつげん》も同じこと。[4]二人の自殺の理由は同じような忠愛、自分の見識を君主の生命の一部分にすることにあったの」

「屈原はそんな、葵のいうような……」

「へえ?」葵はため息をついた。「そう考えるのはただ知らないから。なら私が、屈原はいったいどのような人で、どのような生涯を送ったか話してあげましょう」

4　戦国時代、楚国に尽くした重臣でもあった詩人の屈原は、外交について王を諫めたが聞き入れられず、のち入水自殺した

2

宴が始まって以来白止水《はくしすい》は観無逸《かんむいつ》と旧交を温めるばかりで、葵《き》はまったく話に加わることができなかった。しかし声高く放たれた言葉に、白止水はようやく気を引かれたようだった。そればかりか宴席の喧噪もたちまち消えうせ、だれもがこれから葵の話すことに好奇の心を抱いていた。

「私は十歳のときにはじめて読んだ〈離騒《りそう》〉を気にいって、暗唱できるほどに読みこみました。ですがそのころは、屈原の身の上についてはまったく知りません。二年後、長安に暮らしていた楚の巫女の方が家を訪れることがあって、そのとき屈原について多くのことを教わり、私の解釈にまちがいがあったかもしれないと思いはじめました。それからまた二年、屈原の作品すべてを読み通したいま、私は自分のはじめの解釈が完全に正しかったと考えています。最初は世間に広まっている屈原の事績にふれずに、〈離騒〉の文そのものから作者の身の上を推測したせいで、私の考えは一般のとらえ方とはかなりちがいがありました。なかでも屈原の伝記の記述といちばんに食いちがうのは、性別の問題です。私の考えでは、屈原の身元はひとりの士大夫《したいふ》（ここでは文官を指す）であると同時に、楚国の祭祀にたずさわる巫女だったのです」

「巫女……？」

その席の一同が驚きに声をあげあるいは議論を始め、場が騒がしくなった。葵は落ちつきはらってうなずいてみせる。

「まずは、屈原が作品のなかで自らをどう描いているかを整理してみましょう。《離騒》では、多くの部分で屈原は自らを女性として描いています。たとえば〝衆女余《われ》の蛾眉《がび》を嫉み、謡諑《ようたく》して余を謂うに善淫《ぜんいん》を以てす〟。しかも文をよく読みこめば、屈原はじつは自らを巫女としても描いていることがわかります。たとえばそう、〝願わくは彭咸《ほうかん》の遺則に依らん〟、それに〝吾《われ》将に彭咸の居《お》る所に従わんとす〟。この彭咸とは、文のなかの〝巫咸《ふかん》将に夕《ゆうべ》に降《くだ》らんとす〟という一句から考えると、《世本《せいほん》》[1]に記されている巫彭《ふほう》と巫咸のことだとわかるでしょう。この二人はいにしえの巫者で、ひとりは医術を、ひとりは筮法《ぜいほう》（筮竹による占い）を発明したといいます。ここまでが、屈原が自らを巫女として描いているひとつめの証拠です。

《離騒》やほかの作品で屈原はよく、自分が香草を集めるさまを描いています。これはまぎれもなく巫女のつとめでしょう、たとえば〝朝には阰《ひ》の木蘭を搴《と》り、夕《ゆうべ》には洲《しゅう》の宿莽《しゅくぼう》を攬《と》る〟、〝木根《もくこん》を擥《と》りて以

1　春秋時代までの帝王、諸侯などについて書き集めた書物

て茝《し》を結び、薜荔《へいれい》の落蘂《らくずい》を貫く〟というように。〈九辯〉のなかで宋玉《そうぎょく》[2]も、屈原のことを〝以為《おもえ》らく、君独り此の蕙《けい》を服すと〟と描いています。文に書かれているのは〝芙蓉を集めて以て裳《しょう》と為す〟、〝秋《しゅう》蘭《らん》を紉《つ》いで以て佩《はい》と為す〟というように草花で自らを飾ることです。しかし私にはどうしても、その目的のためにこれだけの香草を集めたとは思えません。儒家の礼書には古代の官制についてのくわしい記録がありますが、[3]そこでは〝女巫〟なる官職にふれていて、つとめのひとつに〝釁浴《きんよく》〟、つまり香草を用いて沐浴《もくよく》することが書かれています。これこそ〈離騒〉の主役が香草を集めるほんとうの目的でしょう。これが、屈原が自分を巫女として描いている二つめの証拠です。

そして、〈離騒〉には〝吾鴆《ちん》をして媒《ばい》を為さしむるに、鴆余に告ぐるに好《よ》からざるを以てす〟（毒鳥に結婚のなかだちを頼むと否定の言葉を聞かされた、の意）という一句があり、この〝好からざる〟は不吉なことを意味します。では、なぜ縁組は不吉なのでしょう。理由はごく単純で、文の主役は恋や婚姻に禁忌を負っていて、その恋はかならず不幸に終わるためです。これは屈原が自分を巫女として描いている三つめの証拠です。

伝統的な解釈では、このような書きかたは自らを寄託したものだといわれています。忠臣を美女に喩えたというわけです。ですが、私の考えはちがいます。なぜなら、比喩だというのなら屈原は作品のなかで一貫して自分を不幸な女として書くはずでしょう。ですが、屈原はほかの部分で〝余が冠《かん》を高くして岌岌《きゅうきゅう》たり、余が佩《はい》を長くして陸離たり〟と書きました。ここで描かれているのは自らのいでたちですが、士大夫が纏《まと》う男装なのは明らかでしょう。ほかにもうひとつの作品、〈渉江《しょうこう》〉も見ましょうか。

この詩で屈原は、〝余幼《よう》にして此の奇服《きふく》を好み、年既に老いて衰えず。長鋏《ちょうきょう》の陸離たるを帯び、切雲《せつうん》の崔嵬《さいかい》たるを冠す〟といいます。自らが奇服を好むというのですが、この服のどこがおかしいのでしょう、楚の士大夫としてなんの変哲もないいでたちでしかありません。しかし、もし女子がこのようないでたちをしていたなら、おそらく奇服と呼んでかまわないのではありませんか。つまり、屈原の作品の主役はひとりの巫女、それも幼いころから男装を身につけて歳を重ねてきた巫女なのです。これを比喩として説明するのはまったく筋が通りません。男装の描写がなにの隠喩なのか、だれに読み解けるというのでしょうか。比喩で説明がつかないのなら、考えの筋を変えてこの詩を理解してみましょう——ここまでのすべてはおそらく事実を描いたもので、屈原自身こそが一生男装をまとい、士大夫に身を置いた巫女だったのです」

葵が自らの論を語り終えると、白止水ひとりだけが〝重要な考えだ〟といい、露申《ろしん》は、とてもすぐには受けいれられないと口にした。対して葵は言葉をつづける。

「みなさまがこの考えを受けいれられないのはきっと、常識で考えれば女子は官職につけないからでしょう。対して屈原は左徒《さと》や三閭大夫《さんりょたいふ》をつとめ、さらに斉国へ使節としておもむき、楚国の憲令の制定に

2　屈原の弟子とされる

3　《周礼》

もたずさわっていますが、これは巫女につとまる役目とは思えません。ただ私は《左《さ》氏《し》春秋《しゅんじゅう》》と楚王家の系譜を読んだすえに、かつての楚国ではそのようなことがあってもまったくおかしくないと考えています」

「葵は、私たち楚人よりも楚の歴史や文化に通じているの？」

露申が不服げにいう。

「もちろん、そんなことはない。ただ《左氏春秋》という書は秘府《ひふ》に収蔵されていて、目にできる人間は限られています。賈誼《かぎ》（前漢の文章家）がこの書を知っていたという話もありますが、ではその学問をだれが受けついだかというと聞いたことがありません。そこで私は大金を費やして太史令《たいしれい》[4]さまの協力をとりつけ、抄本を手にいれました。ときどき《春秋経[5]》を引いてはいますが、ほとんどの文章は歴史を述べることに割かれています。いくつかほかの史料と照らしあわせられることも書かれていたので、ひとつずつ吟味してみると、《左氏春秋》に書かれたことはすべて誤りがないとわかりました。ならば、楚国が開かれたころの記述についても信用できると考えてかまわないでしょう。

《左氏春秋》には、子革《しかく》が楚の霊《れい》王に答えた言葉が記されています――〝昔我が先王熊繹《せんおうゆうえき》、荊山《けいざん》に辟在《へきざい》して、篳路藍縷《ひつろらんる》にて、以て草莽《そうもう》に処《お》り、山林を跋渉《ばっしょう》して、以て天子に事《つか》え、唯是れ桃弧《とうこ》、棘矢《きょし》、以て王事に共禦《きょうぎょ》す〟。前段は身を立てる際の苦心を語ったもので、難しい内容ではありませんが、そのあとの〝唯是れ桃弧、棘矢、以て王事に共禦す〟はすこしやっかいなのです。対して《左氏春秋》の別のところには〝桃弧《とうこ》、棘矢《きょし》、以て其の災いを除く〟とあります。つまり、楚国の祖人である熊繹は身を立てる際になんの才もなく、ただひとつできるのが桃の木の弓と棘のある矢で災いをはらい、祈ることだったと。ようするに、楚国が立つ基礎となったのは武力ではなく、巫術だったのです。

そこからうかがうに、かつての楚王は世俗の王であるとともに、だれよりも崇められる巫士でもあったのでしょう。熊繹から十五代つづき武《ぶ》王の代に至ると、国の骨組みにも変化が起きていました。そのころの楚国は、世俗の政治と宗教とがしだいに分かれていきました。巫者の地位は一時落ちこみます。そこで昭《しょう》王の代となると、国はやむをえず宗教改革を始めました。

宗教を刷新する提言を持ちだしたのはみなさまの先祖である観射父《かんしゃふ》、私がとくに崇拝する古人のひとりでもあります。観射父の提言は《春秋外伝》[6]に記されていて、みなさまは私よりも理解しているとは思いますが、〝地天の通ずるを絶つ〟として知られるものです。露申、この言葉の意味の正しいところがなにかはわかる？」露申が答えられないでいると、葵は話をつづけた。

「〝地天の通ずるを絶つ〟が表すのは、国が神道《しんどう》を築きあげること——なのです。神道という言葉は

---

4 修史や暦法をつかさどる太史寮の長官
5 春秋時代について記した歴史書。《左氏春秋》はその注釈にあたる
6 《国語》の名で知られる

《周易《しゅうえき》》に記されたもので、ここではただ話を簡便にするために借りたのですが。観射父がこの考えを説明したもとの文は〝顓頊《せんぎょく》之を受け、乃ち南正重《なんせいちょう》に命じ、天を司《つかさど》りて以て神を属《あつ》めしめ、火正黎《かせいれい》に命じ、地を司りて以て民を属めしめ、旧常に復して、相侵瀆《しんとく》する無からしむ〟といいますが、この意味を読みとくと、天と地との祭祀を二人の祭司に分けて担わせ、二人はどちらも王にたいして責務を背負い、王のみが二人を統べることができる、ということになります。天と地はそれぞれ神と民に対応し、おのおのの祭祀の権限は王の手に握られるのです。この説を観射父が提言したのはきっと、そのころの楚国の状況が根底にあるはずです。おそらく、そのころの楚国でも多くの大夫や士が、自らの家に巫者を養って使役し、天地《てんち》諸神《しょしん》を祀っていたのでしょう――このような個人による祭儀は、〝淫祀〟といってかまわないのではありませんか。これが続いたのなら国の祭祀が荒廃するのは必然、世俗の政令に従わせるのも難しくなります。だからこそ〝天地の通ずるを絶って〟みせる必要が生まれ、国の統御する祭祀の体系を作りあげて、新たに政教一致の国家をうちたてることになったのです」

「それはいいけれど、屈原の身の上とはどう関係するの？」露申が聞く。

「あせらないで、すぐにその立証にいきつくから」葵は続ける。「観射父はこの問題を論じるにあたって、巫とはなにかの説明もしています――〝民の精爽《せいそう》にして攜弐《けいじ》せざる者にして、又能《よ》く斉粛衷正《せいしゅくちゅうせい》にして、其の智《ち》は能く上下に比義《ひぎ》し、其の聖《せい》は能く光遠宣朗《こうえんせんろう》にして、其の明《めい》は能く之を光照《こうしょう》し、其の聡《そう》は能く之を聴徹《ていてつ》す。是《かく》の如くならば則ち明神《めいしん》之に降《くだ》りて、男に在りては覡《げき》と曰い、女に在りては巫《ふ》と曰う〟。つまり女にも神明と通じる力があると考えていた、これは説を組みたてるにあたってのひとつの前提です。

たしかなこととして、観射父は語ってこそいませんが、国の神道《しんどう》の体系を組みあげるにあたって天地を祀る二人の神職でことたりるはずはありません。王が世俗と宗教のすべてを統べるためには、国じゅうすべての巫者を管轄する制度、巫者に序列をつけ職務を割りふることが必要になります。

そのさい、巫女は男の巫者と同じように国の管理のもとに組みいれられます。この体制と、世俗の政治にたずさわる官僚の体制とは交わることなく進むものでしたが、後世にいたって二つの体制は不可分となり、はてには融合し、官僚と巫者とで立場が入れかわることもありうるようになります。そして、巫女の身である屈原が左徒や三閭大夫《さんりょたいふ》といった官職につくこともなんら奇妙ではなくなったのです」

仮説を語り終えて葵は広間を見まわしたが、その場の一同はうつむいて酒を飲むばかりで、自分の話にはまったく耳をかたむけていないようだった。そして気づいたが、観氏は昭王へ〝天地の通ずるを絶つ〟の提言を伝えた人物を先祖にもつだけでなく、屈原の時代、ともに国へ尽くした人物も先人としているのだ。はるか遠く、いいつたえでしか知るすべのない時代のことではあるが、それでも外の人間が知るべくもない故事が残ってはいるだろう。

観家の人々のまえで屈原について語るのは、不遜だったといってよさそうだった。

葵がそう考えていると、それまで口を開いてこなかった若英《じゃくえい》が考えを話しだした。

「於陵君《おりょうくん》のお話はとても面白かったわ、私のような蒙昧《もうまい》な者が聞くに、まちがいなく納得してしまいそうな考えだったから。あなたはもしかすると、屈原のような生涯にあこがれてもいるのかもしれない。ただ、屈原が巫女だった――という説を証明するのに、みっつの証拠を持ちだしたうち、ひとつは成りたたない」

そういう若英にはなんの表情も、語勢らしきものもなく、話す遅さは思わず先を急かしたくなるほどで、快活で潑剌《はつらつ》とした露申とは大ちがいだった。

「〈離騒〉の主役は恋や婚姻に禁忌を負っているから、その恋はかならず不幸に終わるといっていたでしょう。ただ楚では、そんな禁忌はないの。それどころか、むしろ……いえ、人前ではすこしいいにくいような話かもしれないわね。よければ、こちらへ来てもらって、耳元で話してさしあげるけれど」

「それは、私からいかないといけませんか」葵はおっくうそうに小休《しょうきゅう》へ向きなおり、その耳元でいった。「なんだか面倒そうね。こうしましょう、おまえが私の代わりに若英さまのところへいって、聞いたことを私に伝えなさい」

小休は膝をついたまま若英のところまでいき、その耳元に若英が話すのを葵は自分の席から見ていたが、口にしたのは一言だけのようだった。それを聞いた小休はひかえめに驚きの声を漏らし、反射的に手を口に当てた。誤ったことを口にしたと自覚するたびに、彼女はこの反応を見せるのだった。

葵のところへもどってきた小休はどこか放心したような様子だった。

「ええとその、や、やはり葵さま自ら聞かれたほうがよいかと、あの方の話はよくわからなくて……」

小休は戸惑いながらいう。隠し事のできない子だ。聡明な葵は、すぐに事情を察した。

「つまり、楚の巫女は淫奔《いんぽん》だというのですね？」

「そういうこと」

葵と若英の言葉に、その場のみなが驚いた。葵の横に座っていた露申は、一同の視線が集まってくるのを感じた。顔を覆って、ここを外したほうがいいかも、と静かにつぶやく。小休は苦笑いを浮かべながら露申を見て、その目で〝申しわけありません、葵さまはいつでもこうなのです、ご承知おきを〟と伝えてきた。

「そうなのですか？　私はてっきり、楚にも同じ禁忌があるものだと」葵がいう。「《左氏春秋》には〝女子為《た》る所以は、丈夫に遠ざかるなり〟という楚国の姫君、季芈《きび》の言葉が記されていましたが、似たような男女の隔たりは巫女となればさらに厳格だろうと……」

「あなたが触れた季芈はそのあと鍾建《しょうけん》の妻となった、つまり叔母さまの嫁いだ家の先祖。だからそのあたりの事情は、於陵君の想像するとおりとはかぎらない。そのとき昭王へ〝女子為る所以は、丈夫に遠ざかるなり、鍾建、我を負う〟といったのは、表向きは鍾建が自分をおぶったから自分は妻にならねばならない、ということだけれど、実際はただの口実。そのとき郢《えい》都は呉国の軍隊に落とされて、季芈は鍾建とともに雲夢のほうへ逃げつづけたけれど、二人のあいだにあったことはとうてい、おぶったなんて可愛いことではすまなかった……ほかになにがあるかは、自分で想像するといいでしょう」

若英が言葉を切ると、鍾氏の兄妹が忍び笑いをし覲婗《かんか》は不機嫌そうな顔になった。

聞いたとおりの反抗的な人だ、父親に懲らしめられるのも無理はない——葵は意識しないうちに、心のなかで若英をそう評していた。

「私は古人のことを軽く見ていたということ……」

「この雲夢は、外の人たちのおおかたが想像するような狩りしかない場所とはちがう。ほんとうは、別の役目もあった。於陵君が宋玉の〈高唐《こうとう》賦〉や〈神女《しんじょ》賦〉を読んでいるなら思いあたるはず。〈高唐賦〉で宋玉は、自分が襄《じょう》王とともに雲夢で露台に立ち、高唐の地の高殿を望むのを描いた。そして先王がかつて、巫山の神女と交わる夢を見たことも書いた。〈神女賦〉では襄王が神女を夢に見る。ただ、ことの実態はどうだったでしょうね」

「ええ、どうだったのでしょう?」葵は首をかしげ、興味を顔に浮かべた。

「襄王の代からいまにいたるまで二百年も経っていないから、色々と話も伝わっているの。そのひとつでは、襄王の出会った神女はじつは高唐の巫女だったらしい。宋玉のいう、先王が夢のなかで巫女と交わった、というのは、ようするにただ巫女と……」

そう言うあいだに、若英の語調と息づかいがせわしなくなっていく。

この人、もしかして興奮しているのか——葵は内心つぶやく。もしそうだとすれば、自身が楚の巫女への評そのものといっていいだろう。

「だからわかるでしょう於陵君、あなたの楚の巫女への理解は大きく外れている。男女の隔たりにあなたが想像するような禁忌はなかったし、それどころかふつうの女よりもずっと奔放だった」

若英の声は震えはじめ、いまにも精神の糸が切れるまぎわにいた。思えば芰衣が死んで以来、若英がこれほど長く話したことはなかったし、それゆえにその場のだれも彼女の話を止めなかった。

「ただそれを聞いて、ひとつ迷いが晴れました。ついいま私は、〈離騒〉を読んで導いた結論は、主役が巫女の身ながら楚王に恋心を抱いていたことといいました[巻末注1]が、どうやらその推測はまちがっていなかったようですし、傍証までたくさん得られたのですから」

「家や国を案じる巫女はときに、〝国は富強にして法は立つ〟[7]理想を実現するためには一歩譲ることも、対価をさしだすことも……私にだって、同じ覚悟はある」

葵と話すあいだ若英は左手から羽杯を離さなかったが、もとはそこへなみなみと酒が注がれていた。しかしその手がひどく震えるせいで杯からは酒があふれとび、袖を濡らしている。すでに杯のなかの酒はいくらも残っていなかった。葵はこれにまったく気づいていないが、そうでなければすでに話題を変えていただろうか。

---

7 《楚辞》九章〈惜往日〉

「若英さまの覚悟には心から感服します。きっと、その見方はいまここで思いついたのではなくて、長年の熟慮のすえにかたちになったのでしょう。ただその考え方は、常識的な人には受けいれられないはず。もしかすると若英さまはまえにもどなたかにこのようなことを……」

「話したわ」若英は葵の言葉をさえぎる。「お父さまに……もう亡くなったお父さまに話した」

「お父さまには理解してもらえましたか？」

「理解できなかった、のかもしれない」

そういいながらも若英の表情はみじんも変わらなかったが、はらはらとこぼれ落ちた涙が襟を濡らしていた。

そのとき、横に座っていた江離《こうり》が有無をいわさず若英を抱きおこした。

「若英は酔ってしまったようだから、私が送って帰るわ」

江離は落ちつきはらっていて、おそらく若英のこういった姿にはとうに慣れきっているのだろう。それどころか、家族全体が若英の病状を受けいれていて、若英も家族の寛大さを受けいれているとでもいえそうだ。

「於陵君、わかったわ」江離に支えられて広間を出ていくまぎわ、若英は背中ごしに葵へいった。「あなたたち斉の巫女は、ずっと禁忌を背負ってきたの？」

葵はなにも答えず、若英も質問を重ねることはなかった。江離を振りはらって一同の視線から抜けだし、夜の闇のなかへ消えていく。江離は、ひとりきりで帰らせるわけにはいかないとすぐ後をついていく。

「於陵君は斉の巫女だったか」白止水が嘆息する。もうひとりの客の名前は観家の使者から聞いてはいたが、葵の境遇をこのときはじめて知り、それがどのような運命を意味しているかに気づいたのだった。

「だとしても、できるなら自らの幸福を求めてほしい。私の研究によれば、《詩経》には巫女の婚姻について触れた詩がある、小雅《しょうが》の〈車舝《しゃかつ》〉がそうだ。しかも私の考察では、その巫女も禁忌を負っていた——巻末注2」

「いまの私は幸福です」

葵は白止水の言葉をさえぎり、変わることなく痛ましげに笑った。

「楚の巫女を心からうらやましくは思いますが、ただ私は家族を裏切りたくはありません。ひょっとするといつか、私に巫女のつとめを忘れさせるような人と出会い、ひょっとするとその人のためなら神明と先祖を汚して呪いを背負うこともいとわずに、その人のために魂を燃やしつくしておぼろな蛍火となるかもしれません。ただ私はまだその人と出会っていませんし、きっと出会うことはないでしょう。だから、どんな先例があるのかも、幸福かどうかも関わりがないことで、私はただ、ただ……」

小休が見計らったように主人の杯に酒を注いだ。葵はそれを飲み干しておし黙る。白止水もそれ以上はなにもいわず、うつむいて漆の皿の紋様を眺めるだけだった。

3

「ところで、博学なお客さま二方に、神明についてずっと教えを請いたいと思っていた件がありましてね。儒者は怪力乱神を語らないとは聞いていますが、このごろ神についてなにか語るとなると、儒家の言葉を引かないかぎり異端としりぞけられてしまう」

雰囲気を緩めるためにか、主人の観無《かんむ》逸《いつ》が口を開き、数日後の祭礼へと話題を向けた。

「観氏はかつて楚の国が行う祭祀にたずさわっていたが、そこで祀るのはおもに楚で信仰されている神明だった。そのうち最高格の主神が東皇太一《とうこうたいいつ》で、それに次ぐのが東君《とうくん》、司命《しめい》、雲中君《うんちゅうくん》といった天上の神、その次に湘君《しょうくん》、湘夫人《しょうふじん》、山鬼《さんき》といった山河の神明、その次が国殤《こくしょう》（殉国者）など人の霊となっている。屈原の九歌《きゅうか》[1]は、楚における神々の体系にもとづいて書かれているわけだ。私はいままで、東皇太一は楚のみで祀られる神だと考えていたのだが、聞いたところではいま漢朝の官府がおこなう祭祀も太一《たいいつ》を主神とするそうです。ただ長安で東君と雲中君に祭祀をささげているのは、楚ではなく晋の巫女だというので不思議でならない。そこでお二人にお話をうかがおうかと……」

「長安に遊学したころに郊祀《こうし》（都の郊外で行われる大礼）について聞きかじったことはあるが、なにぶん専門は《詩経》だから礼学についてはなにも知らないようなもので、おそらくその疑問を晴らすことはできないでしょう。ただ、於陵君《おりょうくん》は礼書にも通じているようだから、きっとなにか考えがあるのだろう？」

白止水《はくしすい》はこういい、自分の手に余る問題をそばの少女へと押しつけた。

「すこし酔ってしまっているようで、どう答えるかすぐに思いつきませんが」葵はいう。「ですからすこし時間を使わせてもらうことにして、まずは本朝の祭祀について整理し、それから〝太一〟の問題に答えを出すことにしましょう。なぜ晋の巫者が東君や雲中君を祀っているかというと……すみませんが、よくはわかりません。その役まわりの区分は高祖《こうそ》が漢朝を建てたときから決められているのですが、秦朝の制度を踏襲しているのでしょうか。ただしひとつたしかにいえるのは、太一、東君、雲中君といった神明は、楚のみの存在などではなく、戦国時代の各国に共通した信仰でした」

葵《き》の言葉は楚の信仰の特別性を否定するようで無逸はいくらか機嫌をそこねたが、それでも礼儀正しく寛大に受け入れた。彼からすれば、相手はどれだけ学問に篤《あつ》く見識が広いといっても、自らの娘と同い年の少女にすぎないのだ。

しかし続く言葉は、無逸が葵をあまりにも見くびっていた証となった。

---

1 《楚辞》の一部。十一の詩からなり、ここで挙げられた神明はそれぞれ題に冠されている

「〝太一《たいいつ》〟は〝大一〟や〝泰一〟とも書かれ、〝太〟と略されもする。国の官府がこれを祀るのは今上帝からのことです。それまで漢室が祀っていた最高神は五方の天の神、すなわち〝五帝〟と呼ばれる白《はく》帝《てい》、青帝《せいてい》、黄帝《こうてい》、赤帝《せきてい》、黒帝《こくてい》でした。それが元朔《げんさく》五年（紀元前一二四年）になって、山陽《さんよう》郡薄《はく》県の謬忌《びょうき》という方士が今上帝へ太一を祀ることを進言し、祭祀の方法も伝えました。〝天神《てんしん》の貴《たっと》き者は太一なり、太一の佐《さ》を五帝と曰う〟、つまり太一は五方天神を統べる最高神だといったのです。帝はその奏上を聞きいれ、長安城の東南のはずれに太一を祀る祠壇を作りました。これは、官府が太一を祀った最初のかたちでした。

二つめはひとつめへのつけたしとでもいいましょうか。ある人が古代の天子は〝三一《さんいつ》〟、すなわち天《てん》一《いつ》、地一《ちいつ》、太一を祀ったのだと進言しました。帝は太祝《たいしゅく》[2]に命じ、すでに建てた祠壇であらたに祭祀を行わせます。

その後またあらたに祭祀の方法が進言され、帝は聞きいれて祠壇のところで実行させます。このときは太一だけでなく黄帝、冥羊《めいよう》、馬行《ばこう》、皋山山君《こうざんさんくん》、武夷君《ぶいくん》、陰陽使者《いんようししゃ》といった神明も祀りました。これが三つめの祭祀。

そして元狩《げんしゅ》五年（紀元前一一八年）、帝は病から回復して神祠を建て、神々を祀ります。神々のなかで位がもっとも高いのが太一で、それに次ぐのが太禁《たいきん》、司命《しめい》といった神。これが四つめ。

元鼎《げんてい》五年（紀元前一一二年）に帝は、祠官の寛舒《かんじょ》に命じて甘泉宮《かんせんきゅう》（甘泉山に作られた離宮）に太一の祠壇を作らせます。謬忌の言葉にしたがった三重の作りで、五帝を祀る祠壇がまわりから太一の祠壇に仕えるようになっています。その年の冬至に帝は自ら太一を参拝しました。その晩は夜でもあたりが明るく、黄色の雲気《うんき》（吉祥とされる）が立ちのぼっていたといいます。これが五つめの太一への祭祀。

秋になると帝は南越《なんえつ》[3]の征伐を考えて、ここでも太一に参拝し、仕立てた霊旗《れいき》に太一三星《たいいつさんせい》を描いたので〝太一鋒旗《たいいつほうき》〟と呼ばれました。祈禱のさいには太史令《たいしれい》がこの旗を手にし、征伐しようとする国を指し示しました。これは六つめです。

最後に、元封《げんたい》五年（紀元前一〇六年）になって帝は、済南《さいなん》の生まれの公玉帯《こうぎょくたい》が進言した図の作りにもとづいて、奉高《ほうこう》県の南西に明堂《めいどう》（典礼や祭祀を行う宮殿）を建てました。明堂のくわしい作りをここで明かすのは無理でも、そこで祀られている神明は触れてかまわないでしょう。明堂では中心に当朝の高祖《こうそ》を祀り、同時に太一と五帝、後土《こうど》を祀っています。これは太一を祀る七つめのかたちになります」[4]

葵の総括が終わっても、聞いていた一同は戸惑った顔を見合わせるだけで、なんの結論も引きだせないでいた。

---

2 皇帝のための祭祀などを司る役職
3 現在の中国南部からベトナム北部にかけ存在した国
4 《漢書》郊祀志《こうしし》にもとづく

「ここまで話した祭祀は、大きく三種に分類できます」葵は話を続けた。「まず三つめと四つめは、太一とは何者かがあいまいで、祭祀のかたちも謂れにとぼしいように見えます。これらの祭祀のかたちは、方士が民間の信仰とまぜこぜに作りあげたもののおそれがあって、なにか結論を導くのは無理でしょう。

ほかの五つは二種に分けられます。第一の区分は、太一が至高の天の神として現れるもので、一つめ、五つめ、七つめのかたちがあてはまります。この三つの祭祀では太一はかならず五帝とともに現れ、五帝を統べるものとみなされていました。五帝は各方角の天の神なので、ここでの太一は謬忌のいう〝天神の貴き者〟にあたります。第二の区分、つまり二つめと六つめの祭祀のかたちでは、太一は数字の〝三〟と結びついていました。ぜひとも注目すべき点でしょう。六つめの祭祀でいう〝太一三星〟から推測すると、ここでの太一は星の名だとわかる。二つめの祭祀と合わせるなら、〝太一三星〟はおそらく天一と地一、太一に対応するのでしょう」

ここで葵は酒を一口飲み、話を続けた。

「ここからは、天象の面からこの問題を説明してみましょう。二種の〝太一〟を私は、我々の頭上の星空と関わっていると考えているのです。原初の考えでは、空の君主は太陽と月であり、星々おたがいの地位はおよそ平等なものでした。《尚書《しょうしょ》》洪範《こうはん》篇にいう〝庶民惟《こ》れ星なり〟とはこのことをいいます。のちに、占卜《せんぼく》の利便のために〝天官《てんかん》〟の体系がしだいにかたちになっていきます。天官《てんかん》の考えでは空を中、東、南、西、北と五つに区分し、それぞれがこの世のさまざまな事情に割り当てられます。たとえば中宮《ちゅうかん》は、人の世の王宮を表します。占星師の言葉によれば、〝中《ちゅう》宮《きゅう》は天極星《てんきょくせい》、其の一《いち》の明らかなる者は、太一の常居《じょうきょ》なり。旁らの三星《さんせい》は、三公《さんこう》なり。或いは曰く、子《こ》の属《たぐい》なりと〟[5]。ここでいう天極星は、じつは天空の正中にはなくやや北に位置しているために、〝北辰《ほくしん》〟と呼ばれる。孔子曰く〝政《まつりごと》を為すは徳を以てす、譬《たと》うれば北辰の其の所に居《お》りて衆星之《しゅうせいこれ》と共にするが如し〟[6]、ここで触れられているのが天極星です。この星はたいへん特別な地位にいるので、またの名を〝帝星《ていせい》〟。それに〝太一の常居なり〟という言葉からは、この星が太一だともわかります。《春秋公羊《くよう》伝》昭公《しょうこう》十七年に〝北辰亦大辰《またたいしん》と為す〟とあるのも、北辰が太一星だという傍証であって……」

「だけれど」露申《ろしん》が葵の言葉をさえぎった。「葵はついすこしまえに、〝太一〟は三つ星のひとつだといわなかった？　そういうことなら、太一は〝旁らの三星〟のひとつということにならないの」

「そのとおり、露申はなかなか察しがいい。この〝旁らの三星〟はいわゆる〝太一三星〟で、〝三一〟は天一星と地一星、太一星からなる」

「なら天極星というのは？」

「それも太一星」

5　《史記》天官書
6　《論語》為政

「どうして太一が二つもあるの」そういいながら露申は左手の食指を酒にひたし、膳の上へ大きな星ひとつと小さな三つ星を描く。

その手を葵は握り、三つ星のところまで動かしてそれを囲むように四角を描いた。

「小さな三つ星を合わせたのが〝太一三星〟。私の考えでは、この三つ星はもともと、大きな太一星が分かれて生まれたもののはず」葵はいう。「こういってはあまり正確ではないかもしれない、そうしたらどう表せばいいか……」

「葵の出した材料からは、ここまでの話しかできないんじゃない。大きな太一星と太一三星のつながりは、まだ説明できていないと思うけれど」

「そう、ならひとつ材料をくわえましょう。儒家の礼書の言葉に、〝夫《か》の礼は必《かなら》ず大一《たいいち》に本《もと》づき、分かれて天地と為《な》り、転じて陰陽《いんよう》と為り、変じて四時《しいじ》と為り、列《れつ》して鬼神《きしん》と為る。其の降《くだ》すを命と曰《い》う。其れ天に官《かん》するなり[7]〟とあります。この〝大一〟は太一のことですが、ここでいわれている〝太一〟なるものはただの天の神ではなさそう。〝其れ天に官するなり〟ということはそれが天を支配しているのだから、天よりもさらに一段上ということになる。

《老子》第二五章に曰く〝天は道に法《のっと》る〟、ということはこの〝太一〟はもしや道を表すのではないか。私はそう考えてかまわないと思います。〝分かれて天地と為り〟という言葉からわかるのは、天地は〝太一〟が裂けてできたものだということ、ならば太一というのは天地が分かれるまえの混沌のことでしょう。すべてが含まれていた混沌の〝太一〟が裂けたことで天と地が生まれ、さらに残された部分が神としての太一になったのです。

ですから、おおもとの太一が対応しているのが太一星、つまり天極星で、そこから生まれた天、地、神がそれぞれ〝太一三星〟の天一と地一、太一に対応するということです[巻末注3]」

葵のそばに座っていた白止水が惜しみなく拍手を送り、露中も葵に尊敬のまなざしを向けた。

「しかし於陵君、ここまでの弁論は私の質問とはまったく関係ないようだが」年長者として無逸は遠慮なくその点を突いた。

「すぐにその話へいきつきます」少女である葵は少女らしい口ぶりで答えた。「ただ、とてもお恥ずかしい話なのですが、質問がなんだったのかすこし思いだせなくて……」

私も覚えていないのだ――無逸はできればそう同調したいと思い、それは事実だったが、年長者としては口に出すわけにいかなかった。露中もこの状況に気づいたが、こちらも父親がいったいなにを教わろうとしていたか思いだせなかった。小休《しょうきゅう》はこの気まずい空気を察したものの、立場を考えれば割って入るわけにはいかない。

それでも、小休は口を開いた。

叱責されることを知りながら小休が僭越なおこないに出たのは、おそらく主人からの注目を引こうとしたのだろう。

「お嬢さま、すこし解せないのですが……」小休は葵の袖を引き、おずおずと聞く。「お嬢さまがおっしゃった〝太一〟は北辰ですが、観さまが聞かれたのは〝東皇太一〟のことでした。ひとつは北でひとつは東、ほんとうに同じものなのですか？」

「ほんとうにおしゃべりな子」ふりむいた葵は、小休の頰を引っぱってふざけたようにいう。「ただ、好奇心が豊かなのは私とそっくり。これなら《詩経》から名前をつけてあげたのに釣りあうというもの」

「おしゃべりなのも葵とそっくりだと思うけれど」

露申が横でくすくすと笑う。

「お嬢さまは私のようにおしゃべりではありません」

露申の言葉に小休が反論したのだった。その場のみなが思わず笑いだす。気づいた小休はきまり悪そうに顔を赤らめ、首を引っこめた。

「では、今回は特別に召使にかまってあげましょう。この天下にここまで思いやりのある主人はなかなかいないでしょうね」だが葵は、内心では小休のおこないを認めていた。気づまりな空気があれで緩んだのはたしかだ。しかし言葉の上で譲るわけにはいかず、主従として上下の別をはっきりさせる必要があった。小休の耳元に寄り、せいいっぱい抑えた声でいう。「部屋にもどったらたっぷり懲らしめてあげる」

黙ってうなずいた小休は、まったく恐れは感じていない。先に逡巡《しゅんじゅん》を見せたのは、人々のまえで話すことを恥ずかしく思っただけだった。葵がたびたび居丈高に自分へ接するのは、主人として立場を守る以外の理由はないとわかっている。

「これから話す説明は完全な私の推測で、おそらく確実な証拠もまったく見つからないでしょう。ですが文献を読みこみ、風俗を熟慮してみればこれ以外の結論はないはずです。考えるに、時代が移りかわるにしたがって、四方の尊卑に関する考えも変わっていき、太一の住む方位も変わる必要ができたのでしょう。その理由は、すでに話したとおりで……」

「そうだった？」

露中は理解が追いつかないようだが、小休は眼に好奇の輝きを宿している。

「もう話したでしょう、原初の時期、古い民の考えでは天の君主は太陽や月で、星々は庶民に等しかった。そして天官の体系が生まれると考えが変化して、天極星、つまり北辰が天を統治するものとなった。いってしまえばこの二つの信仰のかたちは、前者が太陽崇拝、後者は我々もよく知っている星辰崇拝にあたるでしょう」葵は説明を続ける。「こう理解していれば、すべてがはっきりします。太陽崇拝の体系においては、太陽の昇る東の方角がもっとも崇められます。《易経》説卦伝《せっかでん》では〝帝《てい》は震《しん》に出づ〟、そして〝震は、東方なり〟つまり帝王が東から現れるというのですが、この〝帝〟が指すのは太陽ということになります。だから、太陽を崇めた楚人からすれば、最高神である太一は〝東皇〟ということに。そして星辰信仰の体系では、星々の動きから超然とした北辰が帝王に相当し、ゆえに北の方角がなによりも崇められるのです」

「だけれど、於陵君」今回の祭儀を執り行おうとしている観姱《かんか》がこらえきれず口を開く。「楚で祀られる太陽の神は東君で、東皇太一ではないわ。あなたの説明は実際とやや食いちがっているから……」

「ではこうは考えられませんか、はじめ楚人が第一に崇めていた神は東君だったが、東君はその地位をしだいに太一に奪われ、太一が〝東皇〟という呼び名を冠されるようになったと。私には、そもそも〝東君〟は〝東皇〟を意味するように思えます。はじめて九歌を読んだとき疑問に思ったのが、どうしてはじめに〈東皇太一〉があるのに、そのあとに〈東君〉がおかれているのかでした。いま考えればこの説明で筋が通るのではないですか」

「ひょっとすると、あなたのいうとおりかもしれないわ。ずっとまえから東君は東皇太一に従う神としてともに祀られてきたけれど、九歌をよく読むと、もとはもっと特別な地位にいたように思えるから」

そういい、観姱《かんか》は〈東君〉の全句を朗誦した。

暾《とん》として将に東方より出でんとして、吾《わ》が檻《かん》を扶桑より照らす。

余《わ》が馬を撫《ぶ》して安《しず》かに駆ければ、夜も皎皎《こうこう》として既に明く。
龍輈《りょうちゅう》に駕《が》し雷《らい》に乗り、雲旗《うんき》の委蛇《いい》たるを載《た》つ。
長太息《ちょうたいそく》して将に上らんとして、心低徊《ていかい》して顧み懐《おも》う。
羌声色《ああせいしょく》人を娯しましむ。観る者憺《やす》んじて帰るを忘る。
瑟《しっ》を縆《こう》して交鼓《こもごもう》ち、鐘《しょう》を蕭《う》ち簴《きょ》を瑤《うご》かし、篪《ち》を鳴《な》らし竽《う》を吹く。
霊保《れいほ》の賢姱《けんか》なる、翾飛《けんぴ》して翠曾《すいそう》し、
詩を展《の》べ舞を会わせ、律に応じ節《せつ》に合わす。
霊《れい》の来たること日を蔽《おお》う。
青雲の衣白霓《はくげい》の裳《しょう》、長矢を挙《あ》げて天狼《てんろう》を射《い》、
余《わ》が弧《ゆみ》を操《と》って反って淪降《りんこう》し、北斗を援《と》りて桂漿《けいしょう》を酌み、
余《わ》が轡《たづな》を撰《と》りて高く駝《は》せ翔《かけ》り、杳冥冥《ようめいめい》として以て東に行く。

「気になってくるのは〝瑟を縆して交鼓ち、鐘を蕭ち簴を瑤かし、篪を鳴らし竽を吹く〟のところね。[巻末注4]
九歌では、東皇太一を祀るときには〝枹《ばち》を揚げて鼓を拊《う》ち〟、〝竽《う》瑟《しっ》を陳《つら》ねて浩《おお》いに倡《うた》う〟としか書かれていない。つまり九歌の文によれば、東皇太一を祀るときに使うのは鼓、竽、瑟だけで、対して東君のときには瑟、鼓、鐘、篪、竽の五つの楽器を使うということ。これがなにを示しているのかはわから

ないにしても、すこしまえへさかのぼれば東君が主神として奉られていたことはありえるでしょう」

「ただ、叔母さま」露申が聞く。「九歌に書かれたことは信用できますか？」

「わからないわ、ただこれ以上に信用できる材料もないの」観姱《かんか》は答える。「かつての楚国で東君を祀った様子は、いまでは失われていて九歌のほかに触れているものは見つからないから」

「私は九歌を信じてかまわないと思います」葵がいった。「先人の解釈によると九歌は、屈原が放逐を受けてから、沅《げん》江、湘《しょう》江間を漂泊した際に書かれたものです。この地の人々は巫鬼《ふき》を信じ、祭祀をさかんに行ったといいますし、そのときには歌や踊りも伴っていたでしょう。屈原はその詞があまりに粗陋《そろう》なのを見て、あらたに九歌を作ります。ですから、おそらく屈原がもとにしたなかには沅、湘間の祭祀の様子も含まれていたのでは。儒家は〝礼《れい》失われて諸《これ》を野に求む〟[8]といいますが、祭祀の方法もひとつの礼ですから、国都で失われた祭祀の様子も辺縁の沅、湘あたりではそのまま残されていないとも限りません。ですから九歌に書かれていることはきっと信頼できると思いますし、すくなくともいま楚の伝統の祭祀を考えるのに、ここの文言は無視できないでしょう」

「於陵君のような人なら、いにしえの賢巫にも決して引けをとらないでしょう」観姱《かんか》は感嘆する。「文献の内容を知りつくして、礼の典拠にもよく通じて、それに比べれば私などまったくどうしようもない巫女です。もしできるなら、露申をあなたにつかせて郡国をまわり、祭祀の知識を学ばせたいものだわ」

「叔母さまはなにを、私は……」

露申は反射的に答えたが、続きはいえなかった。その本心では、葵とともに雲夢を離れることに惹きつけられていた。

「私も露申とともにいたいと思います」葵は率直に答えた。「できるものなら、長安に連れてもどりたいものです」

「葵……」

露申からすればまるきり予想外の答えだった。だが、父親がけっして同意してくれないだろう。

露申は無逸に目を向ける。

「もう遅くなってしまったし、宴席はかならず終わりが来る。きょうはここまでとしよう。続けていてもかえってみなが興ざめするだけだ」立ちあがってこういう無逸は、不機嫌を隠そうともしなかった。

「白さまをお連れするから、おまえたちは好きにしなさい」

白止水も察して立ちあがる。二人はともに広間を出ていった。

父親のうしろ姿を見ながら、露申は声をつまらせて泣き、小休へと抱きついて葵に背を向けた。おそらくは、気位が高い葵にその姿を見せたくなかったのだろう。

「露申さまがお嬢さまとともに来てくださるならありがたく思うのですが。召使でしかない私にできるのは、場を清めて席を作ることだけですので。仕える主人がおひとり増えたとしてもかまわないのです、難儀なことかもしれませんが……まだほんのすこしのあいだですが私にはわかります、あなたといるときお嬢さまはとても楽しくされていて、私もそう……」

小休が話すうち、涙が露申の髪へとこぼれ落ちてくる。

「私がなにか考えておく。二人とも泣かないで。記憶がたしかなら、午後にもいちど露申は泣いたでしょう。それも悪いことではないかもしれない、《易経》の同人《どうじん》の項に〝先には号《な》き咷《さけ》びて後《のち》には笑う〟といって、泣いたつぎには転機が訪れるということもある」葵はため息をつく。「若英さまはもう寝ていると思う？　さっきはおかしなことをいってしまって、謝りたいと思って。もしよければ露申、連れていってくれない」

小休に支えられて露申は立ちあがるが、涙の痕におおわれた顔には織物の筋が残っていた。

「なにをそこまで急ぐの、私が泣きやむまで待てない？」

「小休もついて来なさい」葵は露申の言葉を無視する。「申しわけありませんが、私たちはここで失礼いたします」

「どうぞ。若英によろしく伝えておいて、あの子も気の毒よ」観娉《かんか》がいう。「きっと雲夢澤を出ていくこともできはしないでしょう。露申、長安はすばらしいところよ、私はここを離れてからずっと幸せに暮らしているわ。本心から雲夢を捨てる気はないにしても、この場所に骨をうずめるつもりはなかったから。あなたのお父さまを説き伏せる方法を考えておくわ。あれはすこし頑固でもものわかる人ではあるから、娘の幸せを捨てさることはないでしょう」

「叔母さま、ありがたい言葉ですがそれは無用です。私はお父さまの考えに倣うつもりです。私という女にはなんの長所も、心から打ちこむこともなくて、忠孝のほかにできることはありませんから。子曰く、〝民に親愛を教うるは、孝《こう》より善きは莫《な》し。民に礼順《れいじゅん》を教うるは、悌《てい》より善きは莫し。風《ふう》を移し俗《ぞく》を易《か》うるは、楽《がく》より善きは莫し。上《かみ》を安んじ民を治むるは、礼より善きは莫し〟[9]。江離ねえさまは音楽が得意で、若英ねえさまは祭礼に通じていて、それなら私にできるのは孝悌だけです。私がこの世に生きている、ただひとつの意味です！」

ここまで話すのを聞いて葵は露申の頬を張りとばし、なにもいわないまま彼女を引きずって広間を出ていった。

「失礼いたしました、私の主人は以前からあの調子で、これからもきっと変わらないでしょう」

小休は心得顔で観姱《かんか》へいうと、すぐさまその場を去った。

観姱《かんか》も、笑って首を振るばかりだった。この年頃の娘の考えを理解できないことはわかっている。

9　《孝経》広要道章

4

三人の少女が、月光と夜露の狭間へ歩みを進める。

冬や夏の季節を思うと、春の星空はどこか物寂しく見えた。

草や虫がささやき、三人の足音が響くが、調べが溶けあうことはない。

四年まえの鏖殺《おうさつ》があってから、観無逸《かんむいつ》は一族でさらに深い谷間へと居を移した。全家がひとところに暮らし、冬には庭に篝火《かがりび》をたく。そして家族みなに弩を習わせ、ときに獲物をもとめて下りてくる獣から身を守ることができるようにする。それ以来、山を出る道はただひとつとなっている。

そのひとつの道も、大雪や豪雨に遭えば人を阻む。

観家《かんけ》がどう生計を立てているのか葵《き》にはわからず、午後に露申《ろしん》にも聞いてみたが、知らないといわれた。

葵の推量ではおそらく、祖先の遺した資産が山の外にあり、切り盛りはほかに託しているがほとんどの収益が観無逸のところへ送られているというところか。一族が人里を離れて暮らしている理由を露申は、祖代が〝いにしえの逸民〟を慕って、秦《しん》の官吏《かんり》となるのを望まず山中へ居をかまえたのだと話した。子孫の代に至ればもはや隠れ住む理由などないが、楚国の貴族の末裔は、漢の世にも身の置きどころのあるはずがない。そのため百余年のあいだ、嫡長の流れはたえず居を移しながら、時間をかけひたすらに俗世の騒がしさから遠ざかってきたのだった。それに対して、傍系の小宗《しょうそう》はつぎつぎと雲夢《うんぼう》を離れていった。

「あなたのお父さまは若いころいかがわしいつきあいもあったというから、きっと賑わう都会にもずいぶんと赴いたでしょう」葵はいう。「それに比べて、娘のあなたは十七年生きてきて江陵《こうりょう》すら訪れたことがないなんて。あまりにひどい話でしょう。私は儒書を好むからといって、あなたが孝だとか観念的な考えで自分の幸せをつぶすのを見たくはない」

「だから私に手を上げたの？」

「そう、いまは年長者のいない場だから、私も考えなしに話しましょうか。露申、私は於陵《おりょう》家の長女として生まれて、はたからは想像もできない、望むべくもないものをいくらも手にしてきた。だから普通の人間としての幸福を失ったとしても惜しいとは思わない。普通の人々にとって贅沢なことも、私にとってはもう見慣れたものでしかない。大儒者から学問を授けられ、楽府の役人から音律を学び、於陵家の隊商とともに旅をする、すべては私に与えられた特権。もし禁忌を破って一般の人間の幸せを求めるなら、それは私だからこそ手にできる幸せをかならずなげうつことになる。それだから私も、考量を経ていまの生きかたを選んでいる。ただここだけの話としていうと、いつかもしすべてに飽きてしまったなら、私は自分の家族を裏切らないとも限らない」

「お嬢さま、それは真剣な話でしょうか？」

二人の後ろを歩いていた小休《しょうきゅう》が口を挟んだ。

「ふん、私が真剣かどうか、小休にたずねる資格はない。これから私がなにをしでかしても、道を踏み外して梟獍《きょうけい》のたぐい（不孝とされる鳥獣）の罪を背負っても、おまえだけはかならず私の味方でいて。それが召使としてのおまえの本分」

「ですがお嬢さまも、巫女としての本分を忘れませんよう」

「おまえも張り倒されたいの？」

葵は拳をさすりながらいう。内心では、小休がまさしく自分を心配しているからこその発言だと知っている。小休も斉の生まれであり、巫女が禁忌を破れば不幸に遭うと信じているようだった。

「お嬢さま、私はわかりません」小休が真剣な表情でいう。「ご兄弟はふだんから〝いにしえの忠臣、孝子〟と口にして、妹ぎみもいつも〝いにしえの淑女〟と自負されますし、先ほどお嬢さまも〝いにしえの賢巫〟にたとえられました。つまり、みなそれぞれ手本とする存在があるということです。ですが私は、どうなればよいのかがいまでもわかりません。お嬢さまの手引きのもといまのところ《孝経》《論語》を読みましたが、私のような身分の者について触れたところは見当たりませんでしたし、ほかの書では触れられているのかも知りません。ただ私には、召使のような卑賤《ひせん》な身分が聖賢の書に記されるとはどうしても思えないのです。ですから、ですから……」

「だから？」

「ですから、私がどうすべきかをお教えください。あなたがすべきでないおこないに出たとき、私はどうすればいいのですか。なにも顧みずにあなたの味方になるのか、それとも仕置きを恐れずに、はっきりと諫言《かんげん》すべきか」

「それはおまえが判断しなさい」

「私だってわからない」露申がいった。「自分がいったい、どんな人になればいいのか……」

「そういうことは自分で考えるの」

「葵、そういう自分はなにを望んでいるの？」

「そんな質問、言葉では答えられない」葵は真剣な顔で答える。「これから見せてあげる。いつでも私から目を離さないでいて、かならず私は見せてあげる。そもそもあなたと出会ったそのときから、私はあらゆる行動でいまのあなたの質問に答えていたのだから。露申、わかってくれる、空言に頼るよりも、その身で行動に移したほうがいいことはいくらでもあるの」

「だけれど……」

「あなたが望むなら、いまここを出ていってもいい。いままで私はだれにも指図を受けたことがなくて、私が人に指図するかたちしかなかった。だけれどきょうは特別に、私へ命令することを許しましょう。機会はいちどだけ、しかも私が許す指示は〝いますぐ私を連れて雲夢澤を出なさい〟、それ以外は受けつけない。もし夜道を歩くのが怖いなら明日の朝まで待ってもいい。いずれにせよ、あなたがそう要求すれば、私はかならず応えてみせる」

　葵の言葉からは果断さが感じられた。

「私も、薄弱な力ながらお手伝いいたします」小休も加わる。

「ごめんなさい、すこし考えさせて」

「考える時間は与えない。いますぐに答えて。そうしなければ、なにがあなたの本心なのか私にはわからないから」

「それなら私は断るしかないわ」露申はさびしげにいう。「私も雲夢のほかの世界に焦がれてはいるけれど、この場所にも手放せないものがたくさんあるから、ここに残ることにする。それに、もしそんなことをしたら葵の評判はきっとひどいことになるでしょう。そうなれば、あなたが己に望むことを果たすのも、私の問いに答えることもできないかもしれない。だからもうじゅうぶん。江離《こうり》ねえさまと若英《じゃくえい》ねえさまがここを出ていったら、私はここに残って、観家の血を引き継いでいくから」

「それもいい選択かもしれない。少なくとも、なにも危険なことはない。ときどき、この世で生きていくのがほんとうにいやになるの——若いあいだにとりかえしのつかないことをしたなら、いつか後悔することになるだろうけれど、ただそれをしなくても、同じように後悔するのかもしれない。だから、なにを選んだとしても得るところと失うところがある」

「ごめんなさい、突っぱねてしまって」

「ふん、ついいってしまっただけ」葵は笑う。「いちどしか機会を与えないほど私は無情ではないのだし。祭儀が行われるまでは雲夢にいるから、もし気が変わることがあれば受けいれる。それでも早く決めたほうがいいと思う、私と小休も早く準備を始められるから」

「私を連れていっても、葵はなにひとつ得をしないでしょう。私のような役立たずがいても迷惑がかかるだけだから」

「それなら、ひとつ秘密を教えてあげましょうか」葵はそういい、月光の照らす側から顔を逸らした。「於陵家ははじめ、人売りから身を立てていったの。だからいまでも於陵家の子は、なにも知らない女の子をかどわかしてくる責任を背負って、毎年割り当てを果たさないといけない。楚人はかつて四月を年初としたというけれど、於陵家でも毎年四月に勘定をまとめる。正直にいうけれど、今年はまだ私の割り当てが埋まっていなくて、もうひとり、露中のような天真爛漫《てんしんらんまん》でほとんど馬鹿みたいな女の子を騙して長安で売り飛ばさないといけない。だから、きっと私と長安に来て」

「小休もそうやって於陵家に連れてこられたの？」葵には答えないことにして、小休へ聞く。

「お嬢さまの冗談でしょう。私は物心ついてからずっと於陵家で暮らしてきました。お嬢さまと出会ったことは嬉しく思っています。お嬢さまは私に厳しく接しますが、たくさんのことを教えてくださり、普通なら一生触れられずに終わるようなこともたくさん目にすることができました。お嬢さまとともにいられるなら、毎日を不安に追われて過ごすことになってもかまいません」そういう小休は、真剣な表情を崩さない。「ですから私は、お嬢さまに売り飛ばされるのもよいかもしれないと感じます。露申さまはどうか、お嬢さまの厚意を裏切らないように」

「そうか、小休がいってくれて安心した。あなたは誠実な子だと思っていたから、だれかとはちがって……」

露申がそういいかけたとき、三人は目指す場所に到着した。

若英と江離は同じ建物に住んでいた。西の塀の外には井戸がひとつある。

転居のさい、若英のために建てられた建物である。建物のいちばん手前には正房《せいぼう》があり、二人の寝起きする場所となっている。それを抜けると三丈（約七メートル）四方の小さな庭があり、楚ではよく見られる香草が植えられていた。石畳の道を踏んで庭を抜けると、家のいちばん奥にあたる寝室があった。ここへ移ってきたとき、すでに観芰衣《きい》は病に倒れていた。愛する従姉の面倒をみるため若英は芰衣をここへ住まわせるといいはり、江離と交代で日夜そばについていた。芰衣が亡くなって若英は悲しみにくれ、こちらも床に臥すことになった。そのころから江離はこの家に移り暮らしている。二人は毎日正房で向かいあい、若英は読書を、江離は琴に触れ、ほかから距離をとって暮らしていたが、寂しさを感じることはなかった。

彫刻された窓から灯火が洩れ、屋外にある雑草の姿をひとつずつくっきりと照らしだしている。

小休が主人のかわりに戸を静かに叩くと、なかから出てきたのは江離だった。室内を見渡しても若英の姿はない。向かいの壁にある窓からは庭の奥も望めるが、そちらから光が届くこともなかった。それを見て露申は、若英は寝てしまったのだろうと察する。すると、葵が江離へ来意を説明した。

「悪いけれど、若英はお酒を飲んでいてもう寝てしまったわ」

江離はいって、三人を建物のなかへと招きいれた。室内には質朴なむしろが敷かれている。葵と露申が床に座ると、小休は控えめにその後ろへ座った。部屋の中央には耳のある小ぶりな几《き》が二つ置かれ、その上には筆や硯《すずり》、書があった。東西の壁のまえに衣桁《いこう》が置かれていて、この従姉妹二人のふだんの着替えが掛かっていた。西の衣桁の下には琴と瑟《しつ》が並んでいた。

「ここはなんの香を焚いているのでしょう、嗅いだことのない香りですが」

「於陵君、面白いことをいうのね。ここはなんの香も焚いていないわ、庭の花が香っているだけよ」江離は笑う。

「葵と呼んでくれてかまいません。なんの香草かうかがっても？　私は《楚辞》を好んではいますが、いままで楚の草花を知る機会がなかったもので。だから名前だけを聞いている香草がたくさんあって、目のまえに出されても気づけないのです」

「とくに楚にしかないわけでもない、芎藭《センキュウ》よ。花が開くまえから香りがあるから、《楚辞》にも香草として現れているわ。それ以外、なにも目を引くところはない。夏の終わりに小さな白い花をつけるけれど、なんの変哲もない、まったく目につかない、おおかた気づかないうちにしぼんでしまうような花だから。ただこんなぱっとしない花が若英は大好きで、私はあの子と一緒にいくつか庭へ植えたのよ」

「あの方にとって、芎藭はなにか特別な意味があるということですか？」

「なにかあるとしたら、きっと名前でしょう」江離は苦笑いを浮かべた。「あれはなぜか、別称を〝江離〟というの」

「お二人の間柄はほんとうにうらやましく見えます、私と露申もいつかそうなれればいいのに」

「また変なことをいって」

露申はとうとう黙っていられなくなった。

「だから、私はこれから庭に椒《カショウ》を植えて、あなたが恋しいときには枝を何本かとって……」

「やめて、葵とはきょうになって知りあったばかりだけれど、江離ねえさまと若英ねえさまは小さいころから一緒にいるんだから、とても比べられないでしょう」

「露申、声を抑えて。若英が起きてしまうから」江離が硬い表情でいう。「だけれど、むかし私と若英の関係はひどいもので、ほとんど毎日互いにけなしあって、おとしめあっていたの。たくさんの転変を越えてきてからよ、いまのような関係になったのは。同じ年ごろの女子が二人でいればどうしても意地の張りあいになって、互いに嫉妬して、どんなことでも一歩も譲らなくなるでしょう。むかしは心のなかでなんども若英を呪って、あの子が不幸に遭うのを望んだわ。ただ、ほんとうにあのことが起きたときには恐ろしさ以外のなにもなかった。恐ろしさのせいで、それまでのうす暗い感情は、本物だったとしてもぜんぜん大したものではなかったと気づいた。私は、若英がほんとうにすべてを失ったのを見て、自分のすべてを捧げようと思えたの。ときどき、私と若英が小さいころからともに育つのではなくて、もし互いの心がいくらか大人らしくなってから出会えたなら、そのほうが二人にとって良かったんではないかと思うの。数年まえの私が若英へむごいことをしたのはたしかで、これから一生拭いされない、ほんとうにつらい記憶として残るのだから」

「ですが、露申の心は大人らしくなったと思いますか？」

肘で露申のわきを突きながら葵はいう。

「人にそんなことをする葵のほうが子供じゃないの？」

露申はそちらに向きなおって反撃しようとしたが、勝手に足がもつれ、どたりと几の上へ倒れこんだ。さいわい硯をひっくりかえすことはなく、兎毫《とごう》筆と木簡《もっかん》が床へ落ちただけですんだ。小休があわてて露申を助けおこし、かがんで筆と木簡を拾いあげたが、つい自らの主人へとそれを渡していた。葵が江離の手へと渡す。三人の来訪者——少女たちの目が、木簡に書かれた文字をとらえた。

緑兮衣兮　緑衣黄裏　　緑《りょく》や衣《い》や、緑衣黄裏《りょくいこうり》
心之憂矣　曷維其已　　心の憂うる、曷《いつ》か維《こ》れ其れ已《や》まん
青青子衿　悠悠我心　　青青《せいせい》たる子《し》が衿《きん》、悠悠たる我が心
縦我不往　子寧不嗣音　　縦《たと》い我が往《ゆ》かざるも、子《し》寧《なん》ぞ音《いん》を嗣《つ》がざる

はじめの二行の筆づかいは同じで、後ろの二行も筆跡が一致しており、二人の手で書かれたようだった。三行めの〝我〟と〝心〟の間には塗りつぶされた痕があり、おそらく書きまちがえた一文字にあとから気づいて消したのだろう。露申と小休は《詩経》や《尚書》に触れておらずこの言葉の出典はわからなかったが、葵はこれが見てはいけないものだと悟り、なにも触れることはなかった。江離は筆と木簡を受けとって几にしまいこみ、静かな声で露申を叱った。露申は自分が悪いとは知っていたがそれでも腹がおさまらず、心中ひたすらどうやって葵に仕返しするかを考えていた。

「もう遅いので、私たちは失礼しましょうか」葵がいった。「もとは若英さまに謝罪するために来たのに、いまはむしろ江離さまに謝らないと」

「於陵君……葵君はなにもしていないわ。全部うちの露申が悪いの、お恥ずかしいかぎりで。ひとつ提案があるのだけど、乗ってくれるかしら。もし明日天気がよかったら、若英も一緒に、四人で川辺へ髪を洗いにいかない。葵君は気を惹かれるかしら？」

江離のいう四人には当然、身分の低い小休は含まれていない。

「楚の女子は朝に髪を洗うのを好むとはまえから聞いていましたが、噂はでたらめではなかったようですね。とても気になります、ぜひ私も参加させてください」

「江離ねえさまがそういうなら、私も断れないわね」

露申も賛同を返した。

「ただ若英は朝、いつも寝台から起きずにだらだらと過ごしているから、私でも起こせるかはわからないわ。明日、露申は葵君を連れて川辺までいっていて。私と若英はすこし遅れるかもしれない」

「わかった」

そうして三人は建物を出、江離はみなを門の外まで送っていった。

「木簡のことは秘密にしておいて」最後に江離はそう頼みいれた。葵と露申はもちろん承諾する。

しかし帰り道のあいだに、彼女たちは交わしたばかりの約束を忘れていた。

「ねえ葵、あの木簡に書かれていたことの出所はなんだったの？」

「その質問はすぐに答えられるけれど、そのまえにひとつ教えて」葵はもったいぶって答える。「あの筆づかいに見覚えはある？　前後二行ずつ、あれはだれが書いたの？」

「小さいころからいままでほんのすこしの人としか出会っていないんだから、どちらの字もわかるわ。そう、はじめの二行は展詩にいさまの字で、あとの二行はきっと江離ねえさまが自分で書いたものだと思う」

「そうだったのね。のみこめた」

葵は笑って、その先をいわない。

「今度は葵が質問に答える番でしょう、あの文章はどこが出所なの？　ああいった古めかしい言葉、しかも韻文を、あの人たちが書いたんではないと思うから……」

「あなた、ほんとうに頭なんか使わずのんべんだらりと過ごしているようね」

「でなかったら、師匠ぶりたがる葵と友達になんてなれないでしょう？」

「まったく、どうしようもないわ」葵はいい、首を振る。「どちらも《詩経》のなかの言葉。はじめの二行は邶風《はいふう》の〈緑衣〉、あとの二行は鄭風《ていふう》の〈子衿〉」

「ならそれはどういう意味なの、展詩にいさまと江離ねえさまはどうしてその詩を書いたの？」

「二人のあいだになにがあるか、私が知っているわけがないでしょう」葵は不服げだった。「あれはおそらく、二人が便りのやりとりをしていたんでしょう。はじめの二行は展詩さまが江離さまに書いたもので、うしろの二行は江離さまの返信。私たちも人からの便りに返すとき、受けとった文のうしろへそのまま書きたして一緒に送りかえすことがあるでしょう。あそこで見た木簡もきっとそういうことだと思う。文そのものについては、私は《詩経》の三百篇すべてを暗誦できるけれど、ただいまでは諸家の解釈がまとまっていないし、私も詩にぜったいの解釈はないと思うから、あの二つの詩の言葉にどんな意味があるかはなんともいえない。ただ〝緑衣〟というと、小休とはすこしつながりがある」

「どんなつながり？」

「儒家は黄を正色、緑は純ならざる雑色としているから、緑衣は高貴な方が着るものではなくて、小休のような人にこそお似合いといえる」

「また私をからかうのですか」小休は悩ましげにいう。

「だけれど、この詩は召使を描いたものではない。そのあとで〝緑衣黄裏《こうり》〟とあって、黄色は高貴な色で召使が身につけるはずがないから。ある解釈によれば、〝緑衣黄裏〟は高貴な色が下に、卑賤な色が上にあることを示して、妾の地位が本妻よりも高いことを表しているというの。いくらか偏った解釈だと私は思うけれど。詩人たちの時代ははるか遠くに去ってしまって、ひょっとするとさまざまな解釈もすべて信用できないかもしれない」

「なら葵は、この詩はいったいなにをいっていると思うの？」

「詩学には〝起興《ききょう》〟という考えがあって、つながりのなさそうなところから語りはじめて、ほんとうにいいたいことを続ける形をいうのだけれど。この詩もそう読めばいいと思う。私の推測では、展詩さまがほんとうにいいたかったのは〝心の憂うる、曷か維れ其れ已まん〟のところだけ。あなたにもわかる言葉へ翻訳するなら、〝私の心は傷ついていて、いつになったら心を痛めなくなるのだろうか〟ね」

「なら、〈子衿〉はなにをいっているの？」

「ねえ、露申も心からそれが気になるわけではないはず。あなたのことだから、いま私が説明してあげても明日にはきれいさっぱり忘れてしまうんでしょう？　もしほんとうに〈子衿〉の意味を知りたいなら、あした白止水先生に聞きなさい。ただ考えてみると、明日になったらあなたはぜったいにあの詩を覚えていないし、ぜったいに聞きにいくことはないだろうけれど」

痛い点を突かれた露申はそこから黙りこんだ。たしかに、あしたも自分の記憶が残って白止水に〈子衿〉の意味を聞きにいくか自信はない。露申は楽天的で物覚えが悪く、根気のない少女だった。

「お嬢さま、着きました」

折よく小休がいい、一触即発の対立は芽生えてすぐに握りつぶされた。

観家は葵と白止水にそれぞれ小さな家を用意していた。作りは江離と若英の住まいと似ていたが、井戸だけは正房と寝室のあいだにあり使いやすくなっている。観家のほかの建物も同様だった。葵の持ち物は正房の西半分に置かれ、東半分が生活のため空けられている。小休は正房で寝ることになる。この晩、露申は葵の寝室へ泊まることになっていた。二人はきっと遅くまで語りあうのだろうし、その過程で露申はたてつづけに葵からいじめられ、からかわれながらなんの反撃もできないのも想像がついた。

「小休も一緒に奥で寝ましょう」露申が提案する。「あなたの主人と二人きりでいると、なんだかすこしだけ不安だから」

「却下」葵は小休が礼儀正しく断るよりまえに決然といった。「小休、今晩は露申がどれだけ悲鳴をあげても、ぜったいに来たりしないで。これは命令」

「承知しました」

二人の戯れをまえにしても、小休は真剣な顔のままだった。

第三章

天地の窮《きわ》まり無きを惟《おも》い、人生の長く勤《つか》るるを哀しむ。
往者《おうしゃ》は余《われ》及ばず、来者《らいしゃ》は吾《われ》聞かず。——屈原〈遠遊〉

1

春は終わりが近づき、夏を迎えんとしている。[1]黄鳥《コウライウグイス》が梢に立ち、鳴き声が途切れることはない。露申《ろしん》は葵《き》の右手を引いて川辺へと先導し、自分の右手には上等な細工の沐盤《もくばん》を握っていた。なかには木櫛に髪飾り、そして髪を拭くための布も入れられている。二人が川辺へ向かうのは石を抱いて身を投げるためでも[2]桑を摘むためでもなく、ただともに髪を洗うまでだ。

《楚辞》の〈離騒〉には〝朝《あした》に髪を洧盤《いばん》に濯《あら》う〟とある。これは女神宓妃《ふくひ》の暮らしを描いたものだが、ここから楚の習俗もうかがい知れる。

1 宋玉〈好色賦〉
2 屈原〈懐沙〉

谷間を抜けるように、二人は懸崖《けんがい》に挟まれた道を西へと進んでいく。谷はときに曲がりくねりながらもおおまかには東西に伸びて、西の端に渓流があった。この渓流は瀑布によって上下の流れと隔てられており、水をたどって山を下りることはできない。かわりに、散策のさいにも髪を洗うときにも見知らぬ人間に出くわす心配はなかった。

「小休《しょうきゅう》を来させなくて、ほんとうによかったの？　どうやって髪を洗うかはわかる？」

露申が聞く。二人が出発するとき、小休は家へとどまった。

「あなたが教えて」

「そんなのいや。葵の召使でもないのに」

「なら、私の髪も洗ってくれる」

「ねえ、恥ってなにかわかる？」

「もちろん知っている。〝礼、君無《くんむ》恥《ち》を使わず、刑人《けいじん》を近づけず〟[3]。あなたを無恥とは思わないからこうして使ってあげるの、栄誉に感じて満足するべき」

葵の言葉は屁理屈でしかないが、露申のようにのんびりした者にはどう返せばいいかわかるはずもない。むっとして黙りこんだが、葵の手は離さなかった。

途中、右手にあった版築《はんちく》作りの小屋の横を通りがかる。戸のまえには雑草が茂っていた。

葵はそれを見て、なんのための小屋かと露申に聞いた。まだ腹を立てている露申は答えようとしない。

葵がなんども耳元で問いかけると、うっとうしくなったのか答えがあった。

「あれは楽器と弩《ど》を入れている倉庫」

葵は建物をしげしげと眺める。北側の岸壁に埋めこまれているかのようだった。両開きの扉は固く閉ざされ、なかには貴重で大きな楽器が置かれているのだろうとうかがえた。建物の東側、岸壁のまえにひとつ井戸があった。上には滑車をしつらえて水を汲めるようになっている。煉瓦と石を積んだ囲いのなかへ縄が垂れていて、そばには木桶が置かれている。

そこから三百歩ほど西へ進むと、目のまえの景色がふいに浩々と開けた。二つの山に挟まれて、幅十丈（約二三メートル）の川が流れている。浅瀬はすべらかな小さい石で埋まっていた。坂になった岸辺には白芷《びゃくし》、蕙草《けいそう》、掲車《けいしゃ》、杜衡《とこう》、菉《コブナグサ》、蘋《リンゴ》、蔓茅《ヒルガオ》、紫荊《ヨシ》、蕭艾《しょうがい》、杜若《カキツバタ》が生え、水のなかからは蒲《ガマ》や白蘋《カンガレイ》が姿を見せていた。

向こう岸の山肌は薜茘《オオイタビ》に覆われているのが見えた。翠鳥《カワセミ》が山のはざまを巡っている。

露申は岸辺へ沐盤をあずけ、玉笄《ぎょくけい》（玉で作った髪留め）をなかへと置く。葵も長い髪を垂らし、顔を覆った姿で露申の目のまえへと出てきた。露申ははじめ驚いたが、いまは相手の視界が遮られている、またとない不意打ちの機会だと気づいて、場所を見さだめ葵の額を一発打ちすえた。

3　《春秋穀梁伝》襄公二九年

「ねえ、子供じゃないんだから」

「子供はそっちでしょう……」露申はいいかえす。「こんなくだらないことで脅かそうだなんて」

「脅かすつもりはなかったのに」葵はいいながら髪をまとめる。「私が考えていたのは、〝朱明《しゅめい》夜を承《う》けて時淹《ひさ》しかる可からず〟[4]とはいえどもときに私たちは、すばらしい夜が終わることなく、朝が永久に来ないことを願うでしょう。愛しい人と過ごす夜はいつでもあまりにも短い、だから《詩経》にも〝女《じょ》曰う鶏鳴《けいめい》と、士《し》曰う昧旦《まいたん》と〟[5]と歌われる。もし私なら、日が上ってしまった事実を消しさるためには、この世のすべての鶏をしめ殺してでも夜をいつまでも続かせるでしょう……」

「それがいまのこととつながるの？」

「つながる。いま私は、ほかの方法で夜を続かせられないか考えていた。それで思いついたの、髪を広げて顔のまえにかけて目を覆えば、夜が終わることはない」

「なんの話かわからないんだけど……」

「露申もやってみたら」そういって、葵は露申の髪を顔のまえへ垂らし、その目を覆った。「こうすれば、私たちは永遠に一緒になれる！」

　そして露申は水中へ突き落とされた。

　もがきながら浮かびあがり、口からはつぎつぎと少女には似合わない言葉が飛びだしてくる。葵はとうに遠くへ逃げていて、露申の言葉が聞こえないふりをしながら髪先をもてあそんでいた。葵にかなわないとは悟っていても悔しいが、なにができるわけでもない。まずは濡れた服を乾かしてからどうするか考えようと思った。

そばに辛夷《コブシ》の木があり、うまいことにいちばん低い枝は服を干すのによさそうだった。水に浸って重くなった襜褕《せんゆ》を引きずりながら木の下へ歩いていく。今年咲いた花はすでにしぼみ、枝の先は青葉に覆われていた。上衣を脱ぎすてて、水を絞ると枝に掛けた。

葵が手伝おうかと聞いてくるが、露申は答えなかった。

そして、露申が身につけるのはかろうじて残った肌着一枚だけになった。

こうなったら、髪を洗うだけではすませられない――露申はそう考えながら水辺へいくと、肌着を脱いで大きな石の上へ広げ、木靴も脱いで、川のなかへと足を踏みいれていった。それを見た葵は岸までゆっくり歩いてくると、露申の身体をながめながら、内心ではどうやって露申の肌着をひそかに持ちさるかを考えていた。

そのとき、谷間の道のほうから談笑する声が聞こえてきた。すぐに江離《こうり》と鍾会舞《しょうかいぶ》が姿を現した。

露申もそれに気づいたが、水面はまだ膝にも達していない。羞恥に耐えられず、ふいに水中へ飛びこ

4　楚辞〈招魂〉陽光が夜につづき、時間は流れつづける、の意
5　鄭風〈女曰鶏鳴〉女は鶏が鳴いていたといい、男は明け方だという、の意

んで川の水に全身を沈め、頭だけを外へ出して呼吸した。

「露申はいったいどうしたの？」

江離が心配そうに葵へ聞いた。

「お聞きください、露申はここに来ると短い人生で起きたさまざまな恥ずべきことを思いだして、このままのうのうと過ごしてはいられないと思いつめて、命を絶つことまで考えはじめたのです。しまいには私に、一緒に死なないかと聞いてきました。まだ若くて果たさねばならない志もあるので、私は断りました。そうしたら、露申は〝安《いず》くんぞ身の察々《さつさつ》たるを以て物の汶々《もんもん》たるを受くる者ならんや〟[6]、〝死の譲るべからざるを知る〟[7]といって、服を脱ぎすてて、水に飛びこみ溺れ死のうと……」

「露申、ほんとうなの？」

江離が聞く。それをいいきらないうちに、葵が二本の指で露申の肌着をつまみあげ、両手にそれぞれ端を持って、いまにも引き裂こうというそぶりを見せた。そうして露申を脅し、死のうと考えて水に飛びこんだと認めさせるつもりなのだ。

「そうではないの。葵が……」

引《びいっ》、引《びいっ》、引《びいっ》――葵の手にしていた衣装が音をたてて裂ける。

「於《お》――陵《りょう》――葵《き》っ――」

とうとう我慢の限界に達した。水流を邪魔に思いながら大股に岸辺へと向かっていく。そして羞恥心も、去りかけている春寒もかまわずに岸へあがると、細腕ながら拳を葵のかたちのいい鼻先へふるったが、それを止めたのは姉である江離だった。

「露申、無礼は許しません！」

そして、顔に姉の手のひらが打ちつけられた。この光景を葵のうしろから見守っていた鍾会舞はあぜんとし、数歩あとじさって、これは見てはいけないものを見たのかしら、と内心つぶやいていた。

「どうして江離ねえさままで味方になってくれないの！」泣いて叫ぶ露申の表情はひどく険しく、額についた掌の痕の赤にも皺が寄った。「それなら、それなら、私は死ぬしかないじゃない！」

そういった露申は適当な石塊を水辺から持ちあげ、川へと突き進んでいった。今度は頭までが水のなかに沈んだ。しかし、岸辺の三人とも飛びこんで助けにいくにはためらいがあった。さらに時間が過ぎ、水面に泡が浮きあがる。ついに葵が単衣を脱ぎ、手に提げた。

ただ、水に入った露申がつい手を放したせいで、石はとうに水底へと沈んでいたのだった。それで、露申はとうとう水のなかの世界に耐えきれなくなって水面へと顔を出すことになった。

それを見て葵は単衣を着なおした。江離のまえまで歩いていき、軽くうつむく。

6 屈原〈漁父〉清い身である私は汚いものを受けつけられない、の意
7 屈原〈懐沙〉死は避けられないと分かった、の意

「江離さま、私がやりすぎたようです。心から反省しています。ですからどうか、露申にあんなことは……」

「その口は、いつか災いを招くわね」

江離はいいながら、葵の頰をつねる。葵もいつになく、おとなしくされるがままになっていた。

「露申、葵のことは私が叱ったから、もうわがままをいっていないであがってきなさい」

「だけれど、服が……」

肌着が葵に引き裂かれたことを思いだすと、鎮まったばかりの怒りの炎がまた燃えだした。

「露申の服はまだ乾いていないので、もうすこし水のなかにいさせてください。服のほうを見てきます」

葵が伝え、辛夷の木のほうへ足を向ける。

「葵、もしかして上衣も破る気？」

「もうすこしおいたほうがよさそう」葵は木の枝に干した衣裳を触っていった。「ところで、若英《じゃくえい》さまはどうして来なかったのですか」

「朝、どうにか若英を起こして、一緒に川で髪を洗うことも約束させたの。ただ、谷へ入るまえに展詩《てんし》と会舞に出会って。若英は展詩に聞きたいことがあると急にいいだしたから、私は会舞を連れてきたの。むこうで私たちを待っているといったから、いまも谷の出口で待っているかも」

「若英さまに会えないのは少々寂しいけれど、鍾家の妹ぎみとお話しできるとは思わなかった」葵は上機嫌で鍾会舞に歩きより、相手の反応にかまわずその両手を握った。「あなたの歌声にはとても惹かれるの。まだこれだけ若いのに〈青陽〉のような難しい曲を歌えるだなんて、ほんとうに感服した」

「そんな……私は平凡で……にいさまとは比べものにならない……あの歌なら江離ねえさまも歌えるから……」鍾会舞は人見知りのひどい少女で、歌を歌うときだけ大胆になれるのだった。「でも於陵君……どうしてあの歌の名前を知っているの……？」

「ああ、それは」反応から察して手を放し、話を続ける。「長安にいたとき、運よく聴くことができたの。というのは、亡くなった協律都尉《きょうりつとい》（朝廷の音楽の責任者）の李延年《りえんねん》さまと数度お会いしたことがあって。それにあの歌の詩は長安ではたいへん広まっているの。司馬相如《しばしょうじょ》の遺作なんでしょう。私はずっとまえから司馬相如の辞賦を好んでいて、ほとんどの作品を集めているから、歌詞を聞くだけで〈青陽〉だと気づいたというわけ」

かつて、国の行う最重要の規模の祭祀で楽舞は用いられなかった。それが元鼎《げんてい》六年（紀元前一一一年）、民の行う祭祀にかならず楽舞があるのに、国の最大級の祭祀にそれがないのを帝はあまりに筋が通らないと考え、音律に通じたゆえ召しかかえられたばかりの李延年を協律都尉に任じ、郊祀《こうし》のための音楽を作らせた。そのころ司馬相如はすでに亡かったが、生前に書いた郊祀歌《こうしか》の詩を李延年はとりあげた。帝はそれでは少ないと、十数のおかかえの文人にも詩を書かせ、そのすえにいま残る十九首の郊祀歌が成ったのである。まえの晩に会舞が宴席で歌った〈青陽〉はそのうちのひとつだった。

「もう」江離がため息をつく。「葵にはなにか不得意なものはあるの？　あなたがここにいることそのものが、私たち平凡な者を脅かして、嘲っているように思えてくるわ」

「不得意なことならあります」葵は顔を曇らせる。「こういっては恥ずかしいのですが、事実ですので——私がなによりも不得意なのは、人の情ということになるでしょう」

「〝中国の君子は、礼義《れいぎ》に明らかなれども、人の心を知るに陋《つたな》し〟[8]、これは葵のような人をいっているのね」江離は温伯雪子《おんはくせっし》の言葉を引き、まっこうから葵の痛いところをついた。「ただ、この世には礼義にも暗く人の心にもつたない者がいくらでもいるから、葵も気にすることはないわ。もうすこし年を重ねれば、きっといろいろなことがわかってくるでしょう」

「だといいですが。私という者は、毎日を過ごしていても真実味をあまり感じられないのです。生活に汲々とする必要がないからか、目のまえのことがほとんど気にならず、古人とどう心を交わすかばかりを考えていて」

「当世の人もまた大事で、古人が成りかわることはできないわ。そのことはどうか、忘れないでいて」

江離が真剣な顔になる。「私と若英は長いことずっと険悪な間柄でいたけれど、それでも以前から二人がともに持っている考えがあって、それは自分たちが生きている時代は私たちの意気をあおりはしても、こちらの望みを果たしてはくれないということ。この五十年の世間の激変は、それまでの数百年をあわせたよりも急でしょう。幸か不幸かこのときに生きている私たちは、なにも成さずに死ぬわけにはいかない」

「いまでは男でもだれもが身を立てられるとはかぎりませんから、私たち女子はなおさらでしょう。群経を読みあさり諸子に通じてはいても、つまるところ楽しみのための読書でしかなく、学んだことでなにができるかは考えたこともありませんから」

「できることはかならずあるわ。芝衣ねえさまが亡くなってから、私と若英はずっとひとつの問題を突きつめてきたの——どうすれば、平凡な人生を避けられるか」

「そんなことがほんとうにできますか？」

当惑して聞く葵も、心のなかでは答えを知っていた。

「できなければ、そのときは死を」

江離は笑ったが、語気にたわむれの気配はなかった。

「お二人はどうか、その望みを貫きとおしてください。そうすれば、もし私には無理だったとしても、その勇気がなかったとしても、同じ歳の同じ女子がそれだけ壮大な、はるかかなたの望みを追っていたと覚えていれば、私は平凡な自分と周囲に耐えて、生きていくことができますから」

8 《荘子》田子方

「葵は平凡な人ではないわ、まだ自らの道を見つけられていないだけ」

　水中から二人の言葉を聞いていた露申の気分は、しだいに重くなっていく。

葵がゆうべ話してくれたことを思いだす。〝空言に頼るよりも、その身で行動に移したほうがいいことはいくらでもある〟。きっと葵は自分への期待が高すぎて、いまは生涯の志を見つけられていないだけなのだろう。あれだけ勤勉で聡明だったなら、どんなことでもできるはずだ。それに比べて自分はなんの役にも立たない。葵に触れるたび、卑屈さと自己嫌悪が深まるばかりだった。

「私、帰る」

　露申は水中から、交差させた腕を胸に当てながら立ちあがった。岸辺へ歩いていき木靴に足を入れると、沐盤に入れていた布で身体を拭き、引き裂かれた肌着は沐盤へ畳んでおさめ、ていねいに布をその上へかぶせる。それから辛夷の木へ歩いていって葵を押しのけ、まだ乾かない襜褕を手にとって身につけ、そして水辺へもどったかと思えば沐盤をとりあげて、谷口へと歩きだした。

　江離はそれを止めず、葵に視線を送る。その意を汲んだ葵はかすかにうなずいて、谷口へ後を追った。

「会舞、私たちは髪を洗いましょう」江離は折をみて、二人の背中を見送っていた会舞を水辺へ引っぱっていった。

　その一方、不機嫌から立ち去ろうと考えた露申は葵が後ろについているのに気づいてますます気がふさぎ、足を速めた。ただ、葵の体力はそれを上回っていて、すぐに追いつかれる。

「ついてこないで！」

露申はそうなんども繰りかえしたが、葵は聞かない。

そのうち、またしても露申の煩悶《はんもん》は積みあがって怒気となり、空いている手で服のすそをまくりあげ、大股に駆けだした。葵ももともと軽快な服装のうえ両手が空いていたので、当然、露申に追いつくのになんの苦労もない。二人の少女はそれぞれ声を発しないまま、西から東へ、上りつつある白日を目指すように走っていた。

楽器を収める倉庫を通りすぎようとするころ、露申は体力を使いはたし、足の運びは遅くなり息づかいもひどく苦しくなっていた。そのうえこのとき肌着を身につけていない彼女は恥ずかしさと不快感をこらえていて、さらに沐盤のなかの櫛や髪飾りが落ちないよう気を配っていると、いつのまにか、葵はまえを走っていた。

そうきたなら……

露申は足を止めた。

そうきたなら、このまま走っていかせよう。私は意地の悪い葵と離れていたいだけだから——そう考えていると、まえにいた葵も足を止めるのが見え、それから葵の悲鳴が耳に届いた。

「露申——露申——」

なんどもこちらの名前を呼んでくる。ここまでとりみだす葵の姿を見るのははじめてだった。

「そこ——そこに——」

葵は前方の草むらを指さし、傍らまで歩き寄ってきた露申に、自分がこれほど動揺している理由を知らせた。

露申の目にも、血痕が映った。

倉庫の扉のまえの草むらに鮮血が広がっている。萌えでた若草は点々と紅に染まっていた。

二人の視線は南向きの倉庫へ、その閉じられた二枚の扉へと向いた。葵は慎重に血痕の汚れをよけ、息をひそめながら片方の扉を押し開けた。がたがたと抗いながら扉は暗がりへ動いていく。そして室内に日の光がさし、葵の影を床へ映しだしたのちに、死者の身体を照らした。

暗がりのなかの遺体に葵が目を凝らすと、それはゆうべの宴席では眼前で談笑していた、観婷《かんか》だった。

2

扉からさす光を頼りに、葵は観姱《かんか》の遺体を調べはじめる。

遺体は床に横たわり、顔は部屋の奥でなかば影に埋もれ、足は扉から二尺（約四六センチ）も離れていない位置にある。ひとすじの傷が首に、深々と刻まれていて、それが命を奪ったらしかった。鮮血が白い衣装を紅に染めている。床にはほとんど血痕らしきものはなく、おそらく殺人が行われたのはこの室内ではなく、扉を出た草むらのあたりなのだろう。

きゃあ――後ろに立っていた露申《ろしん》が悲鳴をあげ、数歩あとじさった。

「あなたのお父さまを呼んできて」

「でも、きのうの話だと今朝は白《はく》先生と山にいくって……」

「居場所がわかるなら、なんとかして呼びもどして。でなければ展詩《てんし》さまにいってもらいなさい、まだ谷口に残っているかもしれないから。この件はできるだけ早くお父さまに伝えないと」

露申は同意し、谷口へと駆けていった。

葵も表へと出ていく。ひとりで死者と向きあいたくはなかった。そのとき足音が川のほうから聞こえてきたかと思うと、露中の悲鳴を聞いて駆けつけた江離《こうり》と鍾会舞《しょうかいぶ》が姿を見せた。

「江離さまは私となかに来てください、会舞はそのままそこにいて」

二人が倉庫のまえまで来ると、葵はいった。

「なにかあったの？」

会舞が聞く。

「お母さまに、不測のことが起きたかもしれない」

葵はつとめて落ちついた口調でそう答えた。

「そんなことをいわれても……」

「いいでしょう、二人とも入って」

そして江離と会舞は葵のあとについて、倉庫に足を踏みいれた。

「お母さま……どうして……」

会舞は床にかがみこみ、放心したように涙声をあげていた。

間をおかず、外から新たな足音が聞こえてきて、葵がそちらに目を向けると、鍾展詩と若英《じゃくえい》が谷口から走ってきていた。展詩は倉庫に飛びこみ、襲ってくる悲しみを受けとめきれない妹を抱きしめながら、息絶えた母親へと視線を投げかけていた。若英のほうはすぐに入ってくることはなく、血に染まった草むらに足を踏みいれることすらせずに、倉庫の扉から三、四丈（七−九メートル）離れた、向かいの山肌に近いあたりへ立っていた。おそらくは起きている事態に耐えられないと察しているのだろう。

「なぜ会舞をなかに入れた？」

展詩が聞く。会舞とともに室内にいた江離と葵を非難しているのは明らかだった。

「悪いのは私です。申しわけありません、いくらかとり乱していて……」

葵は自ら責めを負った。

「まだ子供なんだぞ！」

展詩がそこで言葉を終えたのは、続けていれば自分も泣きだしてしまうと気づいたからだった。いまは泣いていられるような場面ではない。

「それで、露申は自分で山にお父さまを探しにいったのですか？」

そう聞く葵は、露申の身を案じていた。

「母さまが大変なことになったからすぐにいけとだけいってきて、そのまま走っていったよ」

そう、露申の選んだ行動のほうが気づかいがある。先ほどの自分の提案は展詩の感情をまったく考えていなかった――葵は内心で自らを責めた。

一同が話しているあいだに、太陽はわずかに東から南へ身を移し、室内の光も同じく動きをみせた。

そして、血のついた書刀《しょとう》が陽光のなかに姿を現す。竹簡へうっかり字を書き損じたときなど、多くはこのような一尺（約二三センチメートル）に満たない書刀で誤字を削り上から書きなおすので、読書人や文吏の嚢中《のうちゅう》、卓上にはありふれている品で、つねに身につけている者までいた。凶器を目にした瞬間、葵はこれが厄介な一件となることを確信していた。このころ官府が罪人を探しだす際は、いつも凶器を糸口としている。凶器が現場に残っていれば多くはすぐに犯人を捕らえられる。漢王朝が全盛に入ったこのころでも、農具を除けば金属の製品は市中でもまだそう見慣れたものではないのだ。

　しかし、書刀は……
旅のさなかの葵自身も、数本を荷物のなかに携えている。この地に定住し、詩に親しみ礼に通じた観家であれば考えるまでもない。

　書刀の横に火台が置かれているのは、観姱《かんか》が持っていたものだろう。

陽光のさす角度が変わって一同の目に入ったのは書刀と火台だけでなく、一台の編鐘《へんしょう》もだった。戦国時代から伝えられた歴史あるもので、楚王から観氏の先人が賜ったものである。木の筍《しゅん》（横木）へ鐘が二列に吊るされ、上下各十二、計二十四個が並んでいる。上の列にあるのは小ぶりな鈕鐘《ちゅうしょう》で、なんの装飾もほどこされていない。下の列にある大ぶりで長い甬鐘《ようしょう》は鳳鳥《ほうちょう》の紋様が象嵌され、そこへさらに三列の枚《ばい》が一寸ほど突きだしていた。筍には漆が塗られ、華やかな紋様に彩られて、銅の二本並んだ虡《きょ》（支柱）に渡されている。虡の高さは六尺（約一三八センチメートル）ほどで、これは夔龍《きりゅう》紋が象嵌され、銅の台座から伸びていた。台座には蟠龍《ばんりゅう》と、名を知らない花弁が刻みつけられていた。

編鐘の向こうには雑多にものが置かれ、数台の弩やいくらかの矢があったが、人の隠れられるような空間はない。

そうしていると、扉の外から若英の声が聞こえてくる――

「……於陵君《おりょうくん》はなかに」

葵が扉に向かうと、小休《しょうきゅう》が若英の横に立っているのが見えたので、そちらへと出ていくことにした。

「……叔母さまは？」

葵が現れたのをみて若英が聞く。葵は暗い気分で首を振るしかなかった。

「お嬢さま、気を落とされませんよう」

「それは若英さまにいうこと」葵は動きを止め、ふたたび口を開いた。「それはそうと、小休はなぜここにいるの？」

「お嬢さまがもどってこないので気がかりに思いまして、なにかいいつけでも無いかと……」

「ここへ来たとき、だれかが反対のほうへ歩いていくのは見た？」

「反対のほう、というのは」

「西から東へ、この場所からあなたのやってきた方向に」

「だれも見てはいません」

「では若英さま、あなたと展詩さまはずっと谷口にいたのでしょう」

「そう、江離と分かれてからはずっとそこにいた」

「そのあいだ、だれもそこを通るのを見ませんでしたか？」

「だれも。そのうち露申が走ってきて叔母さまが大変なことになったといって、私と展詩にいさまはここへ駆けてきたけれど、そのときもほかの人は見なかった」

だとするとおかしなことに——葵は答えを探しだせずにいた。

「では、ここに立っているあいだは？」

葵は若英の立っている場所を指さしながら聞く。

「だれも見ていない」若英はいう。「小休がこちらへ来ただけで、立ちさる人は見なかった。たったいま、うしろに足音が聞こえてふりむいてみたら小休がいたの。於陵君がどこにいるかと聞かれたから答えたら、あなたが戸口に出てきた」

しかし、だとするとおかしなことになる——犯人はいったい、いつ逃げだしたのだろう？

葵の考えは袋小路に入っていく。

もしや、犯人は逃げていないのか？　そう考えて葵は倉庫の西に回る。しかし、倉庫は山肌にぴたりと沿って建てられており、その裏に人が通ったり隠れたりはできないことがわかる。くわえて、西側には身を隠せるような木や岩もなかった。そのまま倉庫の東に来ると、そこには井戸があり、囲いの陰にはちょうど人ひとりが隠れられそうだった。ただ、いまそこにはなにもない。

そうして葵が若英と小休のところへもどると、露申と無逸が東から駆けてくるのが目に入った。血痕をまわりこんで倉庫に入っていった無逸は、会舞を倉庫から連れだすよう江離に命じ、展詩には自分とともに観姱《かんか》の屍を観家の母屋のほうへ運ぶように命じた。

「於陵君、露申がずっとともにいたと話していたから、あなたがこの件に関わっていないのはわかる。このような騒ぎに巻きこんでしまって申しわけない。隠しだてせずにいうが、私は若いころ、友の仇を討つために数名を手にかけたことがある。もし今度の件を官府へ知らせたなら、むかしのことがまた騒ぎにならないともかぎらない。できれば私は官府の手をわずらわせることなく犯人を見つけだし、私なりの方法で姱《か》の仇を討ちたいと考えているのですよ。ゆうべの受け答えを見て、あなたにこの件の調べを托そうと思う。露申、沐浴や飯含《はんがん》[1]だとかはひとまずかまわなくていい、ここに残って於陵君に手を貸しなさい」

無逸は心を決めた様子で話し、葵も申し出を受けいれた。

そして、無逸と鍾展詩は厳粛に観姱《かんか》の死体を運びだしていった。江離が鍾会舞を支えながらすぐあとに続く。若英もそことはすこし距離をおきながら、母屋へと去っていった。葵は若英の立っていた場所に残り、露申と小休がそのそばにいた。

1　死者の口に玉や穀物などを含ませる儀礼

「露申、がんばったわね」

「叔母さまはあれだけよくしてくれたのに、私にできるのはこんなささいなことだけだったわ」

「あれでじゅうぶん」葵はいう。「思っていたよりずっと早かった」

「お父さまと白先生は、もう山からもどっていたの」

「ならそのとき、ほかの人たちはなにをしていた？　あなたのお母さまや、家の使用人たちだとか」

「みな母屋のあたりにいて、朝起きてからどこかへいった人はいなかった。朝は、すませないといけない用事がいくらでもあるから」

「わかった。いまからともに犯人を探しだして、鍾夫人の魂を鎮めましょう」葵は静かに答えた。「この件はまちがいなく人の手によるもので、鍾夫人の自殺のはずはない。もし倉庫のまえの草むらで自ら首を切ったとしても、倉庫の中へと歩いていくことはできなかったでしょう。それにふつう、人は深い傷を負っても這っていくことはできるけれど、そうであればかならず地面には血の痕が残って、力尽きた身体は伏せた姿勢になるはず。だけれど鍾夫人が見つかったときはあおむけになっていた、ということは何者かが凶行のあと、死体をあの場所まで引きずっていったということ」

「私もそうだと思う」露申はいう。「ただ、どうして凶器は倉庫のなかにあったの？　死体を動かすなら、犯人は凶器を置いていくはずなのに」

「そのまえにもうひとつ問題がある。なぜ犯人は、鍾夫人の死体を倉庫へ運びいれる必要があったか」

「死体が見つかる時間を遅らせるため、だとか？」

「そうなると」露申がさらに続けようとするのを葵はさえぎる。「見つかる時間を遅らせるためなら、なぜ倉庫の外の血痕を洗い流していかなかった？　見て、倉庫の横には井戸があって、血痕を流そうと犯人が考えたならその場で水を木桶に汲んで、草むらを水で流せばすむのに、なぜ犯人はそうしなかったの」

「たぶん時間がなかったんでしょう。もしくはなにか物音が聞こえて、人が来るのに気づいたか」

「次の問題。鍾夫人と犯人はいつこの場所へ来たのか」

「私たちが最初にここを通ったあとじゃないの」

「私もそう思う、そして江離さまたちが来るよりはまえのはず。それよりもあとになると、谷口に立っていた若英さまと展詩さまが見ていただろうから。若英さまに話を聞いても、だれも通るのは見なかったという答えだった」

「ただ、そうなると」露申が首をかしげる。「江離ねえさまたちが来たとき、叔母さまを見ていないのはどうして？」

「倉庫には火台がなかった？　おそらくあれは鍾夫人の持ちもので、きっと火打石も身につけていたでしょう。江離さまたちが倉庫のところを通りすぎたときは、なかでなにかを探していたか、眺めていたところだったはず」

「というのは、犯人と一緒に？」

「そうかもしれないし、そのとき犯人は倉庫の横で井戸の囲いに隠れていたかもしれない、どちらの考えもありうる」葵は述べるが、たちまちそれが困惑の表情に変わる。「そして最後の問題、私がどうしても得心がいかないところは、犯人はいつ逃げだしたのか」

「待って、葵、話が早すぎて、一気にそんなに飛ばしたら頭がすぐについていけない。どうしてそのことが引っかかるの？」

「露申はおかしいと思わないの？」葵は眉間に皺をよせる。「なにしろ、私たちの知っている情報をもとに推理を進めると、犯人が逃げだせた場面などないんだから。わかった、きょうここで起きたことをはじめから整理してみましょう——

まず私と露申、この二人が最初にここを通った。そのとき倉庫のまえに血の痕はない。私たちのつぎに鍾夫人と、犯人がここへやって来る。鍾夫人は倉庫へ入り、犯人はともに入ったか、井戸のうしろへ隠れていた。そこから時間が経ち、江離さまと会舞がここを通りがかったけれど、とくに何事もなく川へと来たということは、二人も血の痕は見ていないということ。その後、私とあなたが道をもどって血の痕に気づく。ここから考えるなら、凶行は江離さまたちが通ったあと、私たちがもどってくるよりもまえに起きたにちがいない。たしかに、凶行にはじゅうぶんな時間ではある。

ただ、まわりを見てみれば気づくだろうけれど、この渓谷の山肌は険しいうえにほとんど草木が伸びていないから、とても越えられるものではない。つまり、犯人が殺人の現場を逃げだすなら道は二つしかない。ひとつは西へ、川のほうへ向かう道。ただそちらはいきどまりになっているし、犯人がその道を通ったならぜったいに私たちと出会っているはず。もうひとつは東へ、観家の住まいのあるほうの道だけれど、あのときは若英さまと展詩さまが谷口に立っていて、しかも二人はこちらへ駆けつけてきた。もしこの道を犯人が進んだなら、きっと二人と出くわしていたはず。

なのに、私たちはだれも犯人と出会っていない。だから、私はこの問題に頭を悩ませているの――犯人はいつ逃げだしたのか」

「まだ犯人がこのあたりに隠れているとしたら？」

「ありえない。倉庫に身を隠せる場所はないし、外でも人が隠れられるのはあの井戸の後ろだけ。あなたとお父さまがもどってくるまえに私がそこを調べたけれど、だれも隠れてはいなかった」

「だったら、井戸のなかは？」

「井戸の……なか？」

「そう、犯人は殺人のあと、逃げきれないと知って井戸に身を投げた」

「ずいぶん後ろむきな考えかた。まったく露申らしい」葵はため息をつく。「ねえ、外からの人がここへ入ってくるのは無理でしょう？」

「たしかに、お母さまも使用人も母屋のあたりにいたから、みなに気づかれずにここまでくるのは大変なはず」

「なら聞くけれど、あなたのまわりで姿を消している人はいる？」

「なんのことかよくわからないけれど……」

「ようするに、外からだれも来られなかったなら、犯人はおそらく私たちも知っている、ゆうべも観家にいた人ということでしょう。あなたの考えどおりその人が凶行のあと井戸に身を投げたとすると、私たちのまわりでだれかひとりが姿を消しているはず、そうでしょう？　ただあなたはすこしまえにお母さまも、使用人も白先生も母屋のあたりにいてだれも消えていないのを確認した。そのほかの人は、騒ぎのあとにここへ姿を現した。だれも消えていないのだから、犯人は身を投げてなどいないとわかる。あなたの説は成りたたないということ」

　葵は冷静に露申の考えに反論した。

「たしかに、そういうことになるわね」そういう露申の表情が曇っていく。この件は十中八九、自らの家族どうしでの殺しあいということになるのだ。その視線が倉庫の左右をさまよい、くだんの井戸のところで止まった。「ところで、葵はいったいいつあの井戸を調べたの？　展詩にいさまたちが来たときよりあと？」

「そう」

「だとすると、こういうことはないかしら――犯人ははじめ井戸のうしろに隠れていて、展詩にいさまたちが倉庫に入ったあとそこを出て東に逃げ、私とお父さまが谷口に現れるまえにこの谷を出ていった」

「待って、とても大切なことを忘れているようだけれど」葵は遠慮なく返す。「あのとき谷の内外のだれも、ひとりで凶行に及んだはずはないの。あなたのお母様は観家の使用人とともにいて、事前に口裏を合わせたのでなければ、鍾夫人を殺せたとは考えられない。あなたのお父さまと白先生は山に入っていて、あなたがいったときには母屋へもどってきたばかり、谷のほうへ近づいてなどいない。つまり、あなたの説が成りたったとしても、疑う相手のほうがそう見つからないの」

「ただ、ほかにも疑える人はいるでしょう?」

露申がそういうと、二人は打ちあわせたように視線を小休へと向けた。

「ええ? お嬢さまも露申さまもなぜ私を……まさか、私を疑っているのですか」

小休は不安げに、困惑したようにいった。

「だれかを疑うとしたら、たしかに小休のほかにはいないわ」露申がいった。「あのとき小休が井戸の裏に隠れていて、若英ねえさまたちが倉庫に入ってから隠れ場所を出て、大手をふってみなのまえに現れたなら。そう、小休にしかできないの。そうはいっても、叔母さまを殺すような理由はなにもなさそうだけれど」

「露申、ひとつ誤解しているみたい。あのときはここにいなかったから知らないでしょうし、私も伝えるのを忘れていたから。実は、あのとき若英さまは倉庫には入らず、ずっとここに立っていた」葵はいいながら、自らの足元を指さす。「ほら、自分で見てみて、北を――つまり、倉庫のある向きを」

「もとから見ていたけれど……」

たちまち、露申は葵の伝えたいことを察した。若英の立っていた位置からは、井戸があますことなく視界に入った。もし井戸の裏から出てくる人間がいたなら、かならず若英が見ていただろう。

「先に小休の足音が聞こえてから姿を目にしたというから、小休が井戸の裏に隠れていたのではないとわかる。となると、小休を怪しむ理由もなくなる。つまり、いま状況はますます厄介になっているの、どこへ犯人が逃げたか、いつ犯人が逃げたかはもはや第一の問題ではない。それどころか、私たちの推理はいきどまりに達したのかもしれない。なぜなら――」

葵はため息をつき、言葉をつづけた。

「この件では、犯人が人の目のあるなかで消えてしまったから。そのうえ、疑いのある人は事件のときみなほかのだれかとともにいて、ひとりで凶行に出る機会はなかった」

「なら二人か、それとも何人かが手を組んで凶行に出たと考えるの？」

「いまはここから先に推理を進めないほうがいい」葵は露申をさえぎり、苛立ったようにいう。「協力しての凶行かもしれないといちど考えだすと、山のような数の組みあわせが立ちふさがってそうそう考えつくせないことになる。こういうばあいには、新たな証拠が手に入るのを待つことね。できるだけ早く真相を見つけるために、手分けして動きましょうか。私はあのとき倉庫のなかを詳しく調べられなかったから、なにか証拠を見落としているかもしれない。だからここに残って現場の見分をやりなおすつもり。小休も残って手伝いなさい」

「私を疑っていないのですか？」

「若英さまと通じていないかぎり、おまえが犯人ということはありえないから。おまえと若英さまになにか共通の利益があるとはとても思えないし、鍾夫人を殺す理由も思い当たらないから、おまえのことは疑わない」

「そうでしたか……」

小休は失望の表情を見せた。主人が自分を疑いから外したのは信用からではなく、冷徹な推理から得た結論でしかなかったのだ。露申は内心小休に同情を向けるが、はじめに小休を疑ったのが自分であることはきれいに忘れていた。

「露申、もしよければ、あなたの家族から鍾夫人のことを聞きだしてきてもらえないかな。たとえば今朝はだれか鍾夫人のことを見なかったか、なぜこの倉庫を訪れたか知っている人はいないか、なにか身につけているものがなかったかだとか。ともかく、こういった質問をするにはあなたのほうが上手だろうから頼みたいの」

「やってみる」

「調べが終わったら、またここで落ちあいましょう。また長い道を来てもらうのは申しわけないけれど」間をおかず、葵はなによりもいうべきでないことを口にした。「もちろん、そのまえに肌着を着てくるように」

3

「小休《しょうきゅう》、よく考えて答えて。私はまちがったことをいった?」

露申《ろしん》に打たれた右頬を押さえながら、葵《き》はそう聞いた。

「あなたと露申さまになにがあったのかは知りませんので私にはなんとも。ただ、露申さまの叔母さまが亡くなって間もないところに、ああしておかしなほうへ話を向けたのは、たしかにあまりふさわしくはなかったかと」

小休は葵の要求どおり、生真面目に答えた。

「いいわ、とにかく見分が先」

そういって葵は倉庫へ向かい、小休がそのあとに続いた。

室内へさしこんでいる陽光にはじゅうぶんな明るさがあり、なかはくまなく照らされて、葵の調べは滞りなく進んだ。はじめに、編鐘《へんしょう》を調べなおすことから始める。横笥《おうしゅん》にも鐘そのものにも分厚くほこりが積もっていた。おそらく、四年まえに無逸が一族とこの地に移って以来、この鐘が使われることはなかったのだろう。それも怪しむようなことではなく、この時代には、鐘という楽器は明確に廃れて、これを用いる楽舞は珍しいものになっているのだ。

葵は鐘のうしろへまわりこみ、先ほどは近くから観察のできなかった弩と矢のほうへ歩いていった。それらは殺人とは関わりがないかもしれなかったが、葵はそれを殺人現場の一部とみなして、ただ放っておくつもりはなかった。

数十年むかし、丞相《じょうしょう》をつとめていた公孫弘《こうそんこう》は民が弓や弩を持つことを禁ずる考えを発議した。十人の賊が弩を手に抗ったなら、百人の官吏が遣わされたとしても捕縛にかかれないかもしれぬという理由だ。市中に弩がなければ賊は短兵器で立ちむかうしかなくなり、ならば官吏は数さえ揃えればかならず敵をとりおさえることができる。しかし光禄大夫侍中《こうろくたいふじちゅう》をつとめた吾丘寿王《ごきゅうじゅおう》がこれに反駁する。吾丘寿王の考えでは、兵器の使いどころは〝以て暴《ほう》を禁じ邪を討《とう》するなり、安居《あんきょ》するときは則《すなわ》ち以て猛獣を制して非常に備え、事有ると則ち以て守衛を設けて行陣《こうじん》を施す〟[1]という。そのほかに、古礼に則れば、男子が産まれた際には桑の弓と蓬《ヨモギ》の茎で作った六本の矢で天地四方を射らせ、志業のいきどころを明らかにさせることになっていた。ようするに、庶民が弓や弩を持つのを禁じれば、ひとつは危機に際してもなんの防備もないことになり、もうひとつは先王の制定した古礼を廃れさせることとなるため、そのような政策は断じて行うわけにはいかないというのだ。これは葵の生まれるまえのことだが、この話はきわめて広く知れわたっており、葵も弓を習うときに耳にし深く感じいった。きのう野原で露申に反論したときも、ひそかに吾丘寿王の論を借りていたのだった。

弩はあわせて七台あった。そのひとつをとりあげて注意深く眺める。

弩機はすべて銅の郭《かく》に収まっていた。最上部が望山《ぼうざん》と呼ばれる部分で、おもに狙いをさだめるのに用いられる。望山の両側には弦をかける牙《が》が並び、その下に引き金となる懸刀《けんとう》がある。懸刀と牙のあいだを繋ぐのが鉤心《くしん》である。鉤心は銅郭の内側に隠され、外からは見えないようになっていた。四つの部品すべてに穴があけられ、鍵《けん》が穴に通ってひとつに動くようになる。実用のさいには牙で弦を引きおさえ、前後に伸びる弩臂《どひ》の上に矢をつがえて懸刀を引けば、露わになっていた牙が銅郭に引っこみ、張りつめていた弦がもとの位置へもどって矢が勢いよく射《い》出されることになる。

葵からすれば、すべてなんの技術も必要でない手順だった。膂力《りょりょく》の足りない者でも弩で矢を射るのはごくたやすいことだが、それより厄介なのが弦を引き、牙に止めさせる手順だ。弩に用いられる弦は弓よりも張りがきつく、引くのが難しいためである。だが、弩機は設計のさいにその問題も考えられていた――弦を引くときは弩を地面に置き、弩臂の前端に広がった翼《よく》を足で踏み、弩臂の後端を手でつかめば、全身の力を用いて弦を引くことができる。この動作は蹶張《けっちょう》と呼ばれた。

葵は弩の原理や扱いかたを知ってはいたが、嫌悪から実際に使うことはまだなかった。小休に命じて

1 《漢書》吾丘寿王伝

矢をとらせ、自分は先ほど述べた方法で手と足を使い弦を牙にかける。小休の手から一本の矢を引ったくり、弩臂の上へつがえて、そして壁の一点に狙いをさだめて懸刀を引けば、射られた矢は壁に食いいった。

「この威力なら、百歩以内の敵はのこらず射殺せる」

葵はひとり口にする。

「お嬢さま、いまのことは殺人の見分とかかわりはあるのですか？」

小休が無遠慮に聞いた。

「いつの間に主人への嫌味を覚えたの」弦を引いていない弩で小休を狙う。「そうおしゃべりばかりでは、私に殺されないか気をつけなさい」

「お嬢さまは決してそのようなことはされません。ひとまず、現場をしっかりと調べましょう。でないと、また露申さまに叩かれることになるかもしれません」

「そうね、わかった。ただ見てのとおり、ここに調べるほどのものはなにもない」葵は答える。「おまえが来るまで私はずっとこの場にいて、見るべきものはじゅうぶんに見た。いまは落ちついていちど考えを整理したいだけ。だから、私には話しかけないこと」

小休に返す言葉はなく、深々とうなずくしかなかった。

葵は手にしていた弩をもてあそびはじめる。

そのうち、正午が近くなったころ露申は倉庫に現れ、葵を母屋での食事に呼びだした。それまで葵は調査に励むようなことはなく、弩のつぎは編鐘にかなりの時間を割いていた。小休はその行動が事件となんのかかわりもないのに気づいていたが、命令された以上口を開くことはできなかった。

「露申の調べはなにか収穫はあった？」

「葵の調べになにか収穫はあったの？」

露申は質問で返した。屋内に入ってすぐ編鐘をいじりまわしている葵が目に入り、壁に射こまれた矢も見えて機嫌を悪くしていたのが、質問の主導権も葵に奪われてなおさら腹立ちを覚えたのだった。

「ねえ教えてくれる、ここにはもともと弩はいくつしまってあったの？」

葵はわざと話題をそらした。

「七台。それと母屋の裏の倉庫にも七台置いてある」

「そこにも倉庫があったのか。昼食が終わったら案内して。それと、鍾《しょう》夫人がこの数日泊まっていた部屋も調べる必要がある」

「お父さまたちにいってみる」露申は動きを止めて、また口を開く。「つぎは葵が私の質問に答えて。調べになにか収穫はあったの？」

「ひとつわかったことがある」葵がいうと、露申は不審そうな表情を見せた。

「いってみて」

「鍾夫人は弩と矢に触れていない。ただ、編鐘には触れた痕があった」

「それがわかったこと？」露中は軽蔑したようにいう。「お父さまに話を聞いてきたわ。きのうの午後、叔母さまに編鐘のことを聞かれたらしい。家を移ってから鐘がどこに置かれたか知らなかったからたずねたのね。お父さまは素直に答えたそう。だからふつうに考えれば、叔母さまが朝に倉庫へ向かったのが編鐘を見るためだったのはまちがいないでしょう。それと、叔母さまが朝出ていったとき展詩《てんし》にいさまと会舞《かいぶ》は部屋にいて、あとで二人で谷口へ散歩に出たときに江離《こうり》ねえさま、若英《じゃくえい》ねえさまと出くわしたらしいわ」

「ほかになにか聞きだせたことは？」

「それなら、叔母さまはたしかに火を点けるための燧石《すいせき》を身につけていて、しかも使われて間もない痕があったの。展詩にいさまにはあの火台の出どころも聞いてきた。叔母さまの部屋にあった多枝灯《たしとう》から火台がひとつなくなっていたと。それに、部屋に残っている六つの火台の作りは、倉庫で見つかったものと同じに見えたといっていた」

「それで終わり？」

「これで終わり」

「じゅうぶんね」葵はいう。「午後はもうひとつの倉庫と鍾夫人の部屋に案内して。新しい手がかりが見つかるかもしれないから。いまのところ私たちは殺人の犯人も、凶行の手口もこんなことをした理由もわからないままだし、それらしい仮説ひとつすら出せていない。ようするに、この件はあまりに得体が知れない」

「まさか、四年まえの伯父さま一家の件と同じように、なにもわからずに終わるだとか……」

「そうでないといいけれど」

午後、二人は母屋の裏の倉庫へやってきた。

自分たちの行動に邪魔が入らぬようにといって、小休には観家が喪事を準備する手伝いを命じている。

二人が午前に入った倉庫とはちがい、こちらは屋根がふつうの建物よりずっと高く、梁は地面から二丈（約四・六メートル）ほどのところにある。北側の壁、屋根に近いところへ丸い小窓が開いており、直径はわずか四寸（約九センチメートル）ほど。この倉庫へ置かれているのは、おもにまつりごとやふだんの生活で使うのだろう金属の器と玉器で、そのほかにわずかな楽器と、鞘に入った短刀が数本、七台の弩といくらかの矢があった。

器はそれぞれ鼎《てい》、甗《げん》、敦《たい》、簠《ほ》、簋《き》、尊《そん》、壺《こ》、盉《か》、盤《ばん》、匜《い》が並び、すべて戦国時代の様式で、きのうの宴会で葵が目にしたものもあったが、おおかたははじめて見るものだった。玉器は圭《けい》、璧《へき》、璋《しょう》、琮《そう》、琥《こ》、璜《こう》（〝六器〟と称される）があったが、そのうち圭のみは十をくだらない種類があり、作りも彩りもさまざまで、博覧強記にして礼学に通じると自負する葵でも名指すことはできなかった。

「露中は、この名品の名前と使いみちはわかるの？」

「わかるはずがないでしょう」露中は恥じるそぶりもない。「これについての見聞は、お父さまでも知りつくしてはいないから。そういったことは、若英ねえさまに聞いたほうがよさそう。これはすべて伯父さまの家にあったものだから、ねえさまは小さいときから触れているし、伯父さまからいろいろな知識を聞かされていると思う。もし心がふさいだままでなければ、今年の祭儀は若英ねえさまがとりしきるはずだったのに」

「もう祭儀の準備は中止したの？」

「そう、こんなことが起こったからには。伯父さまの家のことがあった年も祭儀は行わなかったの」

「あそこの鼓《こ》は、祭儀では毎度使われるの？」

葵は倉庫の片隅を指さしそう聞く。そこには建鼓《けんこ》が一台置かれていた。《礼記》明堂位《めいどうい》に曰く、〝夏《か》后氏《こうし》の鼓は足あり、殷《いん》は楹鼓《えいこ》、周《しゅう》は懸鼓《けんこ》なり〟（夏、殷、周はいずれも古代中国の王朝）。すなわち、夏《か》代の鼓は足のある台に平らに置かれ、商《しょう》代の鼓は立たせて置き、胴体には二つ穴が開けられ縦に伸びる柱がそれを貫く。対して周《しゅう》代の鼓は枠から吊るされる。建鼓なるものは商代のかたちに近かった。葵の目に映るものはまさにそのとおり、木で作られた長い柱が本体の上下にある平面を貫いていた。しかし、ふだん見る建鼓であれば叩く鼓面はおおかた二つだけだが、この鼓のものは八つある。奇妙なことに、この鼓の上下の面は正八角形をしていて、地面と垂直になる八つの面が矩形をしているのだった。上下の面は木製のうえ柱が貫いていて、もちろん打つことはできない。対してそれを囲む八つの面は牛皮が張られ、すべての面で音が鳴る。葵はこれが天神を祀る際に使われる靁鼓《らいこ》だと知っていたが、とはいえこの鼓の作りはこれまで話に聞くばかりで、ほんとうに目にするのはこれがはじめてだった。

「そう、いつも使う」

露申が答えを返した。

葵は、左右の壁に並んで掛けられている弦楽器、琴や瑟《しつ》、箏《そう》へと注意を向けた。すべて弦は張られていない。ほかには竽《う》と笙《しょう》も数本ずつあった。作りからすると、これも戦国時代から伝わる古いもののようだった。

「ここの楽器は先祖から伝えられたもの？」

「そう。ほかには叔母さまが長安へ携えていったものもいくつかある」

「あなたは、楽器の演奏の手順は知っているの？」

「私が演奏できるのは弦楽器だけで、どうしてか、管楽器はどれも私が口をつけるとぜんぜん音が出ないの。ただ、江離ねえさまならここの楽器はどれでも演奏できるはず。ここ何年か、祭儀のときの楽舞はいつも江離ねえさまが受けもっていて、毎度文句なしにこなしているから。葵、わかったでしょう、この家で私はただの邪魔者なの。死んだのが叔母さまでなくて私だったなら……」

「いまはそのような話をするときではないでしょう。あなたが自分を卑下することも、なんの役に立たないことも、みじめな人生を送ってきたことも、私はまったく聞く気がしない」葵はきびしくいう。

「その話は今回の騒ぎが完全に解決してからにしなさい。そのときには、私があなたの一言ごとを余すことなく反駁して、午前に私がされたようにあなたを張り飛ばしてあげる。ただ、いまは調べに力を注ぎましょう。鍾夫人の魂はこのときも雲夢《うんぼう》の山々のあいだをさまよっていて、私たちの一挙一動も見られているのかもしれないから」

「ごめんなさい、葵。なんとかやってみる。ひょっとすると事件を調べた果てに、自分に殺人の謎を解きあかすとてつもない才能があると気づくかもしれないし、そうなれば、もう自分を卑下しなくてすむから」

「あなたにその方面で天分があると私は思わないけれど、その姿勢はすばらしい。この世でできるすべてをやりつくしてもいないのに、自分の才能を否定する資格はないから。あまり自らを下に見るのは、思いあがりの表れでもあるの。あなたが自分をなんの役にも立たないというとき、それは言外に、身を捧げてもいいことはすべて試してしまった——と伝えているのだから。まだそこに至っていないなら、自分に期待を持ちつづけたほうがいい」

「ありがとう葵、励ましてくれて」

「露申にだって長所ぐらいあるわ、自分でまだ気づいていないだけで」葵は軽口をたたく。「まずもってあなたの怒る姿はとても可愛らしくて、私はいつでも、ついいじめて激昂させたくなってしまうし」

「気にいってくれたならよかった。私はたいして気にしていないから。江離ねえさまと若英ねえさまはあまりに仲が良すぎて、私への二人のふるまいはずいぶんよそよそしく見えて、まるで家族ではないみたいなの。だけど葵は、血を分けた姉妹のように接してくれる。もし私たちが実の姉妹なら、葵のすることもやりすぎと言われるはずはないし、むしろ望むところよ。こんな関係がずっと続いてほしいと思う。ときどき悔しくなって葵に痛い思いをさせたくなるけれど、それでもひとり孤独でいたときよりすこしは気分がいいから」

「露申はすぐ感傷的になる子なんだから」葵はいう。「ここの検分はここまでにしましょう。むだ話が始まったのはもう調べるべきことがないということだから。つぎは、鍾夫人がゆうべ泊まっていた部屋に連れていって」

「わかった」

そして二人の少女は、鍾氏の母子に割り当てられた建物へやってきた。

鍾会舞はすでに露申の頼みどおり、母親の荷物の中身をひとつずつとりだして正房のむしろに並べ、そのかたわらで静かに待っていた。

床へきれいに並べられた遺品を葵は観察する。外衣が六着、肌着が二着あり、履《り》、屐《げき》、舄《せき》といったはきものが一対ずつ。鏡のついた化粧用の箱があり、櫛と髪飾り、銅鏡がひとつずつ。また漆の箱もあり、なかにはさまざまな薬が収められていた。ほかにはいくつかの楽器も含まれている。笙、竽、瑟の作りは先ほど倉庫で目にしたものと同様で、観家に伝わるもののようだった。

七孔《こう》の篪《ち》（横笛）が葵の注意を引いた。このころにはめずらしい楽器である。孔の数が決まっていないせいで、演奏の方法を習得するのも容易ではなかった。葵の周囲で演奏法を知っているものはいない。だが、楽府の役人の妻ともなれば、旅行の支度に篪が含まれていても不思議ではない。

「今回のことは、どうか気を落とさないで」

「ただの挨拶ならそんなものいらない。於陵君、どうか犯人を見つけだして」

鍾会舞の声は蚊のように細かったが、そこから怯えは聞きとれない。とてつもない不幸と哀しみが彼女を否応なしに頑強にしていた。

「なら聞くけれど、あなたはこの篪を演奏できる？」観姱《かんか》の遺品を指さして聞く。

「そこまで慣れてはいないけれど、普通の曲ならどうにか」

「お母さまから教わったの？」

「そう。この篪は、お母さまが観家から長安へと携えていったものなの」

なら、今回持ち帰ってきたのはあるべき場所にもどすため――葵は考えたが、それを口にはしなかった。

「ところで、ゆうべお母さまはなにか――ひとつではないかもしれないけれど――ものを荷物からとりだすことはなかった？」

「ゆうべ？　お化粧に使うものは外に出してあったし、楽器を入れた袋は開けなかったし。服は……」

鍾会舞はしばらく考えてから続ける。「あれだけかしら」

そういって豪華な袿衣《けいい》を指さす。上が青色、下が白色で、新しい仕立てのようだった。

「この衣裳はまだ袖を通していないの？」

「長安を出るまえにできあがったばかりで、お母さまが着ているのは見ていないわね」

祭儀のさいに用いられる礼服だろうか、と葵は推測する。

「ところで、あしたの小殮《しょうれん》（死者に屍衣を着せる儀式）の準備はもうできているの？」

「とりしきっているのはすべてにいさまで、江離ねえさまも手を貸してくれて。にいさまは私のことが心配のようで、なにもさせてくれないの。かえって心苦しいのに。もうあなたたちに調べることがないなら、ここを片づけて母屋のほうへ葬儀の準備を手伝いにいくつもりだけれど」

「これ以上はないはず。露申に異論がなければ、私たちも一緒にいきましょう」

「異論なんてない」

「だったら、片づけるまですこし待って」

そういって、鍾会舞は母親の遺品を片づけはじめた。露申もそれを手伝ったが、葵は手を出してよいものかわからずそばで待っていた。

遺品をすべて収めおわると、三人はそろって母屋へと歩いていく。

少女たちは深夜まで仕事に没頭した。さまざまな準備の作業のあいだ、礼学に精通している葵はいちども意見を口にしなかった。楚地の礼儀は漢とはちがう点が多く、自らの知る古礼を観家に押しつけるわけにはいかないと知っていたからだ。

その晩、葵と露申は母屋のまえの庭に松明を据えた。松明には動物の脂に浸した布が巻きつけられていて、庭には脂のむっとするにおいが広がった。葵は《詩経》に描かれた、松明に埋めつくされた庭の情景を思いだした。

夜《よる》如何《いか》ん、夜未だ央《なかば》ならず。庭燎《ていりょう》の光。君子至る、鸞声将将《らんせいそうそう》たり。
夜如何ん、夜未だ艾《つ》きず。庭燎晣晣《せいせい》たり。君子至る、鸞声噦噦《かいかい》たり。
夜如何ん、夜晨《しん》に郷《むか》う。庭燎煇《き》たる有り。君子至る、言《こと》に其の旂《き》を観《み》る。[2]

これは周《しゅう》の宣王《せんおう》の代、諸侯が早朝から天子に謁見するさまを描いた詩といわれる。それを目のまえの情景にあてはめるのは、また新たな風情があった。この庭の明かりはだれを呼び入れることもなく、観《かん》姱《か》が帰りゆく道のりを照らしだすのみである。〝鬼《き》の言《げん》為《た》るや帰《き》なり〟[3]、いま最後の旅を始めようとしている観姱《かんか》がもし人の世をふりむいたなら、はじめに目に入るのはあたりを埋めつくす庭のかがり火のはず——そう考えると、葵は自分と露申の努力がまったくの徒労ではなかったと思えた。すべての努力は最後に無に帰するとしても。

庭を歩いていた二人は、白止水《はくしすい》と出くわした。

「まだ休んでいなかったのですか」

葵はなにをいえばいいかわからず、ひとまず声をかけた。

「於陵君は事件を調べているそうだね、もし私に力になれることがあったらなんなりといいなさい。観《かん》婷《か》さまとは知りあって長いが、こうして悲運に襲われたとは、なかなか受けいれがたい」

「私と露申は真相を探るのに力を尽くします。先生が気をもむことはありません」

「それはよかった。そろそろもどるとするか、この歳になってすぐに疲れるようになった。於陵君も早く休みなさい」

白止水は答える。宿所は葵とは反対の方向にあった。露申と葵も別れをいい、帰途についた。十数歩ほど歩いたところで、葵の心中に不安が涌きあがってきた。予感と呼べるようなものではなかったが、気味が悪い。

ふりむいて白止水の遠ざかっていく方向を見つめると、その姿が夜の闇に消えていく。

この夜も露申は葵の寝室で眠ったが、疲れのせいで二人ともすぐに寝いってしまい、なにも言葉を交

2　小雅〈庭燎〉
3　《漢書》楊王孫伝。（精神は）もとに帰るがゆえ〝鬼〟と称される、の意

わすことはなかった。深い眠りに入ると、露申は昼間目にした悲惨な光景を夢に見て、眠りながら葵に抱きついていた。朝が明ければ、観家は母屋の周辺で観姱《かんか》の小殮の礼をとりおこなう。葵は小休に、儀式に遅れないために早くに自分と露申を起こすよういいつけていた。小休は長年、空の明らむまえに目を覚ますことを習いにしていて、主人を目覚めさせる仕事をしそんじることはない。その人生ははたから見れば悲惨なものに見えるかもしれないが、当人は夢に浸ることを望まず、目覚めている時間のほうを好んでいた。

夜が深まり、暗い雲がしだいに空の際を埋めていく。

4

小殮《しょうれん》の礼は母屋を使ってとりおこなわれた。

一同は、屍を包むための衣裳を正堂に用意していた。堂のまえには脯《ほ》（干し肉）、醢《かい》（塩漬け肉）に醴酒《れいしゅ》（甘酒）を並べ、すべてこのために仕立てられた功布《こうふ》でおおわれていた。儀式のあとに家族が着替える喪服は上がり段から東に広げられている。内室の戸の外には鼎《てい》が置かれ、なかでは豚の肉が煮られている。そこに江離《こうり》と若英《じゃくえい》が内室の床へ、莞《フトイ》が上、竹が下と二重にむしろを敷き、衣裳を礼式どおりに広げていった。無逸《むいつ》と鍾展詩《しょうてんし》が観姱《かんか》の屍を広げられた服の上へと運びいれ、一重ずつ衣裳でその身体を覆っていく。外にくるのは黒色の衾《きん》である。無逸が脱冠し、みなとともに屍を堂内へと動かして、さらに夷衾《いきん》で覆った。そののち、一家はおのおの喪服へと着替えていく。

小殮が始まると、葵《き》は堂内にとどまって内室での儀式には参加せず、小休《しょうきゅう》は観家の使用人たちとともに堂の外を守っていた。不思議なことに、観姱《かんか》とは関係の深かったという白止水《はくしすい》は姿を現さなかった。儀式の始まるまえと終わったあとに無逸は使用人を呼びにやらせたが、泊まっているはずの部屋にも姿はない。

　そこでひとりの使用人が思いだしたことには、早朝、まだ空の暗いうちに南へと向かう白止水の姿を見たという。観家が居をかまえる谷からは、北に向かうと山を出て人里へと到る道がある。だが南に進んだとしても山々の奥へと分けいっていくばかりであった。

「白先生は蓍草《メドキ》を採りにいったのかもしれないな」喪服をまとった無逸はいう。「ゆうべ、娉のために卦《け》を立てて葬礼の日を決めてくれるよう頼んだものだから」

　蓍草は占卜《せんぼく》のための基本的な道具であり、いちどに五十本ほどを使うために白止水は山へ採集に向かったのだろう。しかし、ごくありふれてすぐ手に入る草だというのに、五十ほどを採ってくるのにここまで時間を要することはありえない。もしや、白止水はなにか不測のことに見舞われたのだろうか。

　ゆうべ、白止水と別れたとき葵の心に湧きあがった不安が、ふたたび襲いかかってきた。

「夜明けより早く山へ入ったのは、小斂の儀式に立ち会うつもりがあったということでしょう。白先生にもしものことがあったらと思うと心配です」葵は考えを無逸に打ちあけた。

「露申《ろしん》、於陵君《おりょうくん》に道を案内しなさい」

　無逸はそう命じ、もちろん露申は従った。

「一緒にいこう」鍾展詩が口を開く。「もし異変が起きたなら、女子二人ではどうもできない」

「それがいいでしょう。私と露申だけがいっても時間の無駄になるかもしれないとは思っていました。

申しわけありません、あれだけの不幸に見舞われたばかりだというのに……」

「白先生には《詩経》を学んだことがある。〝師に事《つか》うるの猶《な》お父に事うるがごとし〟[1]、こんなときにただ傍観するわけにはいかないだろう？　ただこのあたりの地形には詳しくないから、道案内は露申に任せるが」

そして葵は小休に、観家の使用人たちとともに儀式の始末をするよう命じ、自らは露申と鍾展詩とともに南へと歩を進めた。

晩春は危険な季節で、山中には毒虫や獣があふれている。しかしこの日は天気が崩れ、暗い雲が日をおおい、鳥獣は激しい雨が迫るのを察してみな姿を隠していた。葵は、南山《なんざん》の黒豹は七日のあいだ霧雨が続いたとしてもいちども餌のため山を下りることはないと聞いたことがあった。ゆえに、空の曇る日に山道を歩くのはいくらか安全だろうと考えている。

ただ露申の考えはちがう。雨水が溜めこまれればおそろしい山津波を招くこともあると知っていた。

「白先生は《詩経》を学ぶだけでなくて、占卜のことも知っているのね」露申がいう。「てっきり、《周易》を学んだ経師《けいし》しか占いはできないものだと」

「そもそも五経《ごきょう》はすべて通じていて、どれかひとつの経書を究めようとすれば広く書にあたらなければ

1　《呂氏春秋》勧学

ならないの。亡くなった詩学の宗師である韓嬰《かんえい》は《易経》にも精通していて、《韓氏易伝》という書を残しているし。もちろんそれは韓詩《かんし》の一派の説で、白先生が修めているのは斉詩《さいし》の考えだけれど。斉詩には独自の占卜の流儀があって、かんたんにいえば〝五際六情《ごさいりくじょう》〟とまとめられる」

経学のこととなると、葵の言葉は熱をおびる。

「於陵君はその説にまで通じているのか」鍾展詩が首をひねる。「白先生の話では、その占卜は学派のうちに限って伝えられていて、先生自身もその原理を知りつくしてはいないといっていたが」

「実はひとつ、白先生にはまったく話していないことがあって、私も夏侯《かこう》先生に《詩経》を学んでいるのです。まだものになってはいませんが……」

「〝五際六情〟というのはなに？」

葵のいう夏侯先生というのがだれか露申は知らず、それに師事するのがどういうことかもわからないので、まだ興味のある占卜の方法へと話題を向けた。

「説明するとこみいっているのだけど。五際というのは十二支のうちの五つ——卯《ぼう》、酉《ゆう》、午《ご》、戌《じゅつ》、亥《がい》のこと。この五つの地支の年にあたると、〝陰陽《いんよう》終始際会《さいかい》の歳《とし》〟[2]といって、政治の大きな動揺が起こりうるの。さらに〝卯酉の際は改政《かいせい》と為り、午亥の際は革命と為る〟[3]。午、亥の二つの地支をそなえた年、たとえば辛亥《しんがい》の年はとくにおそれるべきで、王朝が入れかわるような革命も起こりうる」

「なら〝六情〟は？」

「五際が年に関わることなら、六情はくわしい日付のほうに関わっているの。六情というのは北、東、南、西、上、下の六つの方位に照応した情性を表している。六方は十二律《じゅうにりつ》とも照応していて……」

「わかった、その先まで話さなくてもいい。どうやらややこしい学説で、私の理解をすこし超えそうだから」

「この方法は占卜を実行する者に求めるものが多くて、博学の経師でなければ手に負えないの。しかも軍国の大事を論じるものだから、手を出せる人は当然少ないほうがいい。それに、庶民や女子がいついつの大きな政治の変動を占えたとして、なにができると思う？　それだから斉詩の占卜法は治者に捧げるほかなくて、私たちに実質の使いみちはないの。もし露申が占卜に手を出すなら、市中で日者《じっしゃ》（民間の占師《い》）を探してきて、楚の土地にかなった日書《じっしょ》（行事や礼式の日どりの吉凶をまとめた書）を作らせればいい、それがいちばん実質があってまわり道のないやりかた」

まったく葵は、こんなになにもない山奥のどこに日者がいるというの——露申は反発を覚えたが、口にはしなかった。

「ただ私は、占卜などには触れずにすむなら使わないほうがいいと思う。〝卜は以て疑いを決するの

2　《漢書》翼奉伝、顔師古注
3　《詩推度災》

み〟[4]、そもそも占卜に手を出すのは、決断の力に欠けることを意味するのよ。私は五行家《ごぎょうか》、堪輿《かんよ》家、建《けん》除《じょ》家、叢辰《そうしん》家、暦《れき》家、天一《てんいつ》家、太一《たいいつ》家の占卜の流儀に触れたことがあるし、《周易》[巻末注5]の筮法《ぜいほう》も学びはしたけれど、占卜をとりおこなったことはほぼないの。私は決めたことは吉凶にかかわらずかならず行動に移すし、いつ始めていつ終わらせるかもすべて私の気分が決める。だからいろいろな占卜法も、私にとってはなんの意味もない」

「なら、葵はどうしてそれを学んだの」

「逡巡してばかりの人に手を貸すため。私は提言をむりやり信じさせることはできないけれど、いろいろな占卜法の力で説きふせることはできる」

「葵はちっとも信じてはいないんでしょう？」

「私自身の判断よりも信じられるものはない。必要なのはまわりに私を信用させるための手段だけで、そういったときにいつも占卜法は役に立つから」

「葵はその膨れすぎた自信をいつまで持っていられるのかな、早く自分のちっぽけさに気づいてほしいけれど。私は葵以上のできそこないだけれど、ただ私には見えるわ、葵はいつかぶざまに転げ落ちることに……」

「ぶざまに転げ落ちるといわれていま気づいたのだけど、露申の住んでいる土地は谷のあいだだったでしょう、まだいくらも歩いていないのに、底も見えないような谷川があるのはどういうこと？」

「山も谷も、見る場所のちがいだから」

「見て、そこに蓍草が広がっているでしょう、白先生が占卜に使うならまちがいなくあれでじゅうぶん。ここよりさらに先へいったはずがない。だから、ここから川へと落ちてしまったとしたら……」

「露申、川まで下りていけるような道はないのか？」

鍾展詩が聞く。葵は崖のふちまでいって下を眺めた。

「あるにはあるけれど、すこし時間はかかる」

「ここを見て！」葵が崖の近くの地面を指さして声を上げた。「これはもしかして……」

露申と鍾展詩があわてて駆けよると、赤褐色の地面にはっきりと見える痕があり、人がはきもので地面をなんどもこすってついたもののようだった。

「そういえば、たしかに白先生には癖があったな。人と話すとき、気づかないうちにずっと足で地面をこすっていた」鍾展詩がいう。「ただ、こんなところではだれにも会わないはずだろう？」

「わかりません、今朝はなにものかが後をつけていたのかも」葵が不安げにいう。「谷間は霧が濃くてなにも見えません。万が一のために、下へ見にいくことにしましょう。露申、道案内を頼むわ」

「ほんとうにいくの？」

---

4 《左氏春秋》桓公十一年

そうはいいながらも、露申の足はすでに動きはじめていた。葵と鍾展詩がすぐうしろをついていく。谷底へと向かう道はひとりだけが通れる細さで、右に一歩進めば絶壁、左に一歩進めば深淵があった。三人は山肌から垂れさがる薜荔《オオイタビ》をつかんで、慎重に歩を進めていく。

葵はなんども顔をあげ、絶壁になかばで裁ち切られてしまった空に目をやった。もしこのとき上から巨石が転げおちてきたなら、二人に挟まれている自分がそれを躱《かわ》す余地などない。もし白先生が谷川へ転げ落ちたのなら、どうすれば観家の住まいまで連れてもどれるだろう——そう考えると葵の焦燥はつのり、あやうく足を滑らせるところだった。この道のりがまったくの無駄足に終わること、白止水がただ山道に迷っただけであることを望んだ。ただ、不吉な予感が黒雲のようにその心を押しつぶしていた。

露申はひたすらに雨だけは降ってくれるなと祈っている。この状況での雨がなにを意味するかは知っていた。それが現実になれば、足が砂利道をとらえられなくなり、いま手につかんでいる薜荔も滑りはじめて握るのが難しくなるだろう。

道半ばで、先頭を歩いていた露申が休憩をいいだし、ほかの二人もそれに賛成した。ただし三人が疲れを感じているのは身体でなく、張りつめどおしの神経だった。絶壁にもたれ、深淵に顔を向けた三人は口を開かなかった。露申の息づかいは荒く、重苦しいものになっている。芰衣《きい》が死んで以来、山中でこれほどの距離を歩いたことはなかった。心中で道のりを推算する。下り口から谷底までいきかえりおおよそ八里（約三・二キロメートル）の道、用心しながら歩くなら半日は費やすことになるかもしれない。きっと昼食のまえにもどることはできないだろう。

一羽の鴉が谷間を四度巡るのを眺めたのち、三人はふたたび歩きだした。足どりはまえよりもずっと遅くなり、山道もしだいに険しく細くなっていく。ようやく谷底にたどりついたとき、露申は疲れきって葵にもたれかかったが、葵は露申を鍾展詩に押しつけるとひとり白止水の落下したであろう場所へと駆けていった。

そして葵は、屍となった白止水を目にすることになった。

葵の呼ぶ声を聞いて、露申と鍾展詩があとから駆けつける。

白止水は地面にうつぶせに倒れ、頭部のあたりにすこしの血痕があった。血はそれほど流れていないものの、内臓はきっと跡形なく潰れているだろう。葵はそばに寄って脈をとった——拍動はなく、露申と鍾展詩に首を振ってみせる。鍾展詩は白止水の遺体に覆いかぶさると、口は開かず、涙も流さずに、ためらうことなく遺体を持ちあげようと試みた。

そのとき、白止水の右手で隠れていた血文字を三人ともが目にした。おそらくは、白止水が生者に遺した最後の伝言だろう。

「〝子衿《しきん》〟……」

地面の血文字を葵が読みあげる。

露申は、二日まえの晩に江離の部屋でこの二文字を見たのを思いだした。しかもあれはきっと江離が鍾展詩に宛てた返信だった。ただ江離との約束ゆえに、ここで鍾展詩に質問することはできなかった。

直感では、この二つの出来事にはつながりなどないはずだと思う。

ただ、それは正しいのか――頭を悩ませて、焦燥の視線を葵に向ける。葵はその考えを察し、こちらへ歩いてきた。

「おととい見た木簡が気になっているんでしょう」露申の耳元でささやく。「もどってからどこかで江離さまに聞くのがいい」

露申はうなずいて同意を伝えた。

「お願いするのは心苦しいのですが、いま白先生の屍を観家まで運んでもどれるのは、あなたしかいません」

葵は鍾展詩にいい、身を屈めて、死体を起こすのを手伝った。露申も手を貸し、二人の少女の力を借りて鍾展詩は息のない白止水を背負うことになった。

そのとき、雨粒が天から落ちてきた。

ほんとうにもどれるのだろうか――露申はそう考えながら歩みを進める。上方を仰いでも、目に入るのは絶壁ばかりだった。もしかすると、生まれて以来もっとも危険な道のりを歩いているのかもしれない。鍾展詩も、体力には不安ばかりで、自分が屍を背負って歩きとおせる確信は持ちあわせていなかった。

そして葵は〝子衿〟の二字の意味を考えながら、白止水が最後の死者とならず、事件がさらに続くことを恐れていた。

5

　三人がようやく観家にたどりついたときには、昼食の時分はすでに過ぎていたし、食事をする気力などまったく残っていなかった。白止水《はくしすい》の遺体を無逸《むいつ》に引き渡したあと、体力を使いはたした鍾展詩《しょうてんし》は倒れこんだ。無逸の妻の悼《とう》氏は、葵《き》と露申《ろしん》に濡れきった服を着替えてゆっくり休むようにいい、昏倒した鍾展詩は自分が面倒をみると申しでた。

　若英《じゃくえい》はすでに鍾会舞《しょうかいぶ》を連れて母屋を出て、自らの部屋へもどっていた。ただ江離《こうり》はともにもどることはせず、三人のもどってくるのをあくまでも待っていたのだった。

　もどってきた姿を見た江離は嬉しさに涙を流し、そして白止水の死にむせび泣いた。

　小休《しょうきゅう》は、料理場に残り戸口から庭をながめながら、主人の帰りを待っていた。三人の歩いてくるのを見ると、小休は料理場から走って雨のなかへと飛びだしたが、葵に近づくことはなく、ひとつも言葉をかけなかった。葵は聞きなじんだ足音を聞いて顔をそちらに向けるが、冷やかな視線をむけてそのまま母屋へ入っていく。このあと主人はかならず部屋にもどって服を換えるだろうと察した小休は、葵と露申が母屋を離れるまでずっと立ちつくしていた。

悼氏のすすめを聞いて、葵と露申は部屋へともどることになった。小休は静かに主人のうしろへ従う。江離は母屋に残って、悼氏とともに鍾展詩を見守るといった。

「生きてもどってこられただけでもよかった」雨のなか、露申は小さく漏らす。

「そう、そのとおりね」葵は小休に視線を向け、怒気をかすかににじませていう。「おまえは私に死んでほしいの？」

「まさか……」

「主人が外で山道を歩いて、雨に打たれて、生死もわからないというのに、おまえはのうのうと建物のなかで高みの見物をしていたの」

「申しわけありません、申しわけありません……」

体力のほとんど残っていない葵は残る気力をふりしぼって腕をふるい、その手の甲で顔を打たれた小休は地面へと転がった。質素な単衣はぬかるみにつかり、鋭い石が布を引きさいてその身体へと食いいる。小休はすぐに起きあがることなく、ぴくりともせずに泥のなかへ倒れ伏して、主人からの命令を待っているようだった。

「立ちなさい！」

しばらくしてやっと葵がいいつけると、小休はすぐさま従った。

つぎに葵は小休の髪をつかみ、手加減せずに空中へ弧を描いて、その身体を二尺（約四六センチ）ほどふりとばした。小休は泥の上へ叩きつけられ、静かに主人からのつぎの命令を待っている。しかし葵はなにもいうことなく、ゆっくりと小休のもとへ歩き寄った。

小休が顔をむけて主人に視線を返そうとしたそのとき、葵は脚をふりあげ、泥にまみれた木靴で小休の顔を踏みつけた。はじめは足の先でこめかみのあたりをえぐり、それから足の裏をふり下ろして、木靴の底が小休の耳をふさぐままにした。

露申は葵につかみかかって小休から引きはなそうとしたが、そこまでの体力は残っていなかった。しばらく苦労したあと、露申は手をはなし、葵のまえにまわりこんで、全身の力をこめて拳を葵の頬骨に叩きつけた。葵は数歩あとじさって、露申に怒りの目を向ける。

「於陵葵《おりょうき》、こんなに残酷な人だなんて思わなかった」

葵はそれに応えず、背を向けると小休を難詰《なんきつ》しはじめた。

「小休、おまえの露申さまはおまえを大事に思っているそうよ、それならいい、くれてやりましょう。これから私たちに主従の関わりはない、おまえは露申さまに心を尽くして仕えていればいいの。もしくは、それでも物足りないのなら、この機に私を殺してしまってもいい。これまでにもう二人が殺されているのだから、私が死んだならみなは私を連続した殺しの三人目の被害者だと考えて、おまえのことを疑いもしないでしょう。これまで私はおまえを残酷に扱った、いいえ、いまでもおまえを虐げているのだから、きっとやまほど不満やうっぷんを溜めこんでいるんでしょう、この機に気がすむまで意趣晴らしをしなさい。私を殺すだけでおまえは永遠に解放されるのだから、すばらしいことではない？」

「私がどうして恨みを抱くのですか」小休は泥にまみれて泣きじゃくった。「私は一生をあなたに捧げています。あなたを否定するのは自分を否定することです。あなたに出会わなかったなら、私の人生はきっと終わらない夜のように毎日きまった場所で、きまったつとめを繰りかえし、死ぬまでなにひとつ変わらなかったでしょう――そんなものは人の生活ではなく、器か道具のようなものです。あなたに出会い、あなたとともに旅をして、あなたの求めで技芸を身につけ、あなたからさまざまな見聞を耳にして、ようやく私は人になりました。人としてみじめで、不自由ではあっても、それよりまえの器や道具のような日々とは例えようもないちがいがあるのです！　天は人を酷くあつかってはいませんか。災厄は年ごとに襲ってきます、なのに人は天を敬い、天を祀ることをやめません。なぜか――それは人が天に創られたもので、創り主には、みずから創ったものを意のままにしときに虐げることが許されているからです。私はお嬢さまと出会ったことで人になった、だからお嬢さまは私を創造した人、いえ、私にとっては神明のような存在です。ですから、あなたにどう扱われようと私はそれに従います。私に死ねというなら、私はただちにあなたのまえで命を絶ちます。私を痛めつけようというなら、私は鞭をさしだします。私はあなたに創られたからこそ……」

「やめなさい」

葵は露申を押しのけて小休に向かっていき、その身体を引きたてて自分のほうを向かせると、つづけて張り手を見舞った。小休は力のない目を見開いたままだった。

「そんな異端の邪説をだれが吹きこんだの？　父母は子女を育てたのだから、気の向くままに子女の幸福を奪い、ひいては虐げて、殺してもかまわないと？　君主が理不尽な殺戮を好んだなら、臣下は首を洗って待つしかないとでも？　おまえはどうして平気な顔で不公平をすべて受けいれられるの、私からの扱いにおまえはひとつの恨みごともいわないの？」

「これが不公平で、筋ちがいのことだと私にいわせたいのなら、お嬢さまの望むとおりの答えを返しましょう」

「おまえのその姿は、とても人とはいえない！」汚れにまみれた小休の服の襟を葵はつかみ、どなりつけた。「おまえに正しい道を示さず、人としての本分がなにかを教えなかったのを心から後悔しているわ。いまのその姿は、器となんのちがいもないでしょう。きっとおまえは、永遠に人になれないんだわ……」

この瞬間に、露申は理解したような気がした。葵からのさまざまな悪ふざけや軽率なおこないは、友情からのものではなく、生まれながらの残忍さと酷薄さから出ていたのだと。なにもかもが自分の——いつでもできるかぎりの善意で他人をおしはかる観露申の——誤解、そしてある種願望からの解釈だった。つまるところ自分はだれともほんとうの友誼を結ぶことができないのだ。これまでも、そしてきっとこれからも。

そう考えて、露申の心には葵への憎悪が湧きあがってきた。

葵が自分を裏切ったのではない、むしろ露申の期待を裏切ったのは現実だった。

ものさびしさのなかで過ごした日々があまりに長く、露申の葵への期待はいちど無限の大きさまで膨れあがっていたが、ここに到って残さず崩れおち、一塊の敵意へと姿を変えていた。親近感と依存心が憎悪に変わるのはたった一瞬のことで、露申はしだいに、自分に抑えがきかなくなりつつあるのに気づいていた。

「於陵葵」その背中へ、露申は冷やかに言葉を投げかける。「永遠に人になれないのは、きっとあなたのほうでしょう。あなたは文字を知っているだけの、ただの獣。人の感情なんてまったくわからないし、人の痛みも理解できないんだから。〝痛み〟について知っているのは文字の上だけのことで、〝痛〟の字のさまざまな書体も、古典のなかでの用例も知っているけれど、永遠にそこへ手を届かすことはできないの。人に関わるほかのさまざまな言葉にも、あなたの手は届かない。できるのは文字のうわべでとやかくいうことだけで、いろいろな書物の言葉を引いて説明をつけるだけ、だけれどあなた自身からはなにも感じられないわ。もし〝惻隠《そくいん》の心〟とはなにか聞いたなら三日三晩話しつづけられるけれど、ぜったいにあなたが自分の考えを話すことはないはず、だってそんなものは持ち合わせていないんだから。あなたはただ先人の文章を借りて、ほかの人の言葉を繰りかえして、貧しくて寂しい観念の世界に生きているだけ、鸚鵡《おうむ》や猩々《しょうじょう》となんのちがいもない。さまざまな学説を抱えこんでいても、あなた自身はなにも反映していない。それも当然でしょうね、だってその学説はぜんぶ人間が学ぶためにあるもので、あなたにはそれを実践する資格がないんだから！　これまであなたのことを見誤っていたけれど、ようやくはっきりわかってきた……」

　露申が話を終えるまえに、葵は両手を放して立ちあがり、ひとり部屋へと歩きだしていた。

「小休、私はずっとまえから、いつかおまえを私から離れさせようとしていたの。自分がおまえに頼りすぎているのも、おまえが私に頼りすぎているのも気づいていた。このままではいけないの。私は孤独にこの一生を終えなければならないけれど、おまえには普通の人生を送ってほしい。だからきょうはきっといい機会でしょう、私たちのつながりはここで終わりにして、いまからおまえは私の使用人ではなくなる。おまえは自分の未来を選ぶことができるけれど、〝これからも於陵葵に従う〟ことだけは選べない。決して。財産と衣装をいくらか分けてあげましょう、それはおまえの受けとるべきもの。これまでおまえは力を尽くしてきたし、私がいくらかやりすぎたのもまちがいない。もうおまえの姿は見たくないし、望むのは私の見えないところでおまえが幸福に暮らすこと。露申はいい子だから、これからのことを相談してみなさい、断じておまえを陥れることはないわ。ただ愚かにはちがいないから、その話が役に立つとは限らないけれど」葵は二人に背を向けたままいう。「できるだけ早く私はここを出ていこうと思う。馬に乗ることはできるし、車の操りかたも知っている。道に迷っても、しばらく歩き回っていれば進む方向を見つけられるでしょう。だからあなたたちが気にすることはないわ。さようなら、露申」

そうして、葵の姿は二人のまえから消えた。

露申は小休を助けおこし、慰めの言葉をかける。しかし小休は苦笑いを浮かべて首を振った。

「どうしましょう、露申さま。私はお嬢さまに捨てられたようです」

「まえにもこんなことはあったの？」

「叩かれるのはいつものことですが、私をいらないと口にしたのはこれがはじめてです。許していただけるかどうか……」

「小休はなにもまちがっていないでしょう、あんな人の許しなんて求めなくていいの！」

「露申さまはきっとわからないでしょう」小休がいう。「申しわけありません、私のせいで、あなたとお嬢さまの友誼を壊してしまいました」

「あの子とは友誼なんて結ぶべきではなかった。ほら、私の部屋で休みましょう、服も着替えないと。私の服があなたの身体にあうかはわからないけれど」

「けっこうです、私にはいくべきところがあって、なすべきことがあります。それではまた、露申さま」

そういって、小休は葵の宿所へと走りさった。

「小休……」

露申がなんどか呼びかけても、相手がふりむくことはなかった。このときの露申に、小休を追って走っていくような気力はない。なすすべもなく、ひとり自分の部屋へともどることになった。

母屋のまえを通ったとき悼氏に呼びとめられ、なぜ泥まみれになって引きかえしてきたのかと問われた。露申は苦しくなって母親の懐に飛びこみ、しばらく泣きじゃくった。涙が止まると露申はふいにはっとして、いまの姿が父親に見られていたらと思い、いま父はなにをしているかを聞き出そうとした。

「お父さまは白先生の遺品を整理しているわ。なにか手がかりが見つかるかもしれないといって」

つづけて、露申は鍾展詩の状況について聞いた。

「展詩はもう目を覚ましたわ、だけれど左脚を痛めていて、すぐにはうまく歩けないの。江離がゆうべ会舞から聞いた話だと、鍾夫人は長安から薬をすこし持ってきていて、漆塗りの箱に入れていたそうよ。江離がすこしまえに薬をとりにいくといっていたから、きっとすぐにもどってくるでしょう」

「叔母さまと白先生が襲われて亡くなったんだから、江離ねえさまはもうすこし気をつけないと。ひとりでいくのはやはり危険でしょう。私が迎えにいってくる」

「ただ、あなたひとりでは危ないでしょう」

「安心して、私なら大丈夫だから」

露申はそういって立ちあがり、表へと出ていく。

私のような人間は、死んだってかまわない——露申の心はこのとき、暗い考えに埋めつくされていた。

雨のなかの庭を眺めていると、ゆうべ葵とともに松明に火を点けた情景を思いだし、ふと苦い気分になった。しかし、このあとに起きたできごとは記憶の奥底へとさまよっていた意識の流れを断ち切り、露申をさらなる深い恐怖と絶望へ突きおとすことになる。

視界の遠くに、江離が漆塗りの箱を持ってこちらへ駆けてくるのが見えた。二人のあいだは百歩ほど離れている。

次の瞬間、江離が倒れた。

その背後、五十歩ほど離れたところに林があった。林と江離のあいだを遮るものはなにもなく、だれの姿も見えない。

遠くでのことだったために、露申はなにが起きたのか目にしていなかった。彼女は駆けよるが、江離は〝来ないで〟と声を張りあげる。

わずかにためらったあと、やはり露申はまえへと足を進め、ぬかるんだ地面を踏んで、怯えた様子の江離に走りよった。

あと三十歩ほどのところまで来たとき、江離が叫び声をあげ、そして地面に倒れ伏して動かなくなった。

その身体に雨粒が落ち、地面にはねかえる。

いまでは露申にもはっきりと見えた。江離の身体には二本の矢が突き刺さり、一本は背中を、一本はその足を射抜いている。背後の地面には、逸れた矢が三本突きたっていた。

露申はそのそばへと膝をついて倒れこみ、江離の手を握りしめ、声をかぎりに姉の名前を叫んだ。

観家の矢の先端には四股の銅の鏃《やじり》がとりつけてあり、目標に当たると先は完全に傷へ埋もれることなく、血が溝をたどって流れだしてくる。そのために、矢を抜きとらずとも傷は命にかかわるものになるのだった。

江離は命が尽きようとしていることを悟ると、静かにため息をつき、露申の手をさらに固く握った。

「やはり逃げられなかったのね……叔母さまが亡くなったとき、つぎは自分の番かもしれないと思ったけれど……露申、私のかわりに展詩と会舞を守ってあげて……ひょっとすると、つぎは……」

「江離ねえさま、もう話さないで。きっと助かるから」

露申はまったく自信のないまま江離を励ます。

「いいえ、もう助からないのはわかっているから……真剣に聞いて。今回の祭儀はこれまでとちがう……だから、叔母さまは殺された……私が叔母さまと約束を結んだ……だから……」

激しく咳きこんだかと思うと鮮血が口からあふれだし、江離はそれ以上話すことはできず、そのまま息絶えた。

そのうち、露申の呼ぶ声を聞いて駆けつけてきた悼氏と鍾展詩、観家の使用人たちが、ともに江離の遺体を建物のほうへと運んだ。そして露申は母親が止めるのも聞かずに、犯人が身を隠しているかもしれない林へと飛びこんでいった。

ふだんほとんど人が入ることはない林だった。そこではいたるところで木の根が土の上へ顔を出しており、人が歩いても足跡がつかず、犯人の足どりをたどることはできなかった。ただ意外なことに、そこで露申は凶器を見つけた。一台の弩が地面へ放りだされ、近くには六、七本の矢が散らばっている。露申には、それが観家の所蔵している十四台の弩のひとつだとわかった。露申はそれを拾いあげ、母屋へともどった。

露申が建物へともどるころ、すでに悼氏は観家の使用人三人に命じ、それぞれ無逸、於陵葵、観若英と鍾会舞を呼びにいかせていた。そこで露申はひとり残っていた使用人を呼びとめ、母屋の裏にある倉庫を調べにいった。すると、七台の弩はすべてもとのところに置かれていた。となると、凶器となった弩は観姱が命を落としたあの倉庫から持ちだされたことになる。

なぜ江離ねえさまは殺されたの？

なぜ江離ねえさまは息をひきとるまえにあんなことをいったの？

なぜ次に狙われるのが展詩さまと会舞なの？

――犯人はいったいだれ？

露申は倉庫を出て、ふたたび江離が襲われた庭へともどってきた。雨のなかにたたずんで、離れた場所の林へと視線を向ける。地面の血痕はすでに雨で洗い流され、目標をそれた数本の矢だけがわびしく地面に刺さっている。

それから、無逸、葵、若英、鍾会舞が母屋へともどってきた。若英は江離の遺体を目にして昏倒し、鍾会舞が腰を下ろして膝に若英を寝かせてやった。葵は床へとへたりこみ、陰鬱な表情で死者を見つめる。なにが起こったのかと無逸に聞かれ、露申はことのいきさつを、江離の言葉もふくめてそっくり伝えた。そして、葵へと質問する——

「どうして小休と来なかったの?」

「あれからもどってこないの、どこへいったのかは私にもわからなくて。ひとりで外にいて、万が一犯人と出くわしたら……」

「部屋にもどったほうが、かえって犯人と出くわすかもしれない」

「露申、なにがいいたいの?」

「於陵葵、聞いていいかしら。江離ねえさまを殺したのはあなた?」

「どうして私を疑うの?」

「あのときは、どこにいたの?」

露申は冷え冷えとした声で葵に質問をつづけた。

「部屋にいた」

「だれと一緒に？」

「ひとりよ、私ひとりだった」

「あなたの潔白はだれか証明してくれるの？」

「だれも。私は潔白だけれど」

「もうやめて。あの林はあなたの宿所に通じているでしょう。あなたは殺人のあとに引きかえして、ずっと部屋にいたふりがじゅうぶんにできた」

「ほかの人にはできなかったの？　みなはそのときどこにいた？」

「お母さまと展詩にいさまはここに、お父さまはあのとき白先生の部屋に、若英ねえさまと会舞は若英ねえさまの家にいたの」

「それでいえば、この林を通っていくと、白先生と若英さまの住まいにも出られたでしょう？」

「そうね。ただ……」

「だったらどうして私ひとりを疑うの？」葵が反攻をはじめ、鍾会舞のほうを向いて聞いた。「会舞、あのときはどこにいたの？」

「私は、疲れていたから、寝室ですこし休んでいたけれど」

「そのとき若英さまはなにをしていた？」

「おもての正房に残って、葬儀についての文献を調べるといっていたかな」

「なら、若英さまの潔白はだれにも証明できないのね」

「そうやっていじめるのはやめて」

「同じように、あなたのお父さまの潔白も証明できない」

「於陵葵！」

「そもそも私は、あなたたち観家とはなんのつながりもないのに、その家族を殺さないといけない理由はなに？」

二人の少女のいいあいが高まったとき、外から小休の声が届いた――

「お嬢さまは潔白です」

そして、一同は小休の姿が家のおもてに現れるのを目にした。身には汚れにまみれた単衣をまとったままで、顔は赤く腫れ、髪にも泥がまとわりついていた。

「小休、どこにいっていたの？」

露申の言葉は、変わらず冷え冷えとしていた。

「あのすぐあとから、お嬢さまの泊まる家のまえに立っていました。戸を叩くことができず、そこを動かずに。ですから、お嬢さまがいちども部屋を出ていないことを証言できます。そのあと人が来るのを見て、私はこの姿を見られたくはないと身を隠しました。ですがどうしても、みなさまがお嬢さまを疑うのではないかと気がかりで、こっそりとついてきたのです。そうすると、思ったとおり……露申さま、落ちついてください、お嬢さまはぜったいにそのようなことはなさいません」

「なら、葵が自分になにをしたのか、みなに見せてあげなさい！」露申は小休に指を突きつける。「自分の使用人にここまでの仕打ちができるなら、ほかにできないことがある？　いままでは於陵葵の器用な弁舌にまどわされて、私はいちども疑わなかった。だけれどいまは……」

「お嬢さまは潔白です。私が証明できます」

「小休、ごめんなさい。あなたの証言は信じられないの。だってついすこしまえ、於陵葵が命令を下せばなにも聞かずに従うといったばかりでしょう。なら、もし嘘の証言をしろと命じられればあなたはそうするだろうから」

　そのとき、葵は立ちあがり二度手を鳴らした。

「もういい、露申、どうしてまだわからないの？」葵はため息をつく。「江離さまの言葉を思いだしてみて。〝叔母さまが亡くなったとき、つぎは自分の番かもしれないと思った〟。これはなにを意味していると思う？　そんな目で私を見ないで、私を疑うのにはなんの根拠もないのだから。なぜなら、江離さまの言葉によれば、この一連の殺しはあきらかに連続したもので、三人の死者はみな同じ理由で襲われたということ。もちろん、犯人も同じ。そして鍾夫人と白先生が襲われたとき、私はあなたとともにいた。そう、まさにあなたが、だれよりも私を犯人に仕立てたいあなたが、私の潔白を証明してくれるの」

「いいのがれはやめて、それはただの時間かせぎ。叔母さまの件の調べがいきづまっているから、連続した殺しなんてくだらない弁解を思いついたんでしょう」

「そう、ほんとうにそう考えているの？　ならいまから教えてあげましょう、この三つの殺しの犯人がだれなのかを。そして、その人物が罪を犯した動機がなんだったかを」

読者への挑戦状

この小説を書いている最中、私は「読者への挑戦状」に頁を割くか迷いつづけていた。解答の意外性が足りないのではないか、情報の〝フェアプレイ〟が不十分で、結論を導くための伏線をのこさず提供できていないのではないかと悩んでいた。ただ、推理小説における解答のたしかさはそもそも相対的なものだ。小説の内側から見れば、解答なるものは往々にして、探偵役を務める人物がそれを助手に話して聞かせ、助手がそれに納得すれば探偵は使命を終える。同じように、小説の作者が提出する解答もただ読者を説得するためのものでしかないのだ。ならば解答において、推理の過程に見落としがないか、トリックが実行可能か、伏線の回収がじゅうぶんかは、なによりも重要な問題というわけではない。

その仮定のうえで私は、「読者への挑戦状」は懸賞のない謎解き大会の始まりを告げるものではなく、一枚のしおりでしかないと考えている。そのしおりを通じて、私は読者に呼びかける——ここまで読んできたあなたは、納得のいく答えを導きだすことができる。ひとつとり組んでみてほしい。

ここで私が読者に投げかけたい問いは、ただひとつしかない。

天漢元年に起きた三つの殺人事件の犯人はだれか？ いいかえるなら、いったいだれが観婷と白止水、観江離を殺したのか？

くわえて説明しておくと、この小説内で叙述トリックは使われていない。同時に、解答を導くためになにか専門的な知識が必要になることもない。そして、三つの殺人事件の犯人は同一人物である。

第四章

死の譲《ゆず》る可《べ》からざるを知る。願わくは愛《お》しむ勿《な》けん。
明《あきら》かに君子に告ぐ、吾将《われまさ》に以て類為《るいた》らんとす。——屈原〈懐沙〉

1

「この二日で三つの凶行が起こり、鍾《しょう》夫人、白《はく》先生と江離《こうり》さまの命が失われました。江離さまの最期の言葉によれば、鍾氏の兄妹お二人はいまも危険にさらされているといいます。ですから、これからも事件が起きつづけることは止めなければなりません。現在、推理にあたっての最大の障害は鍾夫人の事件です。なにしろ、犯人は大勢の人目のあるまえで消えたのだから。

ことの起きた時間は、扉のまえの草むらに残った血痕から推理できます。私と露申《ろしん》がそのまえを通って川へ向かったとき、草むらに血痕はありませんでした。江離さまと会舞《かいぶ》がそこを通ったときにも、異常には気づいていません。そしてこの二人が通ったときにはすでに、ただひとつ残った犯人の逃げる経路は、展詩《てんし》さまと若英《じゃくえい》さまの目があった——つまり、これよりもあと、犯人が現場から逃げだす機会はなかったのです。

であればいちど考えを組みかえて、ひょっとすると、犯人は江離さまと会舞が草むらのまえを通るよりもまえに谷を出ていたとするとどうでしょう？　つまり、事件の起きた時間はもうすこし早かった。はじめ私は、そんなことはありえないと思っていましたが、露申から江離さまの最期の言葉を聞いたことで、ようやくことの真相をつかむことができました。ですが答えを明かすまえに、会舞にひとつ確認したいことがあります」

「於陵君《おりょうくん》はなにを聞きたいの？」

「会舞、これはなんの悪意もない質問だから、あなたも嫌がらずに答えてほしい。騒ぎのすぐ後からうっすらと感じてはいたの——会舞、正直に答えて。あなたは赤色と緑色を見分けられる？」

「えっ……」

「私がこれに気づいたのは、きのうのある反応があったから。私と露申が遺体を見つけたあと、あなたと江離も扉のところへ駆けていったでしょう。あのとき、あなたは草むらのそばに立っていながら、私に質問してきた——〝なにかあったの〟といって。あらためて思えばずいぶんとおかしな質問だった。もし草むらの血痕に気づいていたらこんな聞きかたはしないでしょう？　それにあなたの性格なら、ふつうは怯えを見せるはず。なのにそんな質問をするということは、あなたが赤と緑を見分けられず、そのせいであのときは草のなかの血痕に気づかなかったとしか考えられない」

「そう、私はまえからその二つの色は見分けられないわ」

「とすると、あなたと江離さまが最初にあの草むらを通ったとき、もしすでに血痕があったとしてもあなたは気づかなかった、そうでしょう？」

「でも、あのときは江離ねえさまも……」

「待って、葵」露申が抑えられずに口を開いた。「あのとき、江離ねえさまは血痕に気づいていたはず。私はあの人といままで暮らしてきて、色の見えかたがちがうだなんて感じたことはなかったわ。だからあなたの仮説は、そもそも成りたたない」

「色の見えかたの問題だけなら、うまく隠せば、朝夕をともにする家族も気づかないことはあるでしょう」葵は答える。「これから私は、亡くなった江離さまもおそらく二つの色を見分けられなかっただろうと証明してあげる。同時に、江離さまたちが赤と緑の二色を見分けられないその理由も説明する」

「ばかげてる、そんなものでたらめにもほどがある！　葵、あなたの病は治りようがないわ。臾跗《ゆふ》や扁鵲《へんじゃく》だとかの名医に出会わなかったのはほんとうに不幸だった！」

「露申、こらえて聞いていて。これはすべて、事件がこれからも起きるのを防ぐためだから。なにも価値のあることがいえないのなら、しばらく口を閉じておくことね」葵がいう。「ただ、ここから私はいちど遠まわりをして、無関係に見える質問をいくつか投げかけないといけない。そうしないと、露申のような頑迷な人には私の主張は理解できないから。この質問は展詩さまに答えてもらいましょう——江離さまは最期に〝今回の祭儀はこれまでとちがう〟といいました。では、今度の祭儀はいったいどこがこれまでとちがうのですか？」

「いいたいことがわからないな」

鍾展詩はいいよどむ。

「わからないのはなぜですか」葵は食いさがる。「これまでの祭儀の対象は東皇太一《とうこうたいいつ》でしたが、今度の祀る相手はどうやらこれまでとちがうように見えます。ではこう聞きましょうか、鍾夫人が祀ろうとしていた神は、東皇太一ではなく、東君《とうくん》だったのでしょう？」

「それがどうした？」

鍾展詩は質問で返したが、それが葵の質問への答えになっていた。

「やはり、私の考えはまちがっていませんでしたね」

「それはほんとうなのか？」無逸《むいつ》が鍾展詩のほうを向いてたずねる。「なぜ私がなにひとつ知らない。姱《か》は、姱《か》はなぜそのようなことを？」

「母さまはかねてから、太一は外からの神で、東君こそが楚地に根ざした、楚人がほんとうに信仰すべき神だと信じていました。そのせいで、東君の祭儀を再開するべきだと考えたのです」

「とんでもないことを！　こうして災厄に見舞われたのも無理はない！」無逸は憤慨して振りかえり、葵と向きあった。「於陵君はどのように気づいたのだろう？」

「ほんとうに気づかなかったのですか？」葵が説明を始める。「私は、今回の祭儀で祀られるのが東君だとさまざまな痕跡が示していたように思いますが。おとといの晩の宴席で、鍾夫人ははっきりとその考えを口にしていましたが、みなひとりも気にとめなかったようです。あのときの言葉では、〝ずっとまえから東君は東皇太一に従う神としてともに祀られてきたけれど、九歌《きゅうか》をよく読むと、もとはもっと特別な地位にいたように思える〟。さらには、〝すこしまえへさかのぼれば、東君が主神として奉られていたことはありえる〟ともいいました。根拠は《楚辞》九歌の一篇、〈東君〉です。九歌に記されたことと併せれば、鍾夫人が襲われるまでのさまざまな行動にも、筋のとおる説明ができます――実は、東君の祭儀の準備をすすめていたのだと。

　まずは楽器。鍾夫人は生前、〝九歌の文によれば、東皇太一を祀るときに使うのは鼓《こ》、竽《う》、瑟《しつ》だけで、対して東君のときには瑟、鼓、鐘《しょう》、篪《ち》、竽の五つの楽器を使う〟と説いていた。ここからは二つのことが説明できます。ひとつは、なぜ倉庫に長らく捨ておかれていた編鐘《へんしょう》を鍾夫人がたしかめにいったのか。もうひとつは、なぜ七孔の篪が持ちこまれたのか――それは、いままで東皇太一を祀るときにこの二つの楽器を使うことはなかったのにたいして、今回は九歌の記述をもとに東君の祭儀を行おうとしていたために、あらためて準備が必要だったからです。

　そして、鍾夫人の遺品から見つかった上部が青、下部が白の袿衣《けいい》です。会舞の話によれば、その服は〝長安を出るまえにできあがったばかり〟で、しかもまだいちども着られていなかった。しかし、鍾夫人は殺されるまえの日、わざわざ荷物から服をとりだしたのです。私の考えでは、その袿衣は祭儀にあたって使われる礼服だったのでしょう。九歌の〈東君〉には〝青雲の衣白霓《はくげい》の裳《しょう》〟という言葉がありますが、おそらく鍾夫人はこの一句をもとに、東君を祀る礼服は青と白の組みあわせと考えたのでしょう。この服は祭儀のさい神明と通じる巫女が身にまとうべきもので、その巫女とは、江離さまだったはず。そう考えるのも、鍾夫人が服をとりだしたその晩、私と露申は江離さまの家で展詩さまとの便りのやりとりを目にしたからで……」

「そのことはいわないでくれるか」

鍾展詩は顔を蒼白にして訴えた。

「事件がこれからも続くのを防ぐためには、話を続けなければなりません。お二人のやりとりは木簡に書かれていました。展詩さまが江離さまに書いたのは〝緑《りょく》や衣《い》や、緑衣黄裏《りょくいこうり》。心の憂うる、曷《いつ》か維《こ》れ其れ已《や》まん〟。そして江離さまからの返信は、〝青青《せいせい》たる子《し》が衿《きん》、悠悠たる我が心。縦《たと》い我が往《ゆ》かざるも、子《し》寧《なん》ぞ音《いん》を嗣《つ》がざる〟。どちらも《詩経》の文言ですが、ここでは《詩経》での本義とは関係がなく、その言葉を借りてある種の暗号に使ったのです」

「もうやめてくれないか……」

「〝緑や衣や〟と〝青青たる子が衿〟はどちらも青と白の袿衣のことを指しています。展詩さまの書いた詩は、祭儀のさいにそれを着る気があるかと江離さまにたずねる意味がありました。江離さまが返答で引いた詩は同意を表していて、自らも東君を信仰しており、その袿衣を着て祭儀にのぞむつもりだと伝えたのです」葵はいうと、いまにも食ってかかりそうな表情の鍾展詩へと視線を向けた。「私の考えにまちがいはありませんね」

「まちがいはない」

「でも於陵葵、それと江離ねえさまの色の見えかたがどう関係するの」

露申が鋭い声で聞く。

「私はいま、ひとつ結論を出したでしょう——江離さまは、東君を信仰していた。この結論をよく覚えておいて。すぐあとで色の見え方について証明するとき、役に立つことになるから」そして葵は話を続ける。「同時にひとつわかっていることがある。江離さまと会舞はどちらも、〝五行説〟に触れていることです」

「それは……」

鍾会舞は困惑したように答える。

「五行説は天帝が夏《か》の禹《う》帝にさずけた原理で、殷《いん》の紂王《ちゅうおう》の庶兄、微子《びし》啓《けい》が周《しゅう》の武王《ぶおう》に伝えたといわれます。伝えられた内容はのちに《尚書《しょうしょ》》の洪範《こうはん》篇にまとめられました。それから洪範篇を土台に、春秋、戦国時代の諸子や当朝の経師《けいし》がそれぞれ五行説に考えをつけくわえ、しだいに煩雑にして広大な体系が生まれています。このごろでは水《すい》、火《か》、木《もく》、金《きん》、土《ど》にまつわる相生《そうしょう》と相剋《そうこく》の関わりについては常識となっているし、それぞれに対応する方位、季節、色彩、音律、味覚、内臓、徳行、気候、災厄などもしだいに知られてきています。今回の事件と関わりがあるのは、そのうち木に関わる部分です。木に対応する方位は東、対応する季節は春、色彩は青です。〝青〟という字は青色を表すこともあれば、緑色のことも、黒色のこともありますが、ここでは緑色と解すべきでしょう。水の対応する色が黒である以上、ここで〝青〟が黒であるはずはない。そして木に対応する色と考えるには、木々のうち青色をしたものはほぼないでしょう。ですから、ひとまず〝青〟は緑色と解するのが適当です」

「ただ、於陵君、私は……その説を聞いたことがないけれど」

鍾会舞が葵の言葉をさえぎった。

「いえ、あなたは触れているの。自分ではそれと気づいていないだけ」

「於陵葵、なにを根拠にそう考えるの？」露申が聞く。

「簡単よ、あの詩、〈青陽《せいよう》〉。〈青陽〉は十九首の郊祀歌《こうしか》のひとつで、春を描いた詩ゆえに最後の一句は〝惟《こ》れ春の祺《き》なり〟とある。郊祀歌にはほかに三首の詩――夏、秋、冬の三つの季節に対応したものがあるの。夏に対応するのは〈朱明《しゅめい》〉、冬に対応するのは〈玄冥《げんめい》〉。五行説では火に対応する季節は夏、色は赤で、水に対応するのは冬と黒。会舞、ここまで話せばわかるでしょう、郊祀歌はそもそも五行説をもとに創られたもので、それを歌うことのできるあなたは知らず知らずのうちにその説に触れていた。そしてきのうの朝、岸辺であなたは〝あの歌なら江離ねえさまも歌える〟と教えてくれた、だから江離さまも五行説に触れていたということ」

「なら、それは江離ねえさまの色の見えかたと関係があるの？」

「ある。これから証明してみせる――東君を信仰しながら五行説に触れたひとはかならず、赤と緑を見わけることができない」

「そんな理屈があるの！　於陵葵、いよいよ手がつけられないわ」

「黙って、おわりまで話をさせて。もし露申にこれ以上の仮説があるのなら聞いてあげてもいいけれど、どうも私には、あなたの知識で結論らしいものが導けるとは思えないから。まずはあなたの質問に答えましょう、質問なんかではないかもしれないけれど。〝そんな理屈があるの〟と聞かれたから教えてあげる、私の考えは――」葵はしばし考えこんで、ふたたび口を開いた。「こうしましょう、あなたが私の質問に答えてくれたら私は話をつづける。いい、太陽の色は何色？」

「えっ？」

「いまは姿が見えないけれど、ここまで生きてきたなら太陽を見たことはあるでしょう。こんな質問にも答えられないなら、早く身投げでもしなさい」

「白でしょう！」露申が怒気に満ちた声で答えたが、ふと考えてつけくわえた。「赤いときもあるけれど……」

「いいわ、それなら、東君はどのような神明だった？」

「私はひとつ答えればいいんでしょう、いま私は答えた。もう黙らせてよ」

「東君は太陽神だった」葵は自らの問いに答え、話をつづける。「〈東君〉によれば、東君を祀るときには青雲の衣に白霓の裳をまとう必要がある。太陽はときに白色に見えるのだから、祭儀において白霓裳をまとうのはじゅうぶん理にかなっている。ただ、青雲衣を着なければならないのはなぜ？　露申はおかしいと感じない？

　おそらくこれは、屈原が五行説に影響を受けたために九歌がこう書かれたのでしょう。こういえばわかるかしら、東君という名が屈原に、五行説における木を連想させた、五行説において木は東に、そして青に対応するから。太陽神である東君は、新たな色を背負うことになった――青を。

ゆえに私はこう推理する――東君を信仰しながら五行説に触れた人はかならず、赤と緑の二色が見わけられない。

　おそらく、そのような人が太陽を見たとき、それを東君と重ねてさらに対応する色を思い浮かべる、そして彼らの目のなかで太陽は青――緑色となる。そこから、彼らはすべての赤を緑色として見るようになる。　鍾会舞もそう、亡くなった江離さまもきっとそうだったのでしょう」

「ねえさまを侮辱するのは許さない！」露申はつかみかかり、襟を握って葵を壁へと押しつけた。「まえにあなたを叩こうとしたときは江離ねえさまに止められた。いまでは江離ねえさまがいないから、もう私を止める人はいないわ。於陵葵、今ここで私のまえから消えたら、手は出さないから。出口はそこ。雲夢《うんぼう》を出るのは雨がやんだらでいいけれど、もう私のまえには出てこないで」

「これ以上事件が起こるのを放っておけないの」

「なら、いまここであなたを殺す」

「ついいま私が証明したとおり、江離さまと会舞は赤と緑の二色が見分けられなかった。だからはじめの仮説にもどりましょう」葵は露申の言葉も両手も無視して、話をつづけた。「事件の起きた時間は私たちの考えていたよりも早くて、私と露申が草むらを通りすぎたあと、そして江離さまと鍾会舞が通りがかるよりはまえに鍾夫人は殺されていた。そのとき谷の入口に監視の目はなかったから、犯人はやすやすと逃げだすことができた。なら、鍾夫人を殺すことができたのはいったいだれか？」

「きのうには、だれにもひとりで凶行ができたとは考えられないといっていなかった？　あのときはお父さまと白先生が一緒に、お母さまと使用人たちが一緒に、展詩さまと会舞が一緒に、江離ねえさまと若英ねえさまが一緒に、私とあなたが……ああ、たしかに殺人ができた人がいる。これこそ意外な犯人でしょうね。あっはははははははははははははは――」

　露申は理性を失ったように笑いつづけた。いつしか葵の襟をつかんだ手は緩んでいた。

「やはり、私を疑うのですね……」

　小休がため息をつく。

「小休には動機がない」葵は乱れた襟を正す。「私たちは、殺人の動機を考えさえすれば、いくらもかからずに犯人を探しだすことができる」

「犯人でもないのに、どうして殺人の動機がわかるの」露申は《荘子《そうじ》》を思わせる口ぶりで聞くと、即座に続けた。「いや、あなたが殺人の犯人なんでしょう。それなら私の家族を殺した動機をみなに話して。感服に足る理由なら、屍には手をつけないでおくかもしれないから」

「冗談をいっているばあいではないけれど」

「冗談ではないわ」

「私は気にせずに話すから、露申は勝手にしなさい」葵はあきらめたようにいう。「殺人の動機はとうに私たちの目のまえへ転がっていて、あなたが見ないふりをしているだけ。江離さまの最期の言葉がはっきりと示しているでしょう――いまわの際に〝今回の祭祀はこれまでとちがう〟といったあとに、〝だから、叔母さまは殺された〟ともいっていた。つまり江離さまは、事件は祭儀の対象が変わったせいで起きたと考えたの」

「それが？」

「いいかえれば、今回つぎつぎと起きた事件の犯人は熱狂的な東皇太一の信者で、鍾夫人たちが祭儀の対象を独断で東君へ変えたのを許すことができずに、殺しに手を染めたということ。犯人からすると鍾夫人も江離さまも抹殺しなければならない異端者で、楚人の信仰に背いたゆえに殺すことになった。同じように、企てに加わっていた鍾氏の兄妹も殺す予定に入っている。なら、そのような動機を抱くのは何者か」

「だれでもありうるでしょう」

「なら聞きかたを変えましょう、白先生は今回の祭儀とは関わりがないのに、なぜ殺されることになったか？　そして、地面に書かれた〝子衿〟とはいったいなんの意味か？　なぜ単純に犯人の名前を書かなかったのか？」

「知らない！」

「露申、教えてあげる。白先生は口封じで殺されたの、鍾夫人が殺されたときある人のため嘘の証言をしたせいで、その相手に殺されることになった。しかも、襲われたあとも犯人の名前を書くことはできなかった。なぜなら書いたとしてもとうていその人が犯人だと思われることはなく、かえってその人に罪を着せるため自殺したと思われかねないから。ここまでいってもまだわからない、犯人は——」

「黙って！」

しかし、露申はすでに理解していた。

「犯人はあなたのお父さま、観氏の家長——観無逸さま」

驚愕のために、露申はしばらく反駁も罵倒の言葉すらも思いつかず、目をそらすことなく葵を見つめるばかりだった。そもそもこれまでの葵の推理をすべて出まかせと見ていた露申は、どのような結論が出てこようととりあうつもりはなかった。だがいまでは放っておくわけにはいかない。葵の示した犯人はよりによって、自らの父親なのだから。

「於陵君、それは真剣な話なのか」無逸が口を開いた。「外の家で、その主を陥れようとすればどんな対価を払うことになるか、わかっているとは思うが」

「あなたにはなんの悪意も持っていません。ただ、さまざまな証拠からこの結論にたどりついただけです」葵は落ちつきはらっている。「白先生を殺す理由があるのはあなただけで、書き残されたのが犯人の名前でなかったのもあなたが犯人だからこそ。白先生が〝子衿〟の二字を遺したのは、そのほのめかしから私たちが、今回の祭儀の対象が東君であると見抜くのを望んでいたからです。そうであればすべての謎はおのずから解けていき、犯人の正体も歴然となります」

「それも無理がある」露申はようやく唖然としていたのが我に返り、反論を始めた。「あなたの推理はぜんぶ、勝手な妄想でしかない。江離ねえさまが赤と緑を見分けられなかったかどうか、いまではたしかめられないでしょう。白先生がなぜ〝子衿〟と書いたかも永遠にわからないはず。もはやたしかめようのないことばかり証拠に持ちだして、それでみなを説得できると思うの」

「私ははじめからだれも説得するつもりはない。いったでしょう、この推理を披露しているのは、これ以上事件が起きるのを止めたいだけ。なにひとつ証拠がなかったとしても私は話す。なんといってもこれは否定しきれない推論で、無逸さまは犯人でありうるのだから。江離さまは最期の言葉で、鍾氏の兄妹はいまも危険にさらされているといったのだから、この推理を聞いた二人が、犯人の疑いがある観無逸さまへの用心を強めてくれればいい。私が望むのはそれだけ。そのせいでこの家の主に盾つくことになろうともべつにかまわないわ。なんであれ、私はすぐにでも雲夢を出ていくし、ここにはもう、心残りに思うものなどないのだから」

露申、どうしてわかってくれないの。私がここへとどまっている理由はあなただけ。あなたがそうふるまうなら、私は出ていくしかない――葵はそう心奥で悔やむが、その内心を目のまえの少女へ伝える手だてなどない。

いま、葵を見る露申の目にあるのは混じりけのない敵意だった。

思いだしてみれば午後の出来事は、はじめ葵はふだんのとおり、小休の怠慢をしばし自らの手足でこらしめ、そのあとはゆっくりと慰めの言葉をかけて洗った服に着替えるのを許し、ことによれば泥にまみれた髪を洗ってやるつもりだった。だがあのときは小休が思いがけず奴隷の道徳などを唱えはじめたせいで、知らないうちに抑えがきかなくなっていた。

葵は内心、小休がいま以上にものを考え、自分に反抗するようになるのを望んでいた。だからこそ葵は小休に《論語》と《孝経》の手ほどきをした。《孝経》諫争《かんそう》の章にはこのような孔子の言葉が記されている――〝故《ゆえ》に不義に当たれば、則《すなわ》ち子《こ》以て父に争わざる可《べ》からず〟。《論語》八佾《はちいつ》にも〝君《きみ》は臣《しん》を使うに礼を以てし、臣は君に事《つか》うるに忠を以てす〟とある。葵は、自分が小休へときにあまりにも苛烈に当たるのは礼法を外れているのであって、相応の抗議をすべきだと小休に気づいてほしかった。もしそれをやめてくれと小休自らいいだしたなら、葵はきっと手を控えただろう。

しかしながら小休は使用人にしてもあまりに従順がすぎ、主人に抗うどころか許しを求めることすらしなかった。葵は小休に頼りきっていたが、それでもその絶対的な恭順には吐き気がして、小休が無抵抗にふるまうほど葵は痛めつけて応えることになった。

ただ葵の考えを露申が知ることはなく、理解しているはずがなかった。

「於陵君の推論はある程度筋がとおっている」鍾展詩の膝に頭をあずけていた若英が目を開き、ゆっくりといった。「観家の祖人にはたしかに赤と緑の二色が見分けられない者がいた。そういえば、会舞、あなたのお父さまも色の見えかたが人とちがうはず」

「うん……そのとおりだけれど」

「《扁鵲外経《へんじゃくがいけい》》によれば、こうした色の体感の違和は血縁と関わりがあって、多くは父親から娘へと伝えられるそう。ただ前提としてその母親も、色盲であるか、色盲を生むある種の潜気《せんき》をその身に宿していなければならない。潜気のはたらく原理はまだよくわかっていないけれど、ひとつたしかなのは、その潜気を宿した女の家族には多く色盲が存在すること。となると、理屈でいえば、会舞が色盲ならば叔母さまも色盲であるかその潜気を宿しているかもしれず、それなら江離もたしかに赤と緑を見分けられなかったことがありうるわ」

「若英ねえさま、どうしてこんな人の話に耳を貸すの！」

「ただ《扁鵲外経》がはっきり述べているのは、娘が赤と緑を見分けられないならばその父親もかならず色盲であること。ならば江離はいなくなってしまったけれど、その色の見えかたをたしかめる手段は残っている。つまり、もし無逸叔父さまの色の感覚になんの問題もなければ、江離の感覚もかならず正常となる[巻末注6]」

若英は平静に語った。

「そうでしたか。私もこの分野ではまだまだ修養が足らないようです。ですが若英さま、あなたの叔父さまもきっと、二つの色が見分けられないせいで凶行のあと、草むらに残った血痕を放っておいた——そもそも血痕に気づかなかった、と考えられるでしょう」

「ほんとうにそう？」

葵はその言葉を聞いて思いだす。現場へ現れたときの無逸は、あきらかに血痕をまわりこんで歩いていた。落胆したように首を振る葵は、自らの失敗を認めたようだった。

「ようやく思いだしたようね。叔父さまはまちがいなく二つの色を見わけられると私が保証するし、だから江離にもたしかにできた。だからようするに、あなたの推論は成りたたない。その推論はそもそも東君のことと色の感覚とが必然的に関わっているという土台に立っていたのだから、私が《扁鵲外経》でその根拠を崩した以上、あなたの推論そのものも崩壊したということ」

「ですが血縁だけでなく、色の見えかたのちがいにはほかの誘因もあるでしょう？　あなたのいうのは身体のことだけですが、私のいう根拠はすべて信仰に関わることです。若英さま、まだ私は追いつめられていません」

「そう？　それでもいいわ、東君を信仰するとともに五行説に触れている人間をもうひとり連れてきて、あなたのいうとおりの問題が現れているか見てみては」

「どこにいるのです？」

「於陵君、忘れているようだけれど、あなたの目のまえにそのとおりの人がいる。私も東君を信仰し、しかも古礼を学んで、五行説に触れているのはまちがいない。だからこれはたしかめようのない問題などではない、私の色の感覚を調べさえすれば、あなたの推理が成りたつかは明らかになるの」

「……結論は」

「私は二つの色を見わけられる。あなたの推理は確実にまちがっている」若英が答えた。「それに於陵君、〝ここには心残りに思うものなどない〟などといわないで。露申はいまも生きていて、この場では仲たがいしていても、何日かすれば和解できるかもしれないのだから。対して私は、この世に気にかけるような人や物事はもうなにひとつないはず。芰衣《きい》が死に、江離も死に、なぜか私だけが生きのこった。露申、私は心からあなたを羨んでいるのに、あなたは自分の手にしているものを大事に扱う気がない。ほんとうにがっかり。於陵君、あなたたちが仲直りするまではここを出ていくのは許さないわ。いまでは叔母さまから聞いたけれど、叔母さまは露申をあなたへ託そうとしていたそうね。展詩に志となったのだから、叔父さまも、きっと反対されないでしょう？」

「若英ねえさま、見なかったのですか、ついいまの……」

「於陵君には心からの悪意はなかったと信じる。露申、もうわがままはやめなさい。私はいま、もう数年早く江離と仲良くなれたならとひどく後悔しているの。いまでは、なにもかも手遅れになった」

若英の口をつく言葉には、心が死に絶えた者の響きがあった。いずれおそらくは病に寝つくようになり、二人の従姉のあとを追って若い命を散らすのだろう。葵は深い悲しみに襲われたが、起こることを止める力のないことも知って、苦悶を抑えつけながら重く吐きだした息で嘆きを覆いかくした。そして葵は露申のことが心配になりはじめた。この自分のせいで露申が冷淡に、疑りぶかくなり、未来を決めるのに自暴自棄になってはと思うと怖かった。

ただなによりも、葵は自らの身のことを考えなければならなかった。

ほんとうに自分は、ひとりで無事に雲夢澤を出ていけるだろうか？　葵はおもての雨を眺めて、ふたたび頭を悩ませはじめた。道案内もなく、危険ばかりの野山を越えて街へたどりつくことができるだろうか。きょういくども、ここをすぐに出ていくといいはったことを、いくらか後悔していた。

「露申、私がここを去ったら小休の面倒をみてあげて」葵は陰鬱にいう。「この子はあなたに託そうと思う、小休にはあなたのそばで普通の人間らしくなってほしいの。あなたはほんとうに普通で、学ぶための手本にうってつけだから。それに私は、小休がそばにいなくなって、自分がどこか変わるのも望んでいる。若英さま、私と露申のことを気にかけてくれることには感謝しますが、それよりも私はあなたのことを心配しています。あなたにとって雲夢澤は痛ましい記憶に満ちた場所で、これからもここで暮らせば毎日を悲嘆に暮れながら過ごすことになるでしょうし、それが続けば身体にも障りが出るでしょう。もしかまわなければ、あなたを連れて長安へもどりたいと考えます。おととい江離さまから、あなた方二人はたえず平凡な人生から逃げる方法を探してきたと聞きました。江離さまはもういなくても、ただせめて、あなたがその遺志を果たしてください。長安にいけば、お二人の宿願を果たす機会に恵まれるかもしれない。江離さまの想いを無にしたくないと考えるのなら、私の提案を考えてくれますか。いまここで答えていただかなくても構いません。今晩はもう遅くて、すぐに出ていくことはできませんから。受けいれてくれるのなら荷物をまとめましょう、明日の朝には出発です」

——これが、葵に考えられる最善の答えだった。

「お嬢さま、私は……」

「小休、なにをいいたいかはよくわかる。きょうは一晩私についていなさい。明日から、私たちに主従の関係はなくなる。露申とは仲良くすること、あなたには露申のような人になってほしいから」

「考えておくわ、於陵君。江離の夢はきっとだれかが果たすにしても、それは私ではなく、あなたかもしれないけれど」

若英は言葉を続けることをせず、ふたたび目を閉じた。

「きょうは失礼ばかりをしました、どうかお忘れになるよう願います。江離さまのことは心から惜しんでいます。お話をした時間はごくわずかでしたが、あの方は私にとっての理想の女性で、私がなりたいと考えるような方でした。展詩さま、会舞、くれぐれも身体には気をつけて、犯人には用心をするように。私が伝えたいのはこれだけです、これからみなさまに顔を見せることはないでしょう。それでは」

いいおわると葵はふりむいて広間を出ていき、雨のなかを歩いていく。小休がすぐ後をついていった。

これは主従の過ごす最後の夜であり、悲劇は終幕へさしかかろうとしていた。

2

次の日の朝、露申《ろしん》は若英《じゃくえい》の横で目を覚ました。

露申はゆうべ、若英が悲劇に押しつぶされてしまうのではないかと恐れ、また二人の暮らした家が若英に亡き人を思いださせるのを避けたく思って、自らの部屋で寝るよう提案したのだった。

「起きたのね。きょうは於陵君《おりょうくん》を見送るの？」

若英は露申の横で正座し、もの思わしげにたずねた。

「若英ねえさまはあの子と一緒にいくのでは？」この件になると、露申の心情はひどく複雑だった。この土地にいつづけても若英にとって益がないとは感じているが、葵を信じる気にはなれない。「於陵葵《おりょうき》はいちど私に、あの家族の生業は人売りの商売で、あの子も毎年女の子を長安へ連れていかなければならないと話したの。あのときは冗談としか思わなかったけれど、いま思えば本当かもしれない」

「なぜそこまで於陵君に腹を立てるの？」

「あれのほんとうの顔を見たから。山に白《はく》先生を探しにいってもどってきたとき、あの子は私のまえで小休《しょうきゅう》を叩いて、ひどく痛めつけたから」

「主従のあいだではよくあることではない？　ひょっとすると二人にはどこか暗黙のつながりがあって、あなたが気づいていないだけなのかも」

「なんにしても、あれはやりすぎだった」

「そうなのかしら」若英はいつものとおりのゆったりした話しかたを続ける。「〝星に風を好む有り、星に雨を好む有り〟[1]、人の感じるものはそれぞれだから、ひとつの考えでおしはかることなどできない。《呂氏春秋》遇合《ぐうごう》の章にはこんな話があるの、〝人、大臭《たいしゅう》なる者有り、其の親戚兄弟妻妾知識《けいていさいしょうちしき》、能《よ》く与《とも》に居《お》る者無し。自ら苦《いた》みて海上に居る。海上の人、其の臭《しゅう》を説《よろこ》ぶ者有り、昼夜之《これ》に随《つ》いて、去ること能《あた》わず〟。露申、もし小休が於陵君の残酷さと暴虐こそを慕っているのだとしたら？」

　若英の口から出る言葉はどれも知ったものだったが、語られる考えが理解できなかった。自分は健全かつ平凡で意見にとぼしく、頭に浮かぶのはこの階層のだれもが分かちあう常識しかないと露申は知っている。身を犠牲にする忠義も、あるいは殺しあいを招くような悪念も、自分からは遠く離れた、理解せずともよいものだと考えていた。

　姉や従姉とはちがい、露申はもとからこの人里離れた地で暮らすのが似合っていた。

1　《尚書》洪範

もし於陵葵と出会っていなければ……

「答えなんて考えるまでもない――そんな残酷で暴虐をふるう於陵葵は嫌い。ただそれだけ。だからあの子とは絶交する」

「〝直《ちょく》なるを友とし、諒《りょう》なるを友とし、多聞《たぶん》なるを友とするは、益するなり〟[2]、ひとまずあの子は〝多聞〟ではあるでしょう。それこそ、露申に欠けているものだから。読書もせず雲夢《うんぼう》を離れたことのないあなたは、その友を逃してはいけないと思うわ」

「若英ねえさまは、どうしてそんなに策を巡らせてまで私たちを近づけようとするの」

「策をね……私はただ、あなたに後悔してほしくないだけ」

「後悔はしない」

露申はぴしりといった。

「その身ひとりになったとき、露申は後悔するわ」

「やはり、若英ねえさまは於陵葵とともにいくのね？」

「そのつもりはないわ。私は雲夢に残って、雲夢で死ぬ」

そう話す若英に、悲哀の色はすこしも見えなかった。

「それならひとりにはならないでしょう。これからはずっと、若英ねえさまのそばにいるから」

露申の言葉を聞いて、若英はふと笑みをこぼしたが、たちまちまた表情を見せなくなった。露申の心の奥から、もう若英の笑顔を見ることではないのではないかと不吉な予感がこみあげる。

「於陵君とは会いたくないのなら私がひとりで見送りにいきましょう、帰りに小休を連れてくるから。於陵君に痛めつけられるのを見ていられなかったというなら、これからよい扱いをしてあげて。ただ、小休はきっと残りたくはないような気がするけれど。於陵君も、今回ばかりはやりすぎているわね、小休になんとしても自分へ逆らわせようとしているんだから。そのせいで小休は板挟みになっている――主人のもとを離れればそれは不忠。もしその命に背いてあくまでもそばにとどまったら、それも不忠。いまでは進退きわまって身動きがとれなくなっているわ。いったいどちらを選ぶのか」

「私もついていく。もし於陵葵がこれからは小休へ親切にすると約束するなら、二人の主従関係がこれからも続いてほしいと思うから。でないと、二人とも損をするばかりでしょう」

「ずいぶんと思いやりがあるではないの。なら、あなたの身じたくができたら二人でいきましょう」

若英はそう提案し、露申は受けいれた。

そして、二人の少女は蓑と笠を身につけ、葵の宿所へと向かった。

雨はいくらか和らいでいたが、地面はひどくぬかるんでいる。空はきのうのような黒々とした色ではなくなり、まもなく晴れだすようだった。しかしながら谷を覆う霞が、二人の視界を遮っていた。

2 《論語》季氏

母屋を通りすぎ、二人はさらに百余歩ほど進んでいく。

そこに、嗄れた、重苦しい泣き声が耳に届いた。二人はだれの声かといぶかったが、小休の名前が聞きとれる。そのときすでに、露申は前方でいったいなにが起きているのか予感していた。

さらに歩を進め、露申はぬかるんだ地面を踏んで声の聞こえるほうへ駆けていく。裙《くん》のすそへと泥がはねかえり、あたかも風に吹かれた血の痕のように見える。そのあとを駆けていった若英は、あまりに残酷な光景を眼に映して倒れこんだ。怯える従姉を顧みる余裕など露申になかった。絶望に泣きじゃくる葵が見えた。

木の下へ座りこんだ葵は、すでに息をしていない小休を胸のなかに抱いている。泣き声はしだいに力が失われていく。

小休の首には、赤紫色の絞め痕が残っていた。

枲麻《カラムシ》を編んだ縄が木から下がっている。親指ほどの太さで、枝を二周巡らせて結んである。その二尺(約四六センチ)下にも結び目があり、その下は輪につくられていた。輪を留める結び目の高さは地面から七尺五寸(約一七三センチ)ほど。縄の下には長さ二尺近く、幅が一尺ほど、高さが六寸(約一四センチ)ほどの褐色の石があった。角のはっきりした石で、遠くからは誤って煉瓦とも見えるほどだった。

露申は目に見えるものから、自分の来るまえにここで起こったことをよみがえらせようとした——きっと小休は、首をくくって自死したのだろう。石を踏み台とし、つま先立ちになって縄を枝へと結びつけ、伸びた縄の先で輪をつくる。そして首を輪のなかへと伸ばし、石を蹴って、縄がその生命に締めくくりをつけた。遺体を目にした葵は、小休を腰から抱きあげて縄から降ろし、そして目のまえにある光景ができあがった。

「葵、小休は……」

露申はおずおずと聞いた。葵はなんの答えも返さず泣きつづけている。喉がすっかり嗄れ、いまではさめざめと涙を流すばかりだった。若英は露申のかげにうずくまり、両手を地について深々とうなだれ、口ではなにかを唱えていたが露申には聞きとれなかった。

「家へと運んであげる。ここにとどまってもしかたがないから」

露申が申しでたが、葵からの答えはない。

「葵！　立ちあがって！」

葵の肩をそばから揺すぶり、小休の遺体もそれとともに揺れた。

「なにもかも私のせい。今度も小休は従ってくれると思ったのに、こんなことが起きてしまった」

小休はきっと、きのうの葵の命令のせいで死を選ぶことになったのだろう。葵はなんとしても小休とのつながりを断ちきろうとし、雲夢に残ることを命じた。小休は主人から離れることを望まなかったが、命令をとりけさせることもできず、結果このような方法で抗議を明らかにしたのだ。

であれば、葵は小休の決心をあなどっていたということだ。

「葵、なにをいっているの、いまはそんなことをいうときではないでしょう！」

「露申、すべて任せたわ」

葵は小休の遺体を露申へ託すと、自らはあの縄へと歩いていく。

「なにをしているの」

「これがほんとうのお別れね」

葵は石を縄のすぐ下へと動かし、そこへ上って両手で縄をつかみ、露申に向かって寂しげに笑いながらいった。葵の目にすでに涙はなく、残っているのは死への決意のみだった。露申は葵の真剣さを感じとったが、両腕には小休の屍を抱え、とっさに動くことができず若英に助けを求めた――

「若英ねえさま、葵を止めて！」

若英はうずくまっていた姿勢から葵に駆けよったが、いちども顔をあげることはなく地面を見つめたままだった。葵のまえへと屈んで、その両足を抱きあげる。

「於陵君、そんなことは考えないで。死ぬ人はもうじゅうぶん」

「葵、どんな人になりたいか聞いたときにいっていたでしょう、その問いには実践で、自分のおこないで答えてみせると。なのにいまはなにをしているの？　葵の答えは、ここで死んでしまいたいというだけだったの？　もう私はうんざりするほど失望したから、これ以上私を失望させないで。私はずっとあなたを見ているし……小休の魂もいまここであなたを見ているわ」

「私は小休のまえで死にたいのに、あなたたちはその願いすら叶えさせてくれないの？」葵は嗄れきった声でいう。「こう思ったのは生まれてこれがはじめてなの、自分のような人間はもう死んだほうがいいと。小休を殺したのは私、いえ、正しくいえばだれもかも、殺したのは私だった。露申、こういえば満足なのでしょう。若英さま、私の手は江離《こうり》さまの血でも汚れているのです。ですから、ですから、手を放してください、私には救われる資格はありません」

「悪いのはあなたではないわ、於陵君、私はあなたを責める気などない。まして、江離の願いはあなたに託すしかないのに」

「やはり若英さまは、すべて気づいているのですね」

「そう、私はすべて知っている。だから……」

そういった若英は両目を閉じ、身体を震わせて、全身の力をふりしぼって葵を地面へ押したおした。若英の垂れ落ちた髪が葵の頬をおおう。葵の後ろ頭と髪も泥に押しつけられる。ついに若英が目を開くと、葵の両手を握って助けおこし、自らの衣装の袖で葵の顔の涙と髪についた泥をぬぐった。

「於陵君、どうか裏切らないで……」

葵の耳元で若英がいったが、雨音のせいでそれに続く言葉は露申に聞こえなかった。若英の言葉が切れると葵は陰鬱にうなずく。汚らしく、光はなく、希望もないこの世とまた向きあうことに決めたように見えた。若英に支えられて葵は立ちあがると、頼りない足どりで露申に近づいていった。

その露申は、葵が先ほど口にした言葉におののき、どう顔をあわせればいいか困惑していた。もしいま葵が話したとおり、私の家族を殺した犯人なのだとしたら、私はそれを助けてはいけなかったのだろうか――露申の心の底では、悔恨にちかい感情が渦まいていた。もっとも、葵が目のまえで命を落とすのを自分が黙って見ていられないとはわかっていた。ほんとうは、なにがあろうと許すべからざるおこないに出ていたのだとしても。

やっと、露申は小休の遺体を抱き、痛々しい足どりで葵の宿所へと向かった。気力はすでに尽き、小休の足には地面をこすりひとすじの痕を残すにまかせた。

葵も自らの言葉が露申を混乱させているのを知って、あれから口を開かず、ゆっくりとあとをついてくる。

若英は葵の横を歩いていた。

屋内へ入り、露申は小休の遺体を床へ下ろして、雨着を脱がせるとその横へ屈みこんだ。小休の舌が歯のあいだから出て唇のところへ触れているのに気づく。下体では流れだすものがあり、服を汚していた。それを見て露申は、小休の遺体を清めようと思った。小休の着ているものを脱がせ、その身体を返すと、織地の下で刻まれていた鞭の痕が目に飛びこんできた。

入りまじる鞭の痕は小休の背中を埋めつくしていたが、尻から太腿にかけての肌はひとつも鞭に裂かれていなかった。

どう考えたとしても、手慣れた鞭の技術を見ればこれは葵の残したものにちがいなかった。

そして露申は、まだ青ぶくれのひいていない傷がきのうつけられたばかりの新しいものではないかと察する。同時に、小休の身体から放たれる薬のにおいからは、葵が鞭をくれたそのあとで薬を塗ってやったように思えた。

「葵、ゆうべにまた小休を叩いたの？」

露申が厳しい声で聞くが、葵はなにも答えない。

「あなたが小休を死なせたの？　ついいまの身も世もない姿はまさか演技だったの？」

答えはない。

「だれもかも自分が殺した、といったのはどうして？　あなたはいったいなにをしたの？　雲夢澤へやってきた目的はなに？　私の家族といったいどんな因縁があって、どうして私の日常を砕いていったの――いえ、あなたは私の生きている世界まで壊していった……」

黙りこくる葵をまえに、露申は燃えあがる怒りを抑えられなくなっていた。机へ置かれたままになっていた書刀をつかみあげ、葵へ向かっていく。葵を傷つける考えなどはなく、ただこのささやかな得物によって葵の口を開かせたいだけだった。ただそのとき、その耳へ声が響いた――

「来ないで！」

はじめ露申は、それを葵の叫び声だと思いこんだ。しかし目に映る葵の表情はつゆほども動かず、唇は開かないままだった。そこで、そばに座っていた若英へと視線を向ける。若英は両目をかたく閉じ、顔を下へと押しつけ、両手で額のあたりを押さえながら、声を嗄らさんばかりに叫んでいた──

「露申、下ろしなさい！　若英ねえさま、私は……」

「とりかえしのつかないことをしないで！」

若英の声はほぼ悲鳴にひとしかった。ここまでの剣幕の従姉はこれまで見たことがなく、露申はことの深刻さを悟って、求められたとおり書刀をもとの場所へともどし座りなおした。

「考えてみれば、二日まえの私は葵と笑いあっていたというのが、あらためて不思議でしかたがないの。どうしていまはこんなことになってしまったの？　生まれて以来はじめて友達ができたのが私は心から嬉しかったし、その子とともに、これまで考えてもできなかったことがいくらでもでき、聞いたこともない場所へいくらでもいけるとまで考えたのに。その子のおかげで自分の人生は変わり、さえぎられていた世界がその子のおかげで私のまえへさしだされたともいちどは考えたのに。ただいまでは、そんな考えもすべて可笑しなことと、そして恥じるべきこととはっきりした。それはすべてあなたのせい、あなたがいたから。於陵葵、あなたに出会わなければよかったのに、あなたが雲夢へ来なければよかったのに、そもそもあなたがこの世に現れず、生まれてくることがなければよかったのに。そうすれば、だれも不幸にはならなかった……」

「私もそう思うわ。〝我が此《かく》の如《ごと》きを知らば、生《せい》無きに如《し》かず[3]〟」

葵は自嘲するようにいい、自嘲するように笑った。

「〝我が此の如きを知らば、生無きに如かず〟」

若英は葵のいったことを繰りかえした。露申にはそれが《詩経》の言葉だとわからなかったが、そこにこめられた感情はたしかに感じとることができた。ずいぶんとまえから、露申は自分への嫌悪を抱きながら生きつづけていて、父親に姉や従姉と比べられるたびに思いは募っていった——自分が生まれていなければ。だがいまではわかっている、いくら自らを嫌悪しているといっても、このとき目のまえにいる於陵葵の想念にとても及ぶものではないと。

露申は、葵がいつわりなく死へ向かおうとするのをその目で見たばかりなのだ。

あのとき若英ねえさまは、葵になんといったのだろう——露申は知りたかったが、問いを口にすることはない。それ以上に、葵が先に口にした言葉のほうが気にかかっていた。

「露申、叔父さまへ小休のことを知らせにいって。棺を使わせてあげられればいいけれど。もし於陵君が遺体を長安へ運ぶのを望まないなら、雲夢で葬ることもできるかもしれないわ」

「それがいいかもしれません」葵はため息をつき、小休のそばへと歩いていって、露申の横に腰を下ろ

3 《詩経》小雅〈苕之華〉。このような定めと知っていれば、生まれなければよかった、の意

した。「申しわけありません、早く私が気づいていれば……」

「では於陵君、小休の死があって、あなたにもこの件の真相はすべてわかったのでしょう？」

若英がたずねる。

「ええ、私にもすべてわかりました」

「私とすこし話しましょう。罪と罰にまつわることを、私と江離との約束を、巫女や死、神明のことを。もしかまわないなら、あなたの考えも聞いてみたいわ。もとは私が最初に死ぬのだろうと思っていたのに、この結果はあまりにも予想を外れていた。芰衣《きい》ねえさま、叔母さま、白先生、江離、小休も、みな生きているべきだった人で、なのに私は、なぜきょうまで生きてきたかも定かでないのだから。思うにきっと、はじめは芰衣ねえさまを傷つけないようにと思っていたのが、江離のためになり、だんだん惰性が生まれて、いつまでも決断が下せなくなったのでしょうね。露申、これをいうと怒るかもしれないけれど、すこし聞かせたくない話があるから、あなたにしばらくここを外してもらいたいと思ったの」

「わかった」

露申はそういって戸へと歩いていったが、心の底からは苦しさが浮かびあがってくる。

「話はすぐに終わるようにするから、あなたも急いでね」

「私は露申にも聞かせるべきだと思いますが……」

葵がそういうが、若英は首を振った。

「あの子に教えるべきことはこの口から話すわ。ただ、いちどに何人もの相手はできない。それに、もし露申がその場にいると、於陵君は正直に考えたことをいえないのではないかと思うから。あなたという人はあまりに優しいし、不器用すぎる。いつでもだれひとり傷つけようとしていないのに、結局はそれが果たされないのね」

若英の声は部屋に響き、露申はすでに雨のなかへと歩きだしていた。従姉のいったことは理解ができない。露申からすれば葵は残酷かつ鋭敏で、とうてい優しく不器用などとはいえなかった。

どうして世界すべてが葵の味方になるの？　どうして叔母さまも、江離ねえさまも、若英ねえさまも、みなあの信じてはいけない人をあそこまで信じるの？　なぜ、私ではいけないの？　十数歩と歩かないうちに、露申はさまざまな暗い考えに押しつぶされていた。

露申は自らに、葵こそが惨劇の裏にいた真犯人なのだとしつこくいいきかせる。

3

小休《しょうきゅう》の死を父親へと伝え、露申《ろしん》は葵《き》の泊まる家へともどった。その姿を戸口で見た若英《じゃくえい》はなかへと招きいれて座らせ、二人きりの話は終わったといった。

「いまは於陵君《おりょうくん》と、巫女にまつわる話をしているの。露申も祭儀にくわわったことがあるのだから、思ったことを話してみて」

「小休の屍も冷えるまえ、しかも目のまえに横たわっているのに、そんな地に足のつかない話はできない」

露申はなんの遠慮もなく拒絶する。

「もし小休が生きていれば、主人がどのような考えを持っているか聞きたがったでしょう。ならば、そのまえでの論議だってどこもいけないとは思わないわ」

「私もそう思う」

葵は眉根に皺をよせたまま同意した。

「それなら、私には黙ったままでいさせて。私のような人が〝巫女〟と呼ばれる資格はないから、なにもいうことなんてない」

「資格というなら、私にもない」葵がいった。「ただ長女であるだけで〝巫児《ふじ》〟と呼ばれるなど、すこぶる筋の通らないこと。家族のため祭祀を担う気などないのに、生まれたときからそれを担わなければならないと決まって、それだから多くの儒家から祭祀の理を学ぶよう自分に強いて、くわしい礼儀もいくらか覚えこんだ。ただそれもすべて親の代から押しつけられたもの」

「私にしたって同じはず。もちろん於陵君とはちがって、そのせいでさまざまなものを奪われることはなかったけれど……ただ私たちは、その地位によってほかからは触れることもできない権力をいろいろと手にいれた、そうではない？」

「それはどのような権力でしょう？　雑事に縛りつけられるのを避けられる権力、それとも神明と通じる権力？」

「私たちは礼儀と音楽についての教育を受けているのだから、それもひとつの権力よ」

「教育を受ける権力……ですか？」

「たとえば女子は、楽人の家に生まれたなら、音楽や舞踏の技倆を教わるかもしれない。経師《けいし》の家に生まれたなら、《詩経》や礼書を学ぶかもしれない。ただこの二つを兼ねられるのは、おそらく私たちのような巫女だけ」

「ただ、若英さまの幼年はあまり明るいものではなかったと聞きますが」

「私にはそもそも幼年などなかったのかもしれない。物心ついてまもなく、剛《ごう》の日には礼を学び、柔《じゅう》の日には楽を習う（十干は一日おきに柔と剛へ分けられる）暮らしだったから。そのうえお父さまは私に厳しくて、暗唱も、奏楽も、わずかでもまちがいがあれば叩かれた。ただ、いまもいったように、すべては権力を手にするためには必要な対価だったの。それに小さいころというのはなにもわからないものだから、愉快に日々を過ごしていたなら記憶らしいものはなにも残らず、ただの時間の浪費に終わっていたでしょう。私には、あのつらく、痛みのともなう日々が懐かしく思えるの」

「私はいくらか恵まれていました。かなり早くから気づいていましたから――この人生は自分のものではなく、たとえなにをしようと、つねにほかからの期待に応えつづけるだけでしかないと。長女として、巫児として、親からの期待によって私は死ぬまぎわまで追いつめられました。ですが、私はそれに立ち向かう術に気づきました。あるいは、自分の人生を奪いかえす方法を考えだしたのです」

「どういうこと？」

「なにをするにしても、あちらの期待を超えていけばいいのです。その超えたぶんが、私の人生になります。とても長いあいだ、私にはごくわずかな選択しか許されませんでしたが、それをどこまで突き詰めるかを私は決めることができて、そこにほぼ限りはありませんでした」

「私たちには理解などできない、とてつもなく能動的な人生の見方ね」

「ただそのうち私は、そんなことをしていても虚しく、物足りないだけで、満たされることがないのに気づいてしまいました。空虚を感じる理由はできることがあまりに少ないからではなく、動くことのできる土地があまりに狭いからだと知ったのです。そこで十五歳の誕生日に、父へ私の願いを告げました——」

「旅行かしら？」

「ええ、家の商隊の旅行についていくのです」

「あなたの生まれはほんとうにうらやましいわ」

「生まれというなら、私は若英さまのことをうらやんでいます。崇拝にあたいする祖先をもち、秘伝となった楚の古礼を学ぶことができ、そのうえ幼いころから、戦国時代にさかのぼる礼器に多く触れられたのですから。私が千里の道のりをかえりみず雲夢《うんぼう》を訪れたのもそれらに触れてみるためだというのに、若英さまはずっとまえから耳目に慣れ親しんでいたのですよ」

「ただそれは、この土地に縛られつづけたということでもある」若英はため息をつく。「私にはもう、雲夢を離れることはできないの。私にはなぜか、この家族は私の代まで続いたのが尽きるころあいに思える。それよりまえに、あといくらもしないうちに巫女という職は絶えることになるでしょう」

「ちがうでしょう。巫女というものは二種ありうるからです。ひとつは祭祀にたずさわり、祭祀のまえには香草を集め、潔斎沐浴し、祭祀のさいには楽舞を演じ神明を供養する。もうひとつの巫女は、市中へと混じり街へ姿を現して、占卜《せんぼく》、祓病《ふつびょう》、招魂《しょうこん》を供して金を受けとり暮らしていきます。これから絶えるのは先に挙げた巫女のみでしょう。あとの巫女は自ら生きぬいて、凡俗の平民から官人貴人までを引きつけ、おそらくは神明が人を見捨てるその日までいつづけるでしょう」

「私はかつて、自分がいつかそのような巫女に身を落とすだろうかと考えたものだから、医書を漁ったことがあるの。いま考えれば私の思いすごしね。於陵君は占卜に長けていると聞くけれど……」

「いつか家が傾くことがあれば、私は市中で売卜に身をやつすと思います」

「ただここであなたと話したいのは、はじめに挙げた巫女——当然、いまの私たちはそちらの巫女ね。於陵君は、巫女としてなさねばならないことはなんだと考えるの？」

「やはり〝神道《しんどう》を以て教えを設《もう》ける〟となるでしょう、それが本来の巫女のさだめです。ただ私の考えを伝えるまえに、若英さまの考えを聞きたいと思いますが」

「巫女がその役目をはたすのは天と人のあいだではなく、世俗の世界だと考えているわ」若英が硬い顔になった。「巫女は神明に代わって世俗の権力をつかさどるもの。政教のかかわりを論じるのにさまざまな人が私の先祖、観射父《しゃふ》の考えを引いて、そこで説かれたのは政教の合一する国家をつくること、つまりは世俗の権力が宗教の権力を抑えることと考えている。ただ私には、その理解はそもそもが誤読ではないかと思えるの。宴会の席での於陵君の理解も観射父の原意にかなっているとはいえない。あなたももっとも重要な言葉を引いてはいた、〝顓頊《せんぎょく》之を受け、乃ち南正重《なんせいちょう》に命じ、天を司《つかさど》りて以て神を属《あつ》めしめ、火正黎《かせいれい》に命じ、地を司りて以て民を属めしめ、旧常に復して、相侵瀆《しんとく》する無からしむ〟、ただその後の理解は、ひどいまちがいを犯したとでもいいましょうか。あなたもいったように、〝楚国が立つ基礎となったのは武力ではなく巫術で、そこからうかがうに、かつての楚王は世俗の王であるとともに、だれよりも崇められる巫士でもあったはず〟、この見方は私も事実に近いと思うけれど、どうしてあなたはその理路に照らして観射父の言葉を考えようとしないの？　於陵君、ここまで話せば私の伝えたいことはわかっているでしょう、ここで顓頊の果たした役割はひょっとするとただの世俗の帝王などではなく、まさにそこへ収まらない――」

「つまり、最高位の巫者《ふしゃ》でもあったというのですね？」

「そのとおり。私の考えでは、顓頊の世俗における権力の源は宗教的な権力だった。最高位の巫者であったために〝地天《ちてん》の通ずるを絶つ〟国家の神道《しんどう》を作りあげ、だからこそ世俗の統治者となって、万民を統べ帝統を続かせる権力を手に握ったということ。いにしえの帝王はすべてその道をたどり、殷商《いんしょう》にいたるまでそれは続いたの。私たちはふだんから、殷人は鬼《き》を信じた、というけれど、それはある種の誤解で、殷商のころ王者は巫者としての地位を兼ねていた。楚国が建ったのは商《しょう》末、周《しゅう》初のころだから、はじめのころの風俗もそれに従う。ただ周代に入ると様子が変わってきた。周の武王《ぶおう》は武力で殷を打ち負かし、従わない殷人のために周初は反乱が多かった。そこで武王は親族をひとりずつ殷商の故地に封じて、おのおのが軍隊を握って殷商の遺民に目を配るようにし、新たな封建制度が生まれたせいで世俗の権力はしだいに武人の手へと集まっていったの。兵をつかさどる貴族は巫者を家に住まわせ、自らの臣下とした。これはあきらかにまちがった仕組みだったと思うわ、周の王室が東へ移ってからの乱世と秦《しん》の暴政はどちらもこれが源でしょう。乱世を鎮め正道へともどすのに最善の方法は、暦を改め色づかいを変えることでも、儒者に頼ることでもなく、巫者による政権を新しく作りあげて、世俗の権力をあらためて巫者に握らせることでしょう」

「若英さまの野心はそこまで及んでいたとは……」

「周初に、周公旦《しゅうこうたん》は礼や楽をさだめ、武力を握る貴族が主導するあらたな制度を作りあげて、殷商の政教合一の伝統を壊していった。五百年が過ぎ、孔子は《詩経》《尚書》を編み、《春秋《しゅんじゅう》》を著して夏《か》、商、周三代の制度を見さだめ、万世不変のあらたな制度を作ろうともくろんで、後儒はその理念から《王制《おうせい》》一篇を書きあげた。ただここでの政治の見取図も私からすれば、周公旦の作りあげた制度に小さく手を入れただけ。また五百年が過ぎ、周の制度はあとかたもなく崩れて、秦の暴政は短祚《たんそ》に終わり、漢がおこって百余年、秦のあやまちを繰りかえした。そして今上にいたっては匈奴《きょうど》を討たんとしきりに兵を動かすことにかまけ、国家は疲弊しきっているわ——そのうえ封禅《ほうぜん》の礼までおこなって。術士を信じては求仙《きゅうせん》のうえ鬼《き》に頼るおこないは可笑しくてしかたがないというのに、まったく飽きることもないし、その過ちにも、恥であることにも気づかない。私の考えでは、この国家はすでに滅亡の縁まで来ていて、刷新がなければならない。儒家は〝質《しつ》〟と〝文《ぶん》〟とのちがいを究めているのではなかった？　儒者は殷商を質家、周を文家と呼んで、質と文の二つの精神は時代ごとに入れかわりつづけるという。それなら、私たちの生きるこの時代は〝文〟の末世と考えていいでしょう。文の末世をさまざまな病から救うためには、ふたたび質家の制度をとりいれ、政教を合一させ巫者に権限を握らせる必要がある。周公旦から私たちまでまる一千年の時が経ち、この一千年はその制度と教化が天下にゆきわたる時代だった。このいまから、私たちは巫者の統べる千年王国を作りあげるのよ」

「巫女として、私もそのような制度が現実となることを望みます。ただ、私たち巫女はどのようにひとつの国家にあらがうのです？　男の巫者であったなら、どうにか仕官の道を作ることができ、いずれ……」葵は〝謀反の兵をおこす〟と口にすることはできず、しばらく言葉を切って、ふたたび話しだした。

「いまの制度にしたがうなら、私たちのような巫女はおそらく世俗の権力など握れないまま一生を終えるでしょう。若英さま、あなたの考えはいったいどのように実行に移すつもりなのですか？」

「女子が世俗の権力に食い入ろうとするなら、おそらく道はひとつしかないでしょう。私と江離《こうり》が話しあったときも、ついにそれ以外の手だては思いうかばなかった」

「それは……」

「ええ、巫女たる者は、自らの身体で君王に仕える覚悟があるべきと考えている」

「やはり」葵は嘆じる。「江離さまが音楽の研鑽にはげんでいたのも、その目標のためだったのでしょう？」

「そのとおり。衛《えい》皇后も李《り》夫人（武帝の皇后と側室）も音楽によって見そめられたのだから、その手だてを試すべきだと考えていた。これは私たち二人の夢だったけれど、あいにくいまでは私ひとりになって、おそらく実行はできないでしょう」

「私とともに長安へ移れば、機会はないとも限りません」

「もう遅いわ。江離の支えがなければ、私はなにもできはしないの。ただの迷妄に溺れる女で、なににも先立つべき動く力もない。それにくわえて、私たちの生まれる時機がうまく折りあわず、今上は老いさらばえ、太子が力をふるっているでしょう。はじめ私たちはひとりが後宮へ、ひとりが東宮へ入るつもりで、そうすれば成功の目算がいくらかあがったのだけど。もちろん私も、国を変える理想を抱いて後宮に入るなどはたから見れば可笑しくてしかたがない、身のほど知らずの試みだとは知っているわ」

「せっかく考えを包みかくさず話してくれたというのに、私がなにもできないのは口惜しく思います」

「なら、於陵君も考えを包みかくさず話してみて。いまになっては、私もあなたのためになにもしてやれないのだから」

「そのような悲しいことはおっしゃらないで、ここ数日のことで悲しみはもうたくさんです。若英さまの話を聞いていると、急に自分が頑迷で、私の考えにはひとの耳を汚すほどの値打ちがないように思えてきました。ただここで話してしまわなければ、このあとだれにも話す機会はないかもしれませんね」

そういいながら葵が戸口の露申へ目をやると、うつむいて地面を見つめ、二人の会話になど耳を傾けていないような姿があった。ただし葵は気づいている――若英の言葉の多くは露申に聞かせるためのものだと。

「世俗の権力について、この私はなんの野心もありません。できるかぎりの心血と年月をかたむけて権力を求めたとしても、最後には徒労に終わるようにしか思えないのです。王侯将相も果ては一塊の黄土でしかない、それなら私は、自らを振りかえり観想してみたいと考えます」

「〝自ら〟というのは?」

「己がどのような境地に行きつくことができるかを。私の追い求めるありかたは――天人のあいだ、古今のあいだ、彼我のあいだの差異を己において完全に消しさること」

「すこしばかりこみいった話のようだけれど、どうにか説明してみて。〝朝《あした》に道を聞かば、夕べに死すとも可《か》なり〟[2]というとおり、いまは朝ではなくなったけれど、私はきっと暮れどきまで生きられないから」

「そう不吉なことをいわないでください、若英さまはこれからも生きつづけます。もし死と生がもとか

2 《論語》里仁

ら一線の差でしかないなら死はおそれるものではないかもしれない。それでもあなたは現世を、世俗を向いていて、その理想は死んでしまえば永遠にかなうことはありません。ですが私の求めるのは、おそらくは死んでからこそたやすく得られるものです」

「この世に、死んでからならば得られるものなどあるの？」

「この世にはきっとありません。《荘子《そうじ》》の斉物論《せいぶつろん》にこのような話があります——麗姫《りき》は、艾《がい》の地で国境を守る役人の娘だった。晋《しん》王のもとに輿入れしたときには、その涙が襟を濡らした。しかし晋王のもとへいって王とともにここちよい寝床で寝、美味なる肉を口にすると今度は悔いがこみあげてきて、あのとき泣くのではなかったと思ったという。つまり、死をおそれ生にしがみつくのはことによると思いこみでしかなく、死はおよそ生よりもすぐれたもので、いずれ私たちはこの物語の女子のようにかつての己をあざ笑うのかもしれません」

「於陵君は儒学ひとつを基礎にしていると考えていたから、道家の説に賛同するとは思わなかったわ」

「〝天下帰《き》を同じくして塗《みち》を殊《こと》にし、致《ち》を一《いつ》にして慮《りょ》を百にす〟[3]、諸子百家の述べる道理はすべてひとつなのです。儒家の礼書の言葉では、〝衆生《しゅうせい》は必ず死す、死して必ず土に帰る〟、これが鬼《き》のこと。〝骨肉は下《しも》に斃《たお》れ〟、地のなかで腐りはて土に還る。〝其の気《き》は上《うえ》に発揚《はつよう》して〟、あかあかと輝く姿となってはっきりと香りをはなち、人を悽然とさせる。これは万物の精気であって、神明のあきらかな顕れです。[4]これは鬼神について説く道理で、儒者のさだめるさまざまな祭祀もすべてこの道理を土台にしています。

となれば、儒家にとっても死はおそれるようなことではなく、子孫が賢明で宗廟を守りつづければ、死者は祭祀によって子孫のささげる供物を楽しむことができる」

「なら、於陵君は死を生の上にあるものと思うの？」

「そうは思っていません。人は生きているあいだになすべきことがあるからです。たとえばいま触れた供物のことも。生きている人間が、生業にはげみ雑事をこなすのを怠って家が没落することになれば、子孫は宗廟の祭祀をつづけていけなくなり、死後に子孫の供えるものを楽しむことはできなくなります。ですが、私の欲するのはそのようなものではなく、神明とともにあることなのです」

「神……明？」

「ええ、いま私の引いた典拠の言葉を信じるなら、人が死ねば、〝其の気は上に発揚〟する。それなら、死後に魂は天上へおもむき、そして神明とともにあると考えられます」

「思えば、私たちの崇める神明の多くも、かつて生きていた聖王、名臣が死後に神となったものね」

「そうでしょう。私たちの時代は信仰が混迷に入り、古代の三代と当朝とで神の系統がごたまぜにされてどこから手をつけてよいかわかりません。ですが、すべての神明は一体と信じています。人が死ねば、

3 《易経》繫辞伝。たどり着くところは同じだが道は多く、同じところへ到るのにさまざま考えをめぐらす、の意

4 《礼記》祭義から

魂はすべてそこへと帰る——すべての細い流れを海水がとりこんでいくように」

「なにをいいたいか判然としないのだけど」

「先儒の理解とはいくらかちがって、私は、死のあとに個の魂というものはなく、しばらくの旅路を経て魂は天空へと舞いあがり、それまでのすべての死者の魂が寄りあつまったひとつの総体へと溶けこむのだと考えています。そこでは己と他人との境界は消えさり、古人と今人との別ももはや存在しません。そこに溶けいるのは、己が万人となり、万人が己となることなのです」

「ずいぶんと深遠な話で、なかなか想像ができないわ」

「先ほども話したとおり、私は天人のあいだ、古今のあいだ、彼我のあいだの差異を消しさろうとしていますが、それを可能とするのはおそらく、死だけなのです。死後に魂は舞いあがり、天と人との差異を消しさります。すべての死者の魂はひとつに溶けあい、古今のあいだ、彼我のあいだの差異は消えさります。生きている人間たちがつねに求めながらも手の届かなかった境地は、命さえなければ手が届くものなのです」

「そういうのなら、生きるのはいったいなんのため？」

「人の世は苦難に満ちています。だれもが生きていくのにさまざまな苦しみを背負わなければなりません。ゆえに、生の意義はそこにあると考えます」

「苦難のため？」

「いえ、生の意義は、努力をつうじて己の苦痛を減らし、そして他人の苦痛を減らし、万人が背負う苦痛の総算をできうるかぎり減らすことにあります」

「それはどのように？」

「若英さまのように、現世への想いに満ちた人々の努力によって」

「なら、於陵君自身がすべきことはなんだと考えているの？」

「生きているあいだに死へと移る手だてを探しもとめ、それをほかへと伝える。そして、避けることのできない死を恬然と受けいれるようみなに説きます」

「〝生きているあいだに死へと移る〟というのは、どういうことなの」

「簡単です、死とは肉体と魂との分離のこと、〝骨肉は下に斃れ〟、〝其の気は上に発揚す〟。つまり、人が生きているあいだ解放されず、さまざまな限界を消せずにいるのは、肉体に縛られているから。〝吾《われ》に大患《たいかん》ある所以の者は、吾に身《み》有るが為《た》めなり〟[5]、ということでしょうか。ですから私はなにか、人の魂を生きながらできうるかぎり肉体から引きはなす手だてがないものかと考えていました。そこで気づいたことがあります。若英さまにこのような体験はありませんか――執礼や奏楽にあたって没頭がすぎ、己が消えたように感じたことは？　あるいは瞑想のさいに神明や、古人と通じられたことは…

5　《老子》第十三章

…」

「あるわ。ただほんのひと刹那のことだった」

「それが私の求める、生きながら死ぬ境地です。もしある種の技倆《ぎりょう》を使い、あるいはなにか薬をとりいれることで長いあいだそのままでいられたなら。その手だてさえ見つかれば、きっとそれを世にひろめ、万人に甘い死を実感させるでしょう」

「於陵君は、似たような体験をもとにその死の哲学を見いだしたの」

「ええ」葵は深々とうなずく。「十四歳のとき馬の背からころげ落ちてほとんど全身の骨が砕け、虫の息で二カ月眠りつづけたあとに目を覚ましました。あのとき私はあきらかに生と死のはざまに落ちこんでいたのに、苦しいとは感じなかった――目ざめてたちまち襲われた激痛に比べれば、眠りのなかで遊んでいた華胥《かしょ》の国はまるで楽園のようでした。夢のなかで私は言葉に表せない体験をさまざまにしてきましたが、それこそ言葉に表せないせいで、あれから長く経って、夢の中身はしだいにぼやけてきています。それでもわれを忘れてなにかに打ちこむとき、あの慣れ親しんだ気分がもどってくる――あたかも湖の底に横たわっているようで、それでもこころよく息ができ、湖面にさす日の光が波とともに揺らめくのが見えて、ときには湖へ落ちた花弁が水をふくんでゆるりと沈み、私の目のまえまで舞いおちてくるのです。耳元では、古代の賢者のささやきがたえず響いて経書の言葉をとなえ、ほかには私の読んだことのない、ことによるといまでは伝わっていないかもしれない教理もありました。〝朝に道を聞かば、夕べに死すとも可なり〟と耳に届いたとき、たちまち私はすでに死んでいるのかもしれない、この身があるのは死者の国かもしれないと悟りました。ふと気づけば、自分の身体がすこしずつ消えていき、蛍のようにおぼろな光へと変じてぽつぽつと水のなかへ溶けこんでいきます。きっとあの湖の水は、賢人たちの魂がひとところへ集まったものなのでしょう」

そう話して、葵は目をつむると深く息を吸いこんだ。

「目を覚ましてしまったことはとても惜しくはありましたが、それも構いません。いずれある日、私はあの場所へと帰って古人と一体に溶けあうのですから。それに至るまで、私は自らの体験と、そこから得られた道理を世間へといいひろめ、世人がもはや死を恐れぬようにしましょう。これが私にとっての〝神道を以て教えを設ける〟。《易経》のこの言葉には自分なりの解釈をしています。その解釈はもしかするとほかから受けいれられないかもしれませんが、私はそれを実行して――」

「ぜひ聞きたいわ」

「自らの教派を作りあげ、自らの教義をさだめ、自らを崇める信徒をとりこみ、はてには天下を相手に自らが教化する、それこそ〝神道を以て教えを設ける〟ということ。これが、巫女のつとめについての私の理解です」

「では、詳しくはなにをすることで〝神道を以て教えを設ける〟目的を達するの？　私には、自分の考えていたこと以上にやりとげるのが難しいように思える。私のしようとしていたことは権力を握りさえすれば果たされるけれど、あなたは己を他人に信じさせようとしているのだから」

「手だてはただひとつ、書くことです。それは女子にも手の出せることで……若英さまは《尚書》の伝承の歴史を知っていますか」

「いくらかは。始皇帝の焚書によってこの世の《尚書》は焼きつくされてしまった。漢がおこり、文帝《ぶんてい》は晁錯《ちょうそ》を秦の博士《はくし》、伏生《ふくしょう》のもとへ遣わせて《尚書》を学ばせ、結果いま私たちの読む二十九篇が成ることになった」

「ですが伏生の孫弟子、亡くなられた御史《ぎょし》大夫《たいふ》倪寛《げいかん》先生から聞いたところでは、そのとき実際に晁錯へ《尚書》を伝えたのは、すでに九十余歳の伏生本人ではなく、その娘だったというのです。であれば、伏生の娘が当朝の経学になした貢献ははかり知れないものですが、ついに歴史のかげに隠れてだれにも知られず、事跡も霧消して伝わっていません。この件に深く心を動かされ、ひとつ明白な道理を悟りました——もし虚名と実質の功績とのあいだでどちらかをとらねばならないなら、後者を私は選ぶと。《左氏春秋》にいう〝三不朽〟はすなわち〝徳を立て、功を立て、言を立てる〟でした（襄公二十四年から）。私はこの言葉をそれほど信じていません。私の読んできた儒家の礼書の多くが撰者は明らかではないのに、その著作はたしかにこの世へはかり知れない影響を与えているのだから。ですから書をあらわし、その書を名を伏せたまま広めれば、自らは万代不易の名声を得られずとも、私の宿願は果たされます」

「思いだしたわ、《易経》のもとの文は〝聖人《せいじん》神道を以て教えを設けて、而《しこ》うして天下服す〟、主体は聖人であって、巫女ではないわ。であるなら於陵君、あなたの求めるものはおそらく一介の巫女に果たせることではない」

「祭祀にたずさわり奏楽と舞を演じる巫女は、一時一世の巫女でしかありません。ですが私が望むのは永遠の巫女。儒家は孔子を〝素王《そおう》〟と呼びますが、これは自身が王者の地位を得られなくとも後世のため王者の法をさだめたからです。私の目指すことも同様で、私が祭祀にたずさわれなくなり、踊れなくなり、老いて、死に、名が消えうせようとも、私の築いた法さえ残っていれば、私が自らの時代と未来のすべての時代に託した願いさえ残っていれば、私が世界に広めた教えが消えなければ、私の著作を紐解く人々がいつづければ、私は神のまえで終わることのない舞を踊る、永遠の巫女となります。これが私の願い、私の野心、そして私が犯すかもしれない罪科なのです」

――道は途絶え詩は尽きるとも、願いは世に絶えることはない。

聞きおえた若英は長い息をついた。露申は戦慄し、顔を赤くして顔には汗がにじんでいた。葵の言葉からは真剣さが感じられ、それは葵という人間を受けいれられなかろうと関係はなかった。

「葵、あなたは偽善の人」露申はむりに言葉を吐いた。「万人の苦しみを和らげるというけれど、あなたのしたのはただ人を傷つけるだけでしょう。少なくとも、あなたがあんなことをいわなければ、小休は死ななかったはず」

「罪の証を目のまえにして、露申、いいのがれは私にできない。たしかに、あのとき私があいわなかったなら、小休は死ななかった」

　葵は小休の屍に目をやり、暗鬱な表情でいう。その答えから露申は、心に秘めていた推量に確信を得た——小休は葵に離れろと命令されたために自殺したのだ。

「わかったならいい。ただこれからはなにをするにも、きょうの思いを忘れてほしくはない」

「忘れるはずがないでしょう、この事情は私にとっての傷となった。そうでなければ、みなはいたずらに命を落としていったと考えてしまうから……」

「いったいなにをいっているの？　意味がわからない」

「あなたには知らせたくないこともある、ただあくまでも聞くというなら、私も打ち明けるしか——」

　そのとき、葵の近くに座っていた若英が立ちあがった。

「露申、すこしいきたいところがあるの」

　若英がいう。自分の話を遮るためにいったのだと葵は悟って、口をつぐんだ。

「若英ねえさま、もう疲れてどこにもいきたくないの」

「あなたひとりに話したいこともあるし、それにその場所でしか私はうまく伝えられないと思う。私の最後のわがままかもしれないのだから、どうか叶えさせて」

「私がいつも、断るのが苦手なのは若英ねえさまも知っているでしょう……ただひとつ聞かせて、若英ねえさまがいきたい場所はどこ？」

「むかしの家へ——覚えているかしら？　私が生まれ育った場所、そして父母兄弟が命を落とした場所」

若英の答えに露申は驚愕し、不安にもなった。そこで話されるのがまちがいなく沈痛な話であろうことは察しがついた。ここまで続けて打撃を受けてきた自分は、心身ともに限界にある。そして露申は、若英がこれから語る言葉が引きだす感情は、決して悲しみにとどまらないことを知らない。

帰結からいえば、露申の単純にして無垢な心は、まだ汚されぬうちに容赦なく砕かれるのだった。

4

「若英ねえさま、いったいなにが……」

露申《ろしん》と若英《じゃくえい》は旧居の朽ちかけた門のまえに立っていた。すでに雨はやんで雲は去り、はるか遠くの白日が西の山際に迫っている。門ごしに見える庭では、兎葵《ウサギアオイ》や燕麦《カラスムギ》が斜陽にむかい背を並べようとする。門はあおい苔におおわれ、茅《カヤ》を積みあげた懸山《けんざん》作りの庇には名も知らぬ白い花が咲いている。左手の扉は庭のほうへと倒れて、右手の扉は動かなくなっていた。気はすすまなかったが、二人は地面に横たわる扉を踏みつけて庭へと入っていく。

この家が打ちすてられて二度目の夏、庭の巨木は雷に打たれて枝葉がすべて燃えおち、無惨に焦げた幹だけが立ちつづけて、ときに暮れどきの鴉が羽を休める場となっていた。その火事では母屋の半分ほども焼けおちている。おそらくはそのうちに雨が降ったために、のこり半面の母屋は祝融《しゅくゆう》(神話の火神)に奪いさられるのをまぬがれたのだった。

葵《き》はいまなにをしているのだろう――露申の心にその考えがよぎったが、すぐに自ら押しころす。葵のことは気がかりで、小休《しょうきゅう》の屍とひとり向きあうのはきっとひどく苦しいことだろうと知っていたが、目のまえの若英こそ家族すべてを失ったその場に立っているのだ。

「お父さまやにいさまのこと、露申はどう考えている？」

「こういうことで頭を使うのは大の苦手だから。ただ、知っていることを葵に教えたときには、いくつか思いついたことを教えてくれた」

「あの子はなんといっていた？」

「あんな人のいうことは聞かないで。私の考えではきっと、若英ねえさまが倉庫に閉じこめられていたとき、雪がやむまえに犯人は庭に隠れて、若英ねえさまが逃げだしたあと家にいた四人みなを殺した。そして芰衣《きい》ねえさまがここへ来たときには、犯人はまだ庭に残って、身を隠していた……」

「筋が通らないわ、どうして犯人は芰衣ねえさまのことも殺さなかったの？　露申はやはり良い子すぎて、真相を見抜くのは無理ね」

「葵は家族のなかに犯人がいるという推論を二つもいっていたけれど、私はあまりにばかげていると思う。それにどちらの考えを採っても、最後には説明のつかない手がかりが残ってしまって」

露申はそういいながら、この数日起きた事件もおそらくは自分の家族のなかに犯人がいるのだろうとふと考えて、はからずも気持ちが暗くなった。ただそれにしても、芰衣や若英を疑うことはできない。

夕べの風が春草をなびかせ、陰りがしだいに家を飲みこんでいく。

「あの子はすでに真相にいきついているというのに、露申はなにも知らないのね。このことは江離《こうり》も事情を知っていたの、私がずっとまえに伝えたから。予想していたのとはちがって、なんの反発もなく受けいれてくれた。ほんとうは私が江離のまえで死に、そのあとに江離がすべてをあなたに伝えてくれると思ったのに。そうすれば、私の死に悲しみを覚えることもないだろうから」

「若英ねえさま、なにをいっているの、私がどうして……」

「いま、このことを知っているのは於陵君《おりょうくん》と私だけ。ただ、あの子の話を露申が信じられるかはわからないから、私がこの口から伝えたほうがいいと思っているの」

「聞きたくない。若英ねえさま、風が冷たいから、私は帰りたい」

露申の感じる寒気は、夕べの風のせいではない。

「だれにも教えなくともよいけれど、ただ、展詩《てんし》にいさまや会舞《かいぶ》に聞かれたなら答えてもかまわない。露申、私はずっとあなたのことをうらやんで、あなたのような人になりたかったの。無逸《むいつ》おじさまの子になって、あの重苦しい家を出ていきたいとも思った。いいたいことはわかるでしょう。お父さまの近くにいても愛は感じられなかった、あの人が私に注ぎこんだのはただひとつ、使命感だけ。巫女としての使命感、観《かん》氏の子孫としての使命感、そして、なによりも重要な、あの人の娘としての使命感。そんな考えは私には重たすぎて、まるで数百年と続いてきた一族の命運が背中に乗っているようで、とても支えきれなかった。なのにすこしでも気をゆるめれば鞭でまた追いたてられる。わかるでしょう、車輪につながれ鞭を受ける駿馬よりも、私は縛られることのない駑馬《どば》になりたかった」

「それはねえさまの本心じゃない！　私の知っている若英ねえさまは……」

もっとひたむきで、もっと勤勉で、寝食を忘れるほど熱心で、天下をよくしようと志を抱いて――ただその言葉を露申は口にできなかった。ある予感がその喉をふさいでいた。

「私の本心はあなたにはわからないわ。露申、ずっとあなたのことが嫌いだった。そうやって一日のんびりと過ごすだけで悩むこともなく、それなのに責められることのない人が嫌いだった。どうして私はこれだけ必死にお父さまの期待に応えているのに、いままで賞賛をうけたことがないのか。いちどもなかった。認めてさえくれれば、私はこれまでのことにひと区切りをつけて、お父さまがこれまで私に抱いてきた期待を果たせたと考えて、そこから新しい目標へと力をつくすことができたかもしれない。なのにいちども認められることはなかったから、私は、すべては徒労だった、まちがいだったと感じて、なにもわからなくなって、自分は永遠にお父さまの期待に応えられないのだと感じた。だから私は……」

「若英ねえさま、〝往《ゆ》く者は諫《いさ》む可《べ》からず〟[1]、過ぎたことはもういわないで」

露申はそう口にしたが、若英がつづける言葉を止めることはできなかった。

1　《論語》微子

「……私は父殺しの罪を犯した」

若英はいう。

空の果てを巡っていた鴉が、ざわめくように応える。

露申の頭のなかは空白に占められていた。疑うよりもまえに若英のいうことを理解できなかった。

若英ねえさまが……

なぜ……

父殺しの……

罪を……

散らばってしまった思路はひとつにつながってくれない。すでに葵はありうることだと考えていたし、三日まえにそれを露申に聞かせてもいた。若英がこの場所へいこうといいだしたときから露申はなにか予感を感じていた——それでも、若英の言葉は露申を打ちのめした。

たったそれだけの理由でそこまでの罪を——すぐそばに立っている、十数年朝夕をともにしてきた年長の少女のことが露申には理解できない。露申が恐れを覚えたのは、その説明があまりに筋が通っていて、自分のそれまで考えてきた推測よりもずっと筋が通って、すぐには反論の言葉が見つからず、聞きかえす質問も考えつかないことにだった。

「お父さまを殺せば、私は無逸叔父さまに育ててもらうことができ、求めるとおりの生活を過ごせる——

――それが私の目的。私はそんなつまらない理由のために、自らの両親と兄弟を殺したの。露申、我ながら意外だったわ、自分が六歳の弟を手にかけられるとは。ここまでのことをやってのける私は、きっとすでに人と呼ばれる資格はないでしょう。露申、私のような人を……いえ、私のような怪物をねえさまと呼んではいけない。いまから私には呼びかけなくてよいし、言葉はかけずに、私のことはいないものとして、たとえ死んだとしてもなんの関わりもないふりをしていて――あなたなら、きっとできるでしょう?」

「そんなこと……できるはずがない!」露申は涙を流す。「そんなことをいわれてもさらにねえさまへ同情するだけ、いきどまりへと追いこんだ伯父さまが許せなくなるだけ。苦しみに耐えているのに見て見ぬふりをしていた伯母さまも、年長だというのに若英ねえさまを守れなかったお従兄《にい》さまも許せない……」

「ただ私は、たった六歳の弟も殺しているの。その罪には、弁解になりそうなことはひとつも思いつかないでしょう。あの子には咎《とが》などなにもなかったのに、私は殺した。ただのなにも知らない子供、あどけない子供で、目のまえで起きた惨事を理解できたかすらわからないわ。ただ、罪の証をたどられないためだけに私はあの子を殺した。その首を刃で切り裂いて、ほんの短い、喜びなどない一生を終わらせたの。露申、わかるでしょう、私はたくさんの罪を犯して、そのどれもこのうえないほど重い、許されることなどない罪だった――父殺し、母殺し、兄殺し、無辜《むこ》の幼子も死なせ――私ひとりの益のために、だれよりも近しい家族をこの手で殺しつくしたのよ！」

「若英ねえさま……」

「もうねえさまとは呼ばないで！」

若英は露申の頬を張り、草むらへと尻もちをつかせた。

「もうじゅうぶんでしょう、露申、於陵君は自らの使用人に手を出しただけであなたに嫌われたというのに、どうして家族すべてを殺した私があなたに同情してもらえるの。わからない。やはりもののわからない子なのね、それとも百聞は一見に如かずと思って、私の残酷さがあらわになるのをその目で見ないと満足できないの？」

「若英ねえさま、なにをいっているの……私の知っているねえさまとちがう！」

「それはあなたがずっと誤解していたから。この世界で私を理解してくれるのは江離だけだった」

「茭衣ねえさまではだめだったの？」

「私は自分の罪を茭衣ねえさまには伝えなかったの、受けいれてもらえないのではないかと思って。茭衣ねえさまは私が誰よりも愛した人だったのに、ただ、私はこの手であの人の幸せを壊してしまった。あんな罪を犯していなければ、あの人も贅婿《ぜいせい》をとる重圧を受けずともよかったし、憂いに世を去ることもなかったでしょう。そのうち私は、あなたのお父さまを殺してしまえば茭衣ねえさまを救えるのではないかとも考えたけれど、これもどうやら絵空事ね、あのときの茭衣ねえさまの様子では、おそらくそれほどの激変に耐えられなかったから。そして私はなにもしてやれないまま、芰衣ねえさまが私の罪のせいで日に日にやつれ、命を散らすのを見ているしかなかった。ついに芰衣ねえさまの死はあらたな私の罪となって、それはぜったいに許されることのない罪でもあった——己のもっとも愛した人を殺すこと」

「若英……ねえさま……」

「あなたに伝えたいことはこれだけ。いまこの時から、私のことは知らない人間だと思って。あなたにねえさまと扱われる資格は私にないし、あなたの家族と扱われる資格もないわ。さよなら、露申」

若英は門へと歩いていき、露申もおいしげる雑草のなかから身を起こした。若英の背中を見て思いだしたのは、葵を悩ませていたあの疑問だった。そして露申はまた口を開いた——

「若英ねえさま、わからないのは、あのときは折檻を受けていたばかりなのに、どのように母屋に入って凶器を手にしたの？　それに、どうしてあの長剣を選ばず、とりまわしの悪い匕首《ひしゅ》をとったの？　あの場所の縄と桶はどう考えればいいの？　もし若英ねえさまが犯人だというなら、この質問にも答えられるでしょう」

「あなたに答えたくはない」

「それなら私は、若英ねえさまが嘘をついていると考える」

「私が殺したのはまちがいない、それは事実で、ここでかつて起きたこと。そんな細かいことは、もう気にしないほうがいいわ。私がいま話したことも真相の一部でしかない。あなたに犯人がだれなのか知ってもらいたいだけだったの。これだけは信じて、私はあなたを騙したりはしない。きっとあなたもほかの推論は思いつかないだろうし、私があなたを騙す理由も思いつかないはず。さあ、ここまでにしましょう。私はもどるわ」

ほかの推論？

ほかの推論！——露申はふと、葵の口にしたあの仮説を考えなおす気になった。もしすべてを芰衣ねえさまのしたことだとすれば、なにもかも筋が通るのでは？　芰衣ねえさまはここへ来たあと、まずは母屋に落ちついて火にあたると、庭での無咎《むきゅう》伯父さまとお従兄《にい》さまの会話を聞きつけて、若英ねえさまがもどってきたら木から吊るして打つつもりだと知り、すでに木へ縄をくりつけてあるのも見た。そこで匕首をとって木へ駆けつけて縄を切り、母屋へもどるとき、玄関口で無咎伯父さまといいあらそいになった。その場で伯父さまを殺し、木の下でお従兄さまを殺し、それから母屋に入って伯母さまたちを殺した。

認めたくはなかったが、犯人を芰衣だとすればすべて話は通るようだった。ならば、若英は愛した芰衣を守るため、ああして嘘を話すことにしたのだ。

しかし、どうしてわざわざこんなときに……

つぎの瞬間、露申はすべてを理解した。

目に映っていた若英の姿が音もなくまえへとくずれ、雑草の茂るなかへと倒れ伏した。

つまりここへ来たときすでに、若英ねえさまは心を決めていた。

自分の死で私が心を痛めすぎないよう気をくばって、あの嘘を並べたてたのだ。

――露申は若英に駆けよったが、なにもかも手遅れだった。

若英は一本の折られた矢を手にしており、長さはたった四寸（約九センチ）ほどだが、鏃《やじり》はそのまま残っている。両手でその矢を握って、自らの心臓を貫いていた。きょうの朝から、若英はこの折った矢をはなさず隠しもっていたのだ。きのうの午後、江離の遺体を目にしたあのときにはすでに心を決めていたのだろうか。

露申はきょうの若英のさまざまな言動を思いだし、あまりに愚鈍な自分が、いたるところにあった死の暗示に気づけなかったのを悔いた。

――私の最後のわがままかもしれないのだから、どうか叶えさせて。

――はじめは芰衣ねえさまを傷つけないようにと思っていたのが、江離のためになり、だんだんと惰性が生まれて、いつまでも決断が下せなくなったのでしょうね。

――いまになっては、私もあなたのためになにもしてやれないのだから。

――いまは朝ではなくなったけれど、私はきっと暮れどきまで生きられないから。

――その身ひとりになったとき、露申は後悔するわ。

――私は雲夢に残って、雲夢で死ぬ。

「若英ねえさま！　若英ねえさま！」

露申がどれだけ声を嗄らしてその名前を呼ぼうと、若英は答えを返さない。

夕映えが若英の血を照らしだす。噴きだしてくる血の流れは遥かな山々と同じく明るさを失おうとしていた。

そこに若英は口を開き、蜘蛛の糸のようにかぼそい声で最期の願いを露申に告げた。

「〝朝《あした》に道を聞かば、夕べに死すとも可《か》なり〟。於陵君に感謝を伝えて……」

若英は、茜雲の埋める空を望みながら息絶えた。

読者への第二の挑戦状

第三章の結尾の時点で真相を推理するための材料はすべて読者の目のまえへとさしだされていたが、物語がそれによって終わるはずはなく、於陵葵《おりょうき》と観露申《かんろしん》の人生は文章のなかで途切れることなく続いていく。私はいつも創作のさい、伏線を張ることばかりを気にして物語をおろそかにしていないかと恐れている。推理小説はおそらく答えのついた問題文とイコールではなく、それ以上のものを意味し、意外性のほかにも読者にさまざまな読書体験を与えるものだと考える。第四章でも読者はいくつかの伏線を拾うことができるが、それ以上に私が目を向けてもらいたいのは小休《しょうきゅう》と観若英《かんじゃくえい》の死であり、彼女たちの短く、不幸な人生だ。よって、二人の死について読者に挑戦しようとは思わない。そもそも小休と観若英の死はまちがいなく自殺であり、その点を疑う必要はない。そこで、読者へは変わらぬ問いを投げかける——

（1）天漢元年に起きた三つの殺人事件の犯人はだれか？　いいかえるなら、いったいだれが観婷と白止水、観江離を殺したのか？

くわえて、物語の進行とともに殺人の動機についての伏線もすべて示されたため、ここでもうひとつあらたな問いをくわえる。それは――

（2）犯人が殺人をおこなった動機はなにか？

さらに説明しておくと、犯人が三人を殺害した理由は一貫したもので、口封じなどの目的は含まれていない。読者には凶行の動機を推測することができ、その糸口はじゅうぶんに示されている。

第五章

吾《われ》天地と寿《よわい》を比《ひ》し、日月《じつげつ》と光を斉《ひと》しくせん。――屈原〈渉江〉

1

翌日、葵《き》と露申《ろしん》は小休《しょうきゅう》の墓のまえに立っていた。このころの習俗では埋葬のさい吉日を占うきまりで、死後土に入るまでに数カ月を要することもあった。ただ身分の低い小休のばあいは葬礼にもそこまでの厳格さは求められず、生前の服を着せられて桐で作った棺に横たわり、雲夢《うんぼう》の山中に埋められるだけだった。地面には五尺（約一二五センチ）に届かないほどの墓土が盛られ、まえには柏の木が植えられた。当時は魍象《もうしょう》とよばれる厄介な鬼のことが信じられ、死者の肝や脳を食らうが虎と柏の木だけを怖れるといわれていた。墓に入るのがこれよりも身分の高い者だったなら、おおかた墓前には虎をかたどった像が建てられただろう。ただ一介の侍女でしかない小休には、墓前に柏を植えて魍象を避けているのだった。

小休の埋葬を終えたときにはたそがれの時分となっていた。地面を掘り、木を植えた使用人を露申は帰らせ、葵とともに墓前にとどまった。雨がやんだのを見て、葵は明日この地を出ていくことになっていた。そのまえに露申は、葵になんとしても問いただしたいことがあった。この数日に起きた事件について露申はひとつの答えにいきついていたが、たしかな証拠はひとつも手にいれていない。

対して葵はいまだ悲痛に沈んでいる。

その哀情はいっこうに晴れず、口からは自らと小休の来し方がこぼれだす。

「小休の両親は私の家の召使で、逃亡のさなかにあの子を産んだの。こういえば、その二人がどうなったかは露申にも想像できるでしょう？　ほんとうなら小休は私を仇の娘として見るはずだった。私の両親はあの子をみなし子にして、召使になるしかないようにしたのだから。もしその父母が天にのぼって、小休がなにもかえりみず私に従っていたのを知ったら、いったいどう思うでしょうね？　そんなこと、とても考えられない。

私の家へ連れてこられたとき小休はまだ産着のなかで、召使たちはあるかなきかの世話しかしなかったけれども、さいわい生き延びた――いえ、それがかえってなによりもの不幸だったのかも――そう、なにも知らないでいられた歳で死ななかったのは、あの子にとってあまりにも不幸だった。正直、あの子の幼いころのことはほとんど知らないけれど、ただ逃げだした召使の娘があの家でどう扱われたかは想像がつく。五年まえにあの子は私のところへ回されたの。思えば、あのころからもういまと同じように従順だった。私からどんな仕打ちを向けられようと、あの目にはひとすじの恨みも見えなかった。正しくいえばそのころ、あの目のなかはがらんどうで、私と向きあっているときでもどこか遠く離れたところを見つめているようだった。

そのころ私は小休が好きになれなくて、ほかの下女たちのようにいつも機嫌をとってくれないといって、どこか陰気なくらいに感じていたの。あの子はいちども私にへつらったことはなかったし、私がどんな技芸を身につけようとも文章を書こうとも、賞賛の言葉はなかった。だからいつもいちばんきつい仕事をいいつけていたし、罠にかけて罰を負わせることさえしたの。なのに、私が十四歳の年には、言葉ではうまく言えない好感が心に生まれていた。もしかするとそのころから、私は己の身の上に悩みはじめていたからかもしれない。

知ってのとおり、私は長女であるがゆえにあのような命運を背負っている。だから小休にはどこか自らの影のようなものを見るときがあった。逃げ出した奴隷の娘として、あの子の人生も始まったときからさまざまな希望が奪われていたから。そこで私はある抵抗を思いついたの。口にすれば可笑しく聞こえるかもしれないけれど、その願いもいまでは叶う見こみはないのだから、話してもかまわないでしょう。

――私は小休とともに自由を手にしたかった。たがいに身分はかけはなれていても、生まれついてのなにかに縛られていることは同じ。小休と二人でならほんとうにできるかもしれない。いま考えれば、私は無邪気すぎたわ。

一年が過ぎて、私は家の商隊について旅を始めた。私にとってそれは自由にかぎりなく近かった。それでも、小休は私への従順さに縛りつけられている。私から見ればあの愚忠は生まれのもたらしたものであり、両親は逃亡をはかったせいで最後にはあれほど悲惨な末路を迎えたし、そのために小休は考えることと自身の意志を捨てさせられて、私に操られる人形となったのだと思えたの。私は小休が変わらずにいることを望まなかった。なぜなら私はあの子に自分の影を見ていて、枷につながれている小休を見ると、私も焦燥にかられて、旅のさなかでもまるであの息がつまる家に閉じこめられているようだったから。

そう、なにもかもは私の勝手な思いでしかなかった。私のわがままと尊大さがあの子を殺すことになった。はじめから私は誤解していたの、あの子のすぎた恭順は運命への屈服でしかないと。はじめはそれでまちがっていなかったかもしれないけれど、そのうちになにかが変わっていたのね。ただ、それを悟るのはあまりに遅すぎた。小休があの悲惨な死を迎えてから私はやっと、あの子は私を愛していたのだと気づいた。もっと早く察することができたなら、ひょっとするとああして残酷な扱いを繰りかえすのは止めていたかもしれないわ。なのになにもかも遅すぎた。いまの私にはこの負い目を埋めあわせる機会はないし、あの子の思いに応えることもできない。私にできるのは、ただ小休の願いどおりに生きていくこと、それだけ。

小休が死んで、私のなかのどこかもともに死んだのでしょう。私はずっと、自己というのは歳月のなかに記憶が留めおかれてかたちになるものだと思っている。この五年ほど、私の記憶のなかの場面ほとんどに小休の姿があるわ。これまでの私の人生は、たった十七年ほどのあいだでしかないうえに、最初の数年は天真無知のままに過ごすだけだった。よくよく思えば、この一生のあいだおそらく、五年もの長きにわたって朝夕をともにする相手がまた現れるとはとても思えないわ。なぜその値打ちにまったく気づけなかったか。なぜあの子がそばにいることもすべて、当たりまえのことだとだけ思っていたのか。いま思えば、小休はほんとうにおかしな子だった、私のような人にすべてを尽くして仕えてくれたなんて……」

そういい、葵は涙を流しつづける。

露申はそれを嫌悪をこめて見ながら、涙がこちらを濡らさないかとばかり考えていた。

「ごめんなさい、葵、私にあなたたちの結びつきは理解できない。あなたの話も私からすれば病気そのもので、同情もできないし、それに心を動かされもしないわ。小休のことを悲しがるときも自分への哀れみばかりで、気分が悪くなるの。でも話は続けていい、あなたの正体を暴くのはあとでもかまわないから。思うぞんぶん嘆く役を演じていていて。ただ、いったいだれが小休を死なせたのかは忘れないで」

「私を敵と思うのはかまわないけれど、どうか小休の一生をそんな目で見ないで。そもそもこの世に正常などというものはないの、私が見てきたのは己の考えに固執する狂狷《きょうけん》がすこしと、ただ流されるままの大勢の平凡な人だけ。小休の死を経て、あなたたちからみた正常な人生の順路から私はさらに外れようとしている。それがあの子の遺志なのだから、私はそれに倣うしかないわ。あの子が息絶えたそのときから私たち二人の結びつきはことごとく反転して、私はあの子の奴隷となって、あの子の傀儡《かいらい》として、この一生を操られることを望むようになった。きのうから私は、小休のためだけに生きているの」

「なら葵、私のことはどう考えているの？　私を連れて長安へもどりたいとまでいって、私もあなたとはほんとうの友情をはぐくめると勘ちがいしたけれど、たしかめたことはいちどもなかったでしょう、私のことをどう考えている？　私のことは、好きなようにもてあそべる人形と思っているの、それとも永遠にいいかえしてくることのない聞き役と思っているの？」

「あなたとは平等につきあいたい、それだけ」

「思ったとおり、あなたは小休になかったものを私に求めている、そうでしょう？　〝平等につきあう〟なんて、ずいぶんと聞こえのいい話！　小休のようなぜったいの服従ではもう満足できなくなって、いまあなたは自分と〝平等に〟つきあえる召使を探しているんでしょう。ねえ、もし私たちが平等なら、もちろんあなたを受けいれない権利はあるはず。それどころか、私をばかにしてきたのをそのままお返し——いいや、十倍、百倍にして返すこともできる」

「どうすればあなたの誤解を解けるのかしら」

「私は誤解はしていないわ、葵、まさか、だれもかれもが生まれながらあなたを理解する義務を負っていて、だれしもあなたの願いに応えないといけないと思っているの？　私にあなたは理解できない、この目から見たあなたはただの怪物。いいや、あなただけじゃない、私を囲む世界すべてがおかしくなっているの！　どうして若英《じゃくえい》ねえさままで……」

「若英さまのことは、ほんとうに残念だった」

「若英ねえさまは亡くなるまぎわにあなたへの感謝を伝えてほしいといっていたの、〝朝《あした》に道を聞かば、夕べに死すとも可《か》なり〟といって」

「やはりあのことをあなたにいったのね？」

「あのこと？　そう、たしかに。ただ心からは信じていない。若英ねえさまはきっと自分が死んだら私が心を痛めるだろうと思って、それで……」

「それはちがう、露申。私の考えが正しければ、若英さまは四年まえに犯した罪をあなたへ打ち明けたはず。私にも話してくれたの。あの方の言葉はおそらくほんとうだった」

「私はとても信じられない。若英ねえさまはとても優しい人だったのに、あんななんでもない理由で自分の家族を殺すはずがないでしょう」

「なんでもない理由？　露申、なにをいっているの、そのとき若英さまは……」葵はいぶかしむ。「どんな理由をあなたは聞いたの？」

「お父さまの期待に応えられなくて、あの家を抜けだして私のお父さまのもとで暮らしたくなった——ようするに、そういうことを」

露申の言葉を聞いて、葵は黙りこむ。

「それよりも、葵、きのうはどうしてあんな話をしたの？　〝人は死ねば平等で幸福〟がどうしたの。まさか若英ねえさまが穏やかに死ねるようにいったんではないでしょう？」

「まさか、私はあの方の望みどおり自分の考えを語っただけ。小休のことですっかり混乱しきっていて、敏感さも頭のはたらきも鈍くなっていたせいで、あの方がそのような決心をしているとは気づけなかった」

「私はそうは思わない」露申は葵へ怒りの目をむけ、硬い表情でいう。「私の考えでは、すべてあなたが企んでいたこと。叔母さま、白《はく》先生、江離《こうり》ねえさま、小休、若英ねえさま、すべて殺したのはあなた！　きのうも認めていたでしょう？」

「ある意味ではたしかにそのとおり、認めるわ」

「その言葉遊びをやめて。みなの死とあなたとのつながりは、いうような抽象的で遠まわりなものではなくて、まさにその反対。葵、あなたはその手で叔母さまと白先生、江離ねえさまを殺して、しかも小休と若英ねえさまが自殺するように導いたの！」

「私にできると思うの？　鍾《しょう》夫人が襲われたとき、私はあなたと一緒にいたでしょう」

「いいのがれはやめて、あなたの仕掛けは見抜いているから」

「露申」

「葵、ゆうべ私はひとりで部屋にいて、眠れずに過ごしながらこれまでの事件の状況をなんどか思いかえしてみて、ようやく怪しいところにいくつか気づいたの。そのうちひとつがどうしても納得がいかなくて、不自然としか思えなかった。ただ日が上ってくる寸前に、うつらうつらしながらその意味に気づいた。私がその疑問を明らかにしたら、あなたも素直に真相をすべて話して、そうでないと……」

「ねえ落ちついて、露申、私は……」

葵がいいきらないうちに、露申は懐から一本の短刀をとりだした。母屋の裏の倉庫から持ちだしてきたものである。当時この種の短い刃物を持ち歩くときは腰に提げることが多く、ゆえに拍髀《はくひ》（太腿を打つの意）とも呼ばれていた。同じ武器は服刀《ふくとう》ともよばれ、〝服〟は佩《は》くの意味であるから、この名前も身につけて持ち歩くことを表している。

革で縫われた鞘をとりさり、鋭い刃を葵のまえにさらす。両手で柄をにぎって胸のまえに構え、切先《きっさき》で葵の眉間を狙いながら言葉をつづけた。

「葵、どうか答えて、どうして叔母さまと白先生の事件、どちらもあなたが最初に現場を見つけたの？」

「ただの偶然よ」

「ほんとうにただの偶然？　なら、叔母さまが襲われた日の朝のことを思いだしてみましょう。あの日あなたは私を水へ突きおとして、言葉で私を侮辱し、私の肌着を破いた。はじめはただの思いつきの悪戯《いたずら》だと思っていたけれど、あらためて思えばあれはすべて予定どおりのことだった。あなたの目的は私を怒らせて早く川辺から帰らせることで、そしてあなたも一緒に道をもどる口実を手にいれた」

「どうしてそこまでしなくてはいけないの」

「簡単なこと、あなたが殺しの現場を発見するとき、私と二人きりなら手玉にとるのも楽だった――」

「手玉に……？」

「邪魔はしないで」露申は葵の問いを聞かずに推理を語りつづけた。「つぎに私はあなたを振りきるために走りだして、あなたもそれを追いかけた。倉庫の近くで、あなたは私を追いぬいた。どうしてあのとき、そんなことをしたの？」

「どうして？　単純にあなたについて走るのがいやだったからだけれど、ほかに理由などある？」

「ある。葵、あのときわざわざ私を追いぬいたのは、ある詭計を施すためだった――あなたはなにか入れ物を隠しもっていて、なかにはあらかじめ用意した血をたくわえてあった。転んだふりをしてみせて、血を草むらに撒き、そして入れ物をまたふところに入れて、私たちの見たとおりの現場を作りあげた。そのあと、現場を調べまわるふりをしてこっそりと入れ物を井戸に捨てて、後始末をすませたの」

「すべてあなたの想像でしょう、私に罪を認めさせたいなら、その瓶を井戸から引きあげてきて」

「私は入れ物としかいっていないのに瓶という言葉を口にした、それは犯人しか知らないこと……於陵葵、思ったとおり叔母さまを殺したのはあなただったのね！」

「好きなように考えて。ひとまずその短刀をしまってもらえる？」

「ことわる」

「なら、どうぞ推理をつづけて。ただひとつ聞きたいのだけど、なぜそこまでして、ずいぶんな危険を冒して、あなたの目のまえで草むらに血を撒かないといけなかったの？」

「自分が疑いを逃れるため。血をそこへ撒くことで、事件が起きた時間をとりちがえさせられるから。もしあの場所に血がないまま、扉を開けて私たちが遺体を見つけたなら、凶行の時間は江離ねえさまたちが通るよりまえでもありえる、いいや、ことによっては私たちがはじめにあそこを通るよりまえでも――つまり、事件が起きた時間は私たちの想像よりもずっと早かったの。血を撒くことで、事件の時間は江離ねえさまたちがはじめに通りすぎたよりもあと、私たちが川からもどってくるよりもまえと判断することになった。そのあいだ、あなたはずっと私と一緒にいた。つまりこの簡単な詭計を使って、あなたは現場にいられなかったというゆるがない証を手にいれたのよ」

「もし私が犯人だとしたら、凶行はいつになるの？」

「もっと早く――つまり、私が目を覚ますまえにあなたは叔母さまを殺していたの！」

「それでは小休に気づかれない？」

「気づいたとしてもなにもいわないでしょう。あれほどあなたに忠実だったわけだから、不利な証言なんて口にするはずがない。同じ理屈で、江離ねえさまが襲われたときの身のあかしも立たない。小休は打ちあわせがなかったとしても、自分の判断であなたを守るだろうから。数日間ともに過ごして、小休がそういう子だと私にはわかる――それはあなたも認めるでしょう?」

「ええ、もし私が犯人だったら、嘘を話すよう命じなかったとしても小休はきっと私に有利なように証言するでしょう。小休はたしかにそういう人間だった」

「つぎは白先生の事件について考える。このときも凶行は私が目を覚ますまえで、あなたは白先生を絶壁の近くまで連れだして、そこから突き落とした」

「とすると、白先生が最期に書きのこした〝子衿《しきん》〟の二字はなにを意味するの? 私とその二文字はなんのつながりもない。東夷《とうい》の言葉では青《あを》と葵《あふひ》は読みが近いと聞くから、〝青青《せいせい》たる子が衿《しきん》〟から〝子衿〟の二字で〝葵〟を表せるのかもしれないけれど。ただ白先生は楚の人で、東夷の言葉で言葉遊びをするはずはないでしょう?」

「葵、私たちがあの二字の意味を見抜けなかった、その理由は簡単だった。あの二字には意味などない、そもそも白先生が最期に書きのこしたものではないの!」

「ということは、白先生を突きおとしたあと、私は苦労もいとわず汗水流して知らない山道を谷底までたどっていき、遺体のそばに偽の伝言を書きのこしてふたたび宿所へともどり、あなたの横に寝て、あなたが目を覚ましたらともに何事もなかったように小斂《しょうれん》の儀式に参加したというの? 道を知っているあなたがいても、私たちが谷底にいってもどってくるには半日を費やしたというのに……」

「頭の働かないふりはやめて、葵、私のいいたいことはわかっているんでしょう?」

「そう、わかっている。つまり、谷底へいったとき、私があなたたちよりも早く白先生の遺体を見つけたのはその瞬間に〝子衿〟の二字を書くためだったと、そういうんでしょう？」

「そのとおり」

「それはおかしいでしょう、もし私が犯人なら、なぜわざわざ意味もない二字を書かないといけない？ほんとうに罪を逃れたいなら、だれか疑いのかかる相手の名前を書いてそちらへ罪を着せるものではないの」

「葵、そこがあなたのこずるいところだったの。あのときあなたには小斂の儀式のまえにみながどう動いたか詳しくわからなかった、ということは、だれへと白先生を殺した疑いがかかるかわかるはずがなかった、だからああして、意味のない言葉を書いたということ。書いたのがあの二字であってほかを選ばなかった理由は、きっと二つある。ひとつは、そのまえに江離ねえさまのところで〝青青たる子衿〟の文字を見ていて、〝子衿〟の二字が頭に残っていたこと。谷底では、私と展詩にいさまがいまにもやってくるときに書くことを詳しく考えられるような余裕はほとんどなくて、あなたはとっさに思いついた言葉を書いたの。二つめは、この場所の人で《詩経》に通じているのはあなたと白先生だけだったこと。あの日展詩にいさまにいったとおり、あなたは〝夏侯《かこう》先生〟について《詩経》の学問を習ったことがある。だから、白先生が死ねばあなたはなんの苦労もなく私たちのなかでの詩学の権威となって、罪を着せられる相手を見つけてから〝子衿〟の二字にこじつけの説明をつけ、その相手に疑いを押しつけられる——おとといの午後、あなたはそうした。〝子衿〟への説明はあまりにも心もとなかった、といっていいけれど、それでもだれも反論はしなかった」

「あの説明はたしかに目も当てられなかったわね、忘れておいて」

「他人の父親を、一家のあるじの名を汚しておいて、そんな軽々しい言葉でごまかせると思うの？　このよけいな口ばかりきく、思いあがった、鉄面皮の、救いようのない恥知らず！」

そういって露申は左腕を伸ばし、短刀を片手に持って、切先を葵のあごの下へ突きつけ喉まで一寸(約三センチ)とない場所で止めた。

「きのう若英さまに言われたことを忘れたの？　露申、それを下ろして」葵はため息をつく。「あなたの推理は終わり？」

「まだ終わっていない。江離ねえさまが襲われたとき、あなたは部屋にいなかった。小休はあなたを守ることだけを考えて、みなのまえであなたが宿所を出なかったと証言したの。小休はあなたの罪を目にしていた。だから、後顧の憂いをのこさず絶つためにあなたは小休を死なせた」

「たしかに私は……」

「私がいっているのはたとえでも文字の上の話でもなく、文字どおり死なせたということ。おとといの午後に小休は、〝私に死ねというなら、私はただちにあなたのまえで命を絶ちます〟、それに〝私を痛めつけようというなら、私は鞭をさしだします〟といっていたでしょう。だからその晩あなたは、午後の言葉をここでたしかめるといって小休に鞭を持ってこさせた。もちろん小休は従う。これであの遺体になぜ新しい鞭の痕があったかも説明できる。あなたは小休を鞭で打ったあと、命令をくだした——小休にとって身を捨てることになろうと、抗える命令ではなかった——あなたは小休に死ぬことを命じて、そして小休はあの木で首を吊ったの。もちろん、きのうのあなたがさんざん悲しんでいたのもすべて演技」

露申、どうしてまだわからないの？

ちがう、犯人は……

「最後に、若英ねえさまの死もあなたが裏にいる。きっときのうの午後、あなたがあの人に話していたのは誘いかけのようなものだったんでしょう。江離ねえさまが亡くなってから若英ねえさまの気分が揺れているのにあなたは気づいて、死はすばらしいものだと語りかけ、死んだのちはすべての人の魂とひとつになれると吹きこんだ。だから若英ねえさまは、死んでしまえば芰衣ねえさまや江離ねえさまとまた会えると考えて、そして……ようするに、於陵葵、きのうの朝うっかり認めたとおり、あなたがだれもかもを殺したの」

「では、なぜ私はそんなことをしたの？　観家とはなんのかかわりもないのに、なぜ五年も従ってきた侍女を犠牲にしてまであなたの家族を殺さねばならなかったの」

「目的なら、もう自分で口にしていたでしょう？」露申は冷笑する。「あなたが雲夢へ来たのは布教のため——自分の作りあげた、あの死を崇める邪教を広めるためだった。きのう私のいるまえで教義を話していたのは、ただ若英ねえさまの質問に答えて、自分が巫女としてなにをするべきかを語っただけだと思っていた。私はまちがっていたの。ほんとうはあのとき、あなたは若英ねえさまに自分の考えだした教義を授けていた。きのうあなたは、死は天と人のあいだ、古今のあいだ、彼我のあいだの差異を消しさると語って、人は死んだのちに平等にして幸福になるとも話していた——それがあなたたちの教義。死は生よりもすぐれたもので、生は苦く死は甘いものと考えている。そのうえあなたは、自分のつとめを〝避けることのできない死を恬然と受けいれるようみなに説く〟とまでいっていたでしょう。こう並べれば、殺人の理由はもういうまでもないでしょう。於陵葵、これまで私はずっと、なぜ殺されたのが叔母さまと白先生、江離ねえさまだったのか悩んでいた。若英ねえさまが亡くなってようやくわかったわ、四人にはひとつ共通する点が、この土地のほかの人間にはない側面があったの——四人ともが数々の書を読みふけった人で、そのために、あなたの布教の相手となる資格があった」

「どうしてそう考えるの？」

「そもそも、あなたの教義を受けいれたらなにが起こる？　若英ねえさまはきっと布教が成功した例で、あなたのほのめかしにしたがって命を絶ったんでしょう。ただ叔母さまに白先生、江離ねえさまのときは、あなたのたわごとはなんの意味ももたなかった。話を聞きいれて死が生よりよいものとは考えなかったし、まして邪教を信じて自殺することはなかった。だから、あなたはその手でみなを殺すことにしたの。そうすれば相手は身をもってあなたの教義を感じとることができる——それが殺しの動機だった。なにもかもその思いこみと妄想と異常さのせい、あなたはそんなくだらない理由でりっぱな人を五人も殺していった。その異端邪説がこの国にはびこらないよう、新しい犠牲が出ないように、私はこうするしかないの。もっと早く手にするべきだった贈り物をあなたにあげる——夢にまで見た死を」

つぎの瞬間、葵は露申の左手を払い、その勢いのまま相手を押したおした。

「それには及ばない」

「放して、この人殺し！」

「あなたがこんなことをするのは、そちらの〝思いこみと妄想と異常さ〟が理由ではない？」葵は長いため息をつく。「まず聞くけれど、きのうあなたたちが古い家へ向かってから、若英さまがあなたの視界をはずれることはあった？」

「いいえ」

「なら、あの方はいつ折った矢を手にいれて、隠しもっていたの？」

「それは、それはあなたが矢を渡したのかも」

「そう……つぎに白先生の事件、私たちが遺体を見つけたとき、崖から落ちてあれだけの時間が経っていたのだから、血は乾いていたとしか考えられないでしょう？　なら私はどうやってその血で〝子衿〟と書くことができるの？　そのときもわざわざ、たった二字を書くために入れ物を隠しもっていたというのかもしれないけれど、でも、新しく書いた字はそこまで早く乾くもの？　あなたたちが白先生のところへ駆けつけたとき、すぐに細工に気づいてしまうはずでしょう」

「それなら、あらかじめ〝子衿〟と書いた土くれを用意しておいて、そのときには地面へ穴を掘って土くれを埋めればいいようにしたのかも……」

「そんなやりかたがうまくいくと思うの？」

「うまくいかない……はずが……」

そういううちに露申自らも自信がなくなってくる。

「最後の、そしていちばん重要な一点は、私はあなたが目を覚ますまえに白先生を殺せるはずがない。あなたのすさまじい寝相は目も当てられないぐらいで、その横で寝るのは生まれて以来最低の経験だった。あの日目を覚ましたら、あなたの身体半分が私の上に乗っていたのに、どうすればあなたを起こさずに殺人のため外へ出られると思うの」

そういわれて思いだすと、露申はあの晩、叔母の死にざまを夢に見て、目を覚ましたときにはきつく葵を抱きしめていたのだった。

まさか、ほんとうに私の誤解だった？

それにしても、考えられる推論は残っていないはず。

だったら……

「露申、まだ〝子衿〟の二字がなにを意味するかわからないの？　あの日の朝、夜が明けるまえに観家の使用人は白先生が山へと入っていくのを見ていて、小斂の儀式が始まったときには白先生以外のみなが母屋に姿を見せたのだから、事件が起きた時間は推測できるでしょう。それにもうひとつわかっていることもある、犯人が谷底までいってもどってくるだけの余裕があったというのはありえない――半日を費やすことになるのだから、小斂の儀式にまにあうはずがない。だから〝子衿〟の二字は犯人が書いたものではありえないの。もちろん、私が遺体を見つけたときに書いたというのもありえない。となると、白先生が息絶えるまぎわに書きのこした以外にはないでしょう？

白先生よりもまえに鍾夫人が殺されていた、ということは殺人どうしつながりがあるのは明白、では、もしあなたが白先生だったなら書くのはなに？　単純なこと――犯人の名前でしょう。書いた文字を私たちが見つければ、殺しがその先続くことはないのだから。だというのに、白先生は〝子衿〟などと意味のわからないことを書いた。

とすると、犯人がだれなのかわからなかったから白先生はああ書いたのか？　この考えもありそうにない。まず、崖の近くにはきもので地面をこすりつづけていた痕があって、展詩さまの証言によれば、白先生はそこで人と話していたことになる。もしくは、話していた相手と犯人とはちがう人間で、そのために白先生は犯人の顔を見ておらず相手の正体がわからなかったのだとしても、わざわざ私たちの調べを混乱させるような文字を書きのこすとは思えないでしょう。覚えているかしら、露申、亡くなるまえの晩に白先生は〝もし私に力になれることがあったらなんなりといいなさい〟と私たちへいって、かならず調べに協力すると示してくれた。ならば、白先生は犯人の正体を知ったうえで〝子衿〟と書いたにちがいない。

なら、この問いが持ちあがってくる——どうして白先生は犯人の名前を書かなかったのか？　あなたならもしかすると、犯人がすぐにやってきて書いた文字を消したり書きかえたりするかもしれないと白先生が考えたから、犯人の名前を書かないことにしたと答えるかもしれないわね。ただその考えも成りたたないの、白先生は小斂の儀式に全員が参加するのを知っていて、犯人がそこまでの時間を費やして文字を消しに谷底へやってくるわけはないとわかっていたから。ではなぜ、なぜ、白先生は犯人の名前を書かなかったか？」

「それは……」

露申は反射的に答えていたが、なんの説明も思いうかばない。

「犯人の顔を目にして、犯人とも言葉を交わしていたのに、白先生はその名前を知らなかったなら——いえ、きっとそれどころではない、白先生はそもそも犯人の名前を〝子衿〟だと思っていた」

「どうして……」

「露申、あなたが自分の推論を話しはじめてからおわりまで、犯人はずっとすぐまえにいたの、あなたの目に入らなかっただけで。ここまで話せばもうわかるでしょう——」

そして、露申は正面に植えられた柏の木と、その奥の盛り土へと、硬い動きで視線を向けた。

——そこには、この事件の犯人が眠りについている。

2

葵《き》は露申《ろしん》を助けおこし、短刀の刀身を持って露申へとさしだした。信頼と寛大さを感じる葵のふるまいをみて、露申はついいまの自分の言動が恥ずかしく思えてきた。ただこのときは謝るような気分ではない。葵の示した真相に困惑し、なぜ小休《しょうきゅう》が白止水《はくしすい》と自分の家族を殺したのかと混乱していた。

「覚えているかしら、宴会のときに白先生は遅れてやってきた。その到着よりもまえに私は自分のことを述べて、同じときに小休のことも話したの。そのときに白先生は居合わせなかったのだから、当然小休の名前を知ることはない。そのあと、小休が私に〝太一《たいいつ》〟と〝東皇太一《とうこうたいいつ》〟のかかわりを聞いてきたとき、私はあの子の好奇心を賞賛して、〝これなら《詩経》から名前をつけてあげたのに釣りあう〟と口にした。この言葉を白先生は聞いている。露申、〝子衿《しきん》〟の出典は《詩経》だったのを思いだして。だから白先生が小休の名前を〝子衿〟だと思いこむ余地はじゅうぶんにあった」

「なら、どうしてそんな誤解が生まれたの？」

「小休が嘘をついたの。白先生を崖から突き落とすまえに、小休はいくらか言葉を交わしている。そのときにあの子は白先生へ、自分の名前は〝子衿〟だと嘘をついた」

「なぜそんなことを？　相手が転げおちたあと息が残っていて、自分の名前を書かれるといけないように、それだけ？」

「小休にはもちろん、白先生があれだけ深い谷へと落ちたあとに犯人の名前を書くなどとは予見できなかった。その嘘を口にしたのにはほかの理由があった。あのとき小休は〝子衿〟の二字のもつ意味を明らかにしなければならなかった――いえ、正しくいえば、あの子が聞きだしたかったのは〈子衿〉という詩全体で、なんとしてもその詩がなにを歌っているかを知りたかった」

「それを知ってなにを……思いだした、江離《こうり》ねえさまのところで見た木簡！」

「それが理由。江離さまの家を出たあと私たちはあの木簡の話になって、そのうえ私は〈緑衣〉の意味を説明したけれど、〈子衿〉にはふれなかった。そのあとあなたには、〝もしほんとうに〈子衿〉の意味を知りたいなら、あした白止水先生に聞きなさい〟といった。小休はこの言葉を覚えていて、そのとおり白先生へと話を聞きにいったの」

「でもわからないのは、どうして小休は……」

「二つの詩の意味をたしかめなければ、江離さまを殺すかを決められなかったから。ただ、殺しの動機については話の最後にしようと思う。ひとまず説明したいのは、どうして白先生は小休の名前を〝子衿〟と勘ちがいしたか、つまり、どうしてあの子は〝子衿〟と名乗ったか。嘘をついたいちばんの理由はおそらく、自分の聞きたい問いを自然に持ちだして、白先生に警戒されないようにするためのはず。宴会の席であの子が私へ教えを乞うたことは白先生も覚えているだろうから、相手の目からすれば小休は身分は低くとも、好奇心の強い子だと知られている。ただ、もし白先生が質問を返して、なぜわざわざこの詩の内容を聞こうとするのかと聞かれたら、筋の通った説明を考えださないといけない。なら、いちばん理にかなって自分にふさわしい理由はなにか？　簡単なことで、私があの子につけた名前が〝子衿〟だったなら、白先生にその詩のもつ意味を聞くのになんの不思議もない。そして、白先生は〝子衿〟があの子の名前だと思いちがいをして、最期にあの文字を書きのこしたということ」

「白先生の事件はそれで話が通るかもしれない。でも、江離ねえさまは弩で射殺されていたけれど、小休はどうやって使いかたを覚えたの？」

「鍾《しょう》夫人の倒れていたあの倉庫を私が調べていたとき、小休の見ているまえであそこにあった弩を使ったの。あのくらい利口な子なら、いちど見れば飲みこめたとしてもおかしくない」

「ならこれが最後、叔母さまの事件はどう説明するの？　小休が犯人なら、どうやってたくさんの人目があるなかから逃げだしたの」

「それに答えるにはすこし長い話になる。おそらく、四年前に起きた一家殺しのことから話さないといけない。あの事件で、若英《じゃくえい》さまは尋常ではない衝撃を受けて、死ぬまで心にとてつもなく深い傷が残ることになった。だから、今回の事件で、あの方の視線はいつでも信用できるわけではなかったの。いいわ、はじめから話しましょう」

「若英ねえさまは……」

「あの方は一家殺しのほんとうの犯人でまちがいない。露申、ひとつ簡単なことを聞きましょう——きょうあなたは、隠しもってくるのになぜ短刀を選んだの」

「それは、隠すのが楽だったから」

「同じ倉庫にはとってこられる矢がいくらでもあったのに、どうして矢を隠しもってこなかったの？」

「矢は長すぎるし、鞘もないから、どう考えても隠してくるには向かないでしょう。もし半分に折ったと、しても……」

「どうしていうのをやめたの」

「……若英ねえさまはどうして折った矢で自殺したの？」

「ようやくそこに気づいたのね。その話をはじめに聞いたときは、若英さまはきっと江離さまと同じ死にかたを選んだのだろうと思った。あれだけ仲が良かったのだから。ただそのうち、私はある疑問を思いだした。その疑問と若英さまの自殺の方法をあわせて考えてみると、ある結論を導きだせないともかぎらない」

「疑問？　結論って？」

「私たちが江離さまのところで見た木簡には、三行めの〝我〟と〝心〟のあいだに塗りつぶされた痕があった。三行めは江離さまの筆跡だったけれど、わからないのは、なぜ私たちがふつうにするように書きまちがえたところを書刀で削って書きなおすことをせず、まちがった字をただ塗りつぶすことにしたのか。露申、気づいたかしら、江離さまと若英さまが二人で住んでいた家には、一本の書刀も見当たらなかった。それにくわえて、きのうあなたが私の部屋で急に机の上の書刀を手にとり、私に向かってきたとき、若英さまの反応はいささか極端ではなかった？　あなたも聞いたでしょう、あのとき若英さまは〝来ないで〟といっていた」

「いったいどういうことなの」

「若英さまは刃物に恐れを抱いていたということ。おそらく、刃物を見るとおぞましい体験がよみがえったのでしょう――たとえば、匕首で自分の家族を殺すような」

露申は震えあがり、黙りこんだ。

「だけれど、若英さまが家族を殺した理由はあなたに話したような、ただ自由な家庭に育てられるためなどではない。凶行のとき若英さまは死の淵から命をとりとめたばかりで、まだ惑乱にとらわれていて、だからこそ自分を守るために自らの両親と兄弟を殺したの。あなたが話してくれた事件の様子をすこし思いだしてみましょう。上沅《じょうげん》さまの遺体について触れたとき、その横に空の木桶が落ちていたといったはず。そして断ち切られた縄が木の上から垂れていて、地面までは七、八尺ほどあった。現場に残っていたこの二つから、そこでいったいなにがあったのか見当がつけられると思う」

「たしかあなたは、犯人は芰衣《きい》ねえさまだという推察を話していたでしょう。それで縄と木桶のことも説明していた。縄は、若英ねえさまを吊るしてこらしめるために伯父さまが結びつけたもの。木桶を用意したのは若英ねえさまが気絶したときに水をかけて目を覚まさせるためだと……」

「その考えは成りたたないの。あのときの推理は、天気のことを考えていなかった。事件が起きた時期、もし木桶に水を入れて庭に置いておいたなら、いくらもしないうちになかの水は凍ってしまったでしょう？　それなら役には立たない。小休が死んでから、私は木桶にほかの使いみちがあるかもしれないと思いいたった」

「小休……それは——」

「縄、木桶、二つを組みあわせて、私の思いつくいちばん筋のとおる説明は——首吊り。きっとあの縄の切りとられた部分は、輪になるように結ばれていたんでしょう。そして、縄が切られるまえには、若英さまの首がそのなかにさしだされていたはず」

「なら伯父さまは……」

心の底から湧きあがる不吉な予感に露申は息が苦しくなった。葵がこれから話す言葉は聞く気もおきない、聞くべきでないものだと気づいていた。若英の死を経て、このときの露申には襲いくるかもしれない打撃を受けいれる覚悟が生まれていたが、それにしても朝夕をともにしてきた若英にかかわる話であり、観氏一族にこれまで起きた大事のなかでもおそらくもっとも身の毛のよだつ一件なのだ。

「そう」葵はうなずく。「伯父さまはおそらく若英さまを鞭打ったあと、その縄で首をくくるように強いたの。そのあとで若英さまが縄や縄のようなものに向けたさまざまな反応をみれば、そう推量するしかない」

「ねえさまの反応？」

「やはり気づいていなかったのね。まず、どうして若英さまは蛇を怖がるようになったのか。木の枝に棲みついている蛇を見たとき、きっと恐ろしい記憶のどれかを思いだしたのでしょう。つぎに、どうして芰衣さまが抱きかかえたときにそれを振りはらったのか。そのとき芰衣さまが抱きついたのは若英さまの腕などではなく、首元だったのでしょう。そして、どうして若英さまの住む家には井戸がなかったのか。観家が私に用意した一時の宿所では、中庭に井戸が作られていた。対して若英さまの家の井戸は建物のおもてにあって、それではふだん使う水を汲んでくるのに不便でしょう。くわえて江離さまは庭で草花を育てていたのだから、水をやろうと思うたびに水桶を持って居室を通り抜けなければならないのはあまりに面倒ではない？　ゆえに私は、井戸がそこにないのは理由があるはずだと考える。観家の井戸の上には滑車の仕掛けが組まれていて、滑車には縄が通してある。若英さまは縄を恐れていたのだから、井戸の上に縄の巻きついた滑車があるのを毎日朝夕に見たくはないでしょう。若英さまのさまざまな反応から、とくに芰衣さまが抱きついたときに見せたふるまいから、私はいまいったとおりのことを考えた——あなたの伯父さまは、若英さまに首吊りを迫ったのだと」

「……では、縄を切ったのはだれなの？」

「あなたの従兄の上沅さまでしょう。木の下で襲われていたということはつまり、若英さまにいちばん近いところにいたということだから」

「それも筋が通らないでしょう。若英ねえさまは上沅にいさまに助けられたというなら、どうしてその相手をすぐに殺すの？　それに、伯父さまはどうして若英ねえさまを自殺させようとしたの、自分の実の娘だというのに」

「その二つの問いは同時に答えられる。伯父さまは若英さまを死なせるつもりはなくて、いちど脅しつけようと思っただけだったんでしょう。宴会の席で若英さまがいっていなかった？　伯父さまに自らの理想を話したことがあるけれど結局理解されなかったというのは、このことを指しているはず。伯父さまは若英さまの話を聞いて狼狽のあまりに折檻をくわえた、ただそれでは若英さまに考えを捨てさせられないと知り、そこで、それ以上に恐ろしいめに遭わせようと考えて……」

それを聞いて、露申は知らぬうちに目をそらした。

「そのとき伯父さまは、若英さまに死の淵の恐ろしさを感じさせようとしていた——首を吊るように迫り、上沅さまにはころあいで縄を切るように命じた。そうすることで若英さまは心変わりして平常にもどり、自らの持論を行動に移す勇気を失うと思ったのでしょう。ただ若英さまにしてみれば、それはあまりにひどい衝撃だった。生きのびようという意志に動かされて、すっかり理性を投げすてていた。だから、真っ先に殺されたのはお従兄《にい》さまだったの。推察するなら、お従兄さまは縄を断ち切ったあと、匕首を地面に落として、自分は落ちてくる若英さまを抱きとめたのでしょう。しかし、若英さまは怯えるあまり匕首を拾いあげ上沅さまを殺した。伯父さまは、匕首を手に向かってくる若英さまを見て素手ではどうにもできないと悟り、家へと走って長剣をとろうとした。ただ玄関口で若英さまに追いつかれ、背中を刺されて死んだ。そして……」

「もうじゅうぶん、葵、その先は話さなくていい」

「最後には、若英さまは血に染まった服を着替え、炉で焼きすてて、ざっと現場を整えてあなたの家へと走っていった。これが、四年前の一家殺しの真相よ」

「でも、葵、私にはわからない。どうして伯父さまはそこまでのことをして、若英ねえさまに持論を捨てさせようとしたの？」

「たしかに、露申にはわからないでしょう。もし若英さまがほんとうに願いを実行に移したなら、観家にはいったいなにがもたらされる？ ごく簡単な話でしょう——族滅《ぞくめつ》。まえから観家が山のなかに隠れ住んでいるのは、さまざまな権力争いに巻きこまれないため。なぜなら権勢は富と栄誉をともなうけれど、いちどしくじれば一族がのこらず根絶やしにされる。しかし若英さまの求めるのはまさに権勢だった。このような家族に生まれながらそうした持論をもてば、非難されるのは避けられないわ。あろうことか、伯父さまは残酷な人で、子女のことをほんとうに独立した存在、生きた人間だとは思わずに、おのれの創った物にすぎないと考えていた。ゆえに、若英さまが心の内をうちあけたならその持論を異端邪説だと考えて、自らの訓育はむだだった、ひいては若英さまを自分の娘と認められないできそこないだと考えることになった。はっきりいえば、若英さまが殺人という挙に出ず、ただし自らの考えを捨てなかったとしたら、伯父さまの性格ではあの日と同じことが繰りかえされたかもしれないし、そのときに縄を切ってくれる人がいなかったなら……」

ここで葵は長いため息をつき、そのあとを続けられなかった。露申はその沈黙にも耳をかたむけ、葵がとうてい口にできなかった思考を感じとることができた——それは両親から子女への期待についての意見であり、父母に子女を害する権限はあるかという思惟であり、そして、葵自らの境遇にまつわる告白だった。

長い沈黙のあと、露申が口を開いた。

「それで、そのとき起きたことと叔母さまの死とはどうつながるの？」

「つながりなら、もう話している。若英さまの視線はいつでも信用できるわけではなかった。四年まえの事件でひどい打撃をうけたせいで、その視線は目のまえのものを避けようとすることがあった」

「だけれど、若英ねえさまはもう亡くなったのだからそれは確認できないでしょう」

「それには及ばないわ。当人の言葉がすべてを物語っている。小休がやってきたときのことを、若英さまはこう話していた。〝うしろに足音が聞こえて、ふりむいてみたら小休がいた〟。露申、このいいかたはおかしいとは思わない？　あのとき若英さまは倉庫の向かい、ほとんど山肌に背をつけるように立っていた。もし倉庫のほうを向いていたなら、なぜ足音はうしろから聞こえたの？　つまり、あのとき若英さまは倉庫をまっすぐ向いていたのではなくて、ほかのほうを向いていたということ」

「ほかのほう？」

「若英さまは南に立っていて、倉庫は北側、谷の入口は東のほうで、西は渓流へと通じる道になっている。そして若英さまはあのとき小休に疑いをかけなかった、つまり小休のふるまいに怪しいところを感じなかったということ。さらに、若英さまが谷の入口から——つまり東側から——走ってきたことはまちがいない。まとめると、そのとき若英さまが向いていたのは西のほう、つまり渓流のあるほうということになる」

「どうして若英ねえさまはそんなほうを向いていたの、なにもないところでしょう？」

「そこになにもないからこそ、そちらを向くことになったの。よく思いだしてみて、倉庫の東にはなにがあった？」

「東側……東側……井戸のことをいっているの？」

「そのとおり。若英さまの立っていた場所からは、東と北のどちらを向いても井戸が目に入る。思いだして、あの井戸には滑車が組まれていて、滑車には縄が巻きつけてあった、それはなによりも見たくないものだったから、あのとき若英さまは西を向いて立っていたの。そうすれば縄は視界のなかに入ってこない。きっと、小休は鍾夫人を殺したあと、谷からあなたの声が聞こえるのに気づいて、井戸の囲いの裏に隠れたのでしょう。そのときはみなが倉庫のなかへ入ったあとに逃げだすつもりだった。ただあいにく、若英さまは倉庫の向かいに立ちつづけている。はじめはもう逃げだせないかと思ったでしょうけれど、そのうち、若英さまの向いている方向がまったく変わらず、こちらをいちども見ていないことに気づいた。そこで危険をおかすことに決め、若英さまの東側、つまり背中側へとまわりこんで、私たちの宿所からいまやってきたようにみせかけた」

「もしうしろに現れたのが小休でなかったら、若英ねえさまもすぐに怪しんだでしょうね。そうすれば、白先生も江離ねえさまも死ぬことはなかったかもしれないし、若英ねえさまも……」

「そうね、だけれどだれも小休を疑うことはしなかった、鍾夫人を殺す理由などまったくないように思えたから。まさにそのせいで、江離さまは死のまぎわにも犯人の正体がわからなかったし、殺人の動機にも気づけなかった。最期の言葉は祭祀の相手が変わったことに触れていたけれど、あれは江離さまひとりの誤解で、事件の真相とはほど遠かった」

露申は、きのうの葵と若英との会話を思いだしていた。

――悪いのはあなたではないわ、於陵君、私はあなたを責める気などない。まして、江離の願いはあなたに託すしかないのに。

――やはり若英さまは、すべて気づいているのですね。

「きのう、若英ねえさまが葵の自殺を止めたあと〝於陵君、どうか裏切らないで……〟といったでしょう、あのときは雨が降っていてそのあとは聞こえなかった。若英ねえさまはいったいなんといっていたの？」

「小休の死を裏切らないように、そして小休が私のために犯した罪を裏切らないようにと」

「葵の……ため？」

「そう、小休があのような挙に出たのは、すべて私のためだった。ねえ露申。鍾夫人と白先生、江離さまはたしかにみな数々の書を読みふけった人だけれど、ただそのほかにも共通するところはあったの。そちらの特質はあまり目につかなくて、気づかれにくいけれど。すこしまえに私が話したとおり、小休が白先生に〈子衿〉のもつ意味を聞かなければならなかったのは、そこから引用したあの二行の意味を知るまでは、江離さまを殺すかを決められなかったからだった。ここから考えていけば、殺された人々に共通する点がわかるかもしれない」

「私にはわからないわ」

「小休は、展詩さまの書いた二行の詩の意味を私が解説するのを聞いたけれど、江離さまからの答えの文、つまり〈子衿〉からの二行については私が意味を解説しなかったせいで、江離さまがいったいなんと答えたのかわからなかった。ということは、江離さまが展詩さまをどう思っているかをたしかめられなかった」

「どう思っていたなら小休が殺意を持つの？　いわれてもわからない」

「小休はおそらく、あの便りは展詩さまが江離さまに恋慕の情を伝えたものだと思ったのでしょう」

「たしかに。展詩にいさまの書いた〈緑衣〉を葵がああ解釈したのを聞いたら、小休はそう考えたかも」

「ゆえに、小休が知りたかったのは江離さまがそれを受けいれたか――いいかえれば、江離さまが展詩さまを慕っているかを知るのが大事だった」

「江離ねえさまが展詩にいさまを好きだったなら、小休は殺さないといけなかったの？」

「そう。江離さまが展詩さまの想いに答えたと小休が考えたとき、江離さまは殺されなければならなかった。よりによって、江離さまの引いた二行〝青青《せいせい》たる子《し》が衿《きん》、悠悠たる我が心、縦《たと》い我が往《ゆ》かざるも、子《し》寧《なん》ぞ音《いん》を嗣《つ》がざる〟は――おととい説明したとおり、同意を表すのはまちがいない。白先生もきっと小休にそう話したのでしょう。そして小休は白先生を殺したあと、つぎの目標を江離さまにさだめた」

「そういわれても、小休はいったいなんのために殺人を……」

「殺された三人はみなあることとかかわりがあった、それは――巫女の禁忌。あなたにもたしか話したでしょう、私の家族をふくむ斉《せい》人の多くは、巫女には結婚や恋に手を伸ばす権利がないと考えていて、その目からすれば、巫女にとって結婚や恋はある種の禁忌なの。小休の考えも同じだった。その考えに動かされて、あの子は鍾夫人と白先生、江離さまを殺したということ。小休は、鍾夫人と江離さまのおこないがその禁忌を破ったと考え、白先生は巫女が禁忌を破ってよいという理論をまき散らしたと考えた――これが殺された三人に共通する特質」

「そうはいっても、宴会のときに若英ねえさまは、楚の巫女にそのような禁忌はないといっていなかった？　小休もその場にいたのだから話を聞いていたはずでしょう」

「小休はそのようなことを気にしなかった、なぜなら殺人をおこなった目的は禁忌を破った人間を裁くためではなく……私を戒めるためだったから」

葵の説明は、露申の理解の範疇《はんちゅう》をこえていた。

「そもそも、すべての惨事のもとになったのは私たち二人の戯言だった。宴会の日、あなたは葵《フユアオイ》を私に盛りつけてきたから、あなたが自分で食べるようにいうと、あなたは私のことも食べていいかと聞いてきた。そのうち、話は屈原のことになった。そのあいだに私たちがなにをいったか、露申、覚えている？」

――食べてしまう以上に、相手を自分の一部にとりこむ方法がなにかあるの？

――人を愛するゆえに、相手を自分にとりこむ？　露申はそうとうに怪しい趣味なんだ。

――そう、なら自分を相手にとりこませるのはどう。

――それならずいぶん簡単になる。相手を傷つけさえすればいい。この身体、皮や肉に傷をつけることではなくて、人の心を傷つけるということだけれど。相手がまちがいなく受けいれられないことをする、まちがいなく受けいれられないことをいう、そうすれば相手には生涯、あなたが心につけた傷が残りつづける。それならあなたは、その人間の一部分になる。ただし、それだけでは不十分だけれど。つまるところ自分は自分であって、完全に相手の一部分としてとりこまれることはできないから。最後までやりぬくには、自分が消えてしまわないと。

――自分の死をもって相手を傷つけるの？　そんな方法で自分の愛を表す人がいるの？　それを愛と呼んでいいなら、そんな愛は結果だけみれば、憎しみとどこもちがわないじゃない。

――ちがう、露申。それこそが最高の愛になるの。いにしえの名臣、直言極諫、身を殺して仁をなすといわれる人たちは、まさにこの道理をおこないに反映させた――自分の死を用いて君主の心に傷を残し、そして諫言の目的を達する。兵をもって楚国を破った伍子胥《ごししょ》もそう、楚国の復興に心を砕いた屈原《くつげん》も同じこと。二人の自殺の理由は同じような忠愛、自分の見識を君主の生命の一部分にすることにあったの。

「覚えて……いる」

「私があのとき口にした言葉が、不幸にも小休のおこないを決めることになった。その理屈にしたがって小休は三人の命をうばい、最後には命を絶ったの。そのようなおこないに出たのはすべて、私が巫女の禁忌を破らないよう諫めるためにすぎなかった」

「小休はあれだけ利口で、すなおな子だったのに、どうして……」

「すべて私が悪いの。なにもかも私が口を滑らせたせいでこれまでのなりゆきがあり、あれだけの人を死なせることになった」葵の顔には、きのうの朝に小休の遺体を抱きかかえていたときにも見せた表情がふたたび現れていた。涙は涸れずに流れだし、それにつれて声は苦しげになっていく。「宴会の席で私は、小休のいるまえで〝楚の巫女がうらやましい〟と口にして、自分はまだ思いをよせる相手に出会っていないだけだといってしまった。あの夜、若英さまのところへ向かうときにもあの子のまえで〝考量を経ていまの生きかたを選んでいる〟、それに〝いつかもしすべてに飽きてしまったなら、私は自分の家族を裏切らないとも限らない〟と話してしまった……露申、いったでしょう、私の家族をふくむ斉人の多くが、巫児がもし恋をし、結婚したならその家族も災厄にみまわれて、その女自身もおそろしい不幸に襲われると信じている。小休もそれを信じこんでいた。あんな挙に出てまで不幸から遠ざけようとしていたのは、私のことだったのでしょう。私がその考えに早く気づけたなら、きっと、きっと……」

露申は手にしていた短刀を落とし、葵を胸に抱いてその悲しみを受けとめた。

「江離さまの亡くなった晩、私は小休が犯人かもしれないと思いいたった。もちろん、それが真相だとはつゆとも思わずに、なかば冗談で小休に話して聞かせたの。なのに小休は、すべては自分が、私を思って罪を犯したのだと認めた。露申、そのときの私の気持ちは想像できる？　すぐにでもあなたとその家族のまえで死んで詫びたかった。ただ、私は小休を許すことを選んだ。露申、いますぐ私を突きはなして、あなたは私を恨むべきなのだから。あなたの構えた短刀でこの命が消えていればよかったのに……私という人間は、侍女が自分を思ってなんの罪もない三人を殺したと知ったときにも、ためらうことなくそれを許したのだから。小休にはそのことを、自分が三人を殺した罪人だということを忘れるようにいった。そして私は、この世で小休を罰する資格のあるのは私だけ、その罪に裁きをくだし、罰をあたえられるのは私だけだと告げた。そして小休を鞭で打ったの。あれほど手ひどく痛めつけたのははじめてだったし、小休も罰を与えられて泣いたのはあれがはじめてだった。私もそのうち泣きだした。そのときは小休が死ぬことを察していたし、最後にそのようなかたちで私への忠義を果たすだろうと察していた。ただ私には、自分がなにをできるかわからなかった。小休に薬を塗ってやり、私のそばで眠らせて、耳元でなんども許しの言葉を繰りかえした。なのに小休は、私の召使になれて幸せだったとしか答えなかった。朝に目を覚ませば小休がいなくなるのではないかと怖くなって懸命に眠らないよう耐えたけれど、最後には眠りこんでしまったの。ただ考えがとぎれる刹那にどうにか小休を抱きしめて、そうすればあの子がいなくなることはないと思いこんだ。なのに目を覚ましたとき、そばに小休はいなかった……」

露申は、胸のなかで嗚咽する葵を許した。

3

次の朝は、靄《もや》のけぶる晴天となった。

山々と渓谷を覆っていた夜半の肌が裂け目を見せ、地平線の下から光が湧きだす。空を埋めつくす白雲は一瞬にして鮮麗に照らしだされ、夜空と均一に溶けいっていた色もおおかたが消えうせていた。するとみるまに、雲と霞の接するところからまた陰が沁みだしてくる。

真上へとのぼっていく朝の太陽が雲の合間へともぐりこみ、朝靄も色がくすんでいく。天空は墨色から菫色へと移り、そのあとに萌葱かとも見える青色へと変わっていった。それからも朝日はのぼりつづけ、ついに折りかさなる雲を破った。それからは風が温まり、山あいを覆いきっていた靄もたちまち姿を消していく。煌々とさしこむ金色がみるみる大地を埋めつくす。しかしそれとともに、星々は血でよどんだ海のような空へと姿を消していった。

啓蒙という言葉は、おおよそ〝光を与える〟ことを意味する。光に姿をかき消された星々はいずれまた夜空を埋めつくすとはいえ、与えられる光に息を絶たれたなにかはめったにとりもどすことはできない。

いま少女は自らを包みこんでいた雲夢《うんぼう》という名の殻を突きやぶり、翼をはためかせ四海を巡ろうと望みを抱いているが、その向きあう世界は広大とはいえ、それにまして残酷であることには気づかない。

いうところの世界は、東は日の出ずる暘谷《ようこく》、西は日の沈む虞淵《ぐえん》にわたり、南北は大海に接し、もとより一身一世に巡られるよしもない。まして〈招魂〉がいいつくしたとおり、〝魂《こん》よ帰り来たれ、故居《こきょ》に反《かえ》れ。天地四方、賊姦多し〟。故居を逃げだす愉快さはたしかにあるとはいえ、いずれそれが悔いとため息に変わらぬともかぎらない。

私がまさしく書きつづるに忍びないのは、あの日輪があらがいようもなく暗雲へと突きすすんでいく姿だ。しかし同時に、朝靄と暗雲とのあいだにちがいなどないことも思い知っている。

この物語をつづり、遠い時代の悲喜生死を描くのは同時に自らの人生をすり減らすことでもあった。しかしそうでもしなければ、息詰まる、怖れに満ちたこの世界から逃げだすことができるとは思えなかった。おそらく、ここで描く観露申《かんろしん》がその殻を破る瞬間は、作者である私が籠のなかへと身を隠すときでもあるだろう。籠のなかで歌う音符すべてを捧げるのは、籠の外のあなた方――読者は、どうか耳をふさいで去ることのないように。

葵《き》と露申は、ふたたび小休《しょうきゅう》の眠る場所へと赴いていた。

ただこの対面ののち、二人は観家の宿所へともどることはない。

葵は荷物を背に乗せた牝馬をつなぎ終えると、露申の手を引いて坂をのぼっていく。山には楸《キササゲ》と梧桐《アオギリ》が枝を伸ばし、小休の墓前に植えられた柏はそのなかに交じって、遠くからは見さだめられなくなっている。それでも葵と露申は生涯この道を忘れることはない。これから命あるうちに、この場所を訪れる機会はないとしても。

朝露が二人の服の裾を濡らしている。

「私たち……ほんとうに長安へいくの?」

「いまさらとりやめにしようというの」友からの問いに、長襦《ちょうじゅ》をまとい弓矢を背負った少女は聞きかえした。

「後悔などしないけれど。ただ、ほんのすこし不安なだけ」

「わかるわ、故郷を離れるのはそう簡単なことではないでしょう。それに叔母さまの埋葬はまだすんでいないし、おねえさまたちはまだ弔いの時期さえ決まっていないのに、そこで雲夢を出ていくならいくらか疚しさが残るはず」

「そう」露申はうなずく。「それに、お父さまはいちども私を止めなかった。ゆうべ母屋を出ていくときに振りかえって目を合わせたら、あの人の表情は江離《こうり》ねえさまが亡くなったと知らされたときの若英《じゃくえい》ねえさまとそっくりだった。こういうときなら、そばに残ってあげるべきなのに——私の祖先たちと同じように、この危うくてじっとりとした、傷つけられるばかりの場所に残って」

「無逸さまがあのことを話してくれたのはすこし意外だった。きっと若英さまのことを実の娘のように思っていたからこそ、それだけ自分を責め、片時も忘れないでいたのでしょう」

ゆうべ、葵と露申が無逸《むいつ》に別れを告げたとき、さほどむかしのことでないあるできごとを聞くことになった。それでも、触れられる人々がみな世を去ったためにはるかな過去のことのように思える。観芰《き》衣《い》が亡くなったあと、江離は無逸に、若英を連れて雲夢を発ち、長安の叔母のもとに身を寄せたいという許しを求めていたのだった。若英がこの先も雲夢にとどまったなら記憶に押しつぶされ、いずれ芰衣の後を追うことになると江離はおそれていた。

しかし、そのとき無逸は娘からの求めをはねつけた。

そして露申とともに出ていくと葵が語ったときには、なんの反対もしなかった。

「ただ、お父さまがまちがったことをしたとは思っていない」そう話す露申の声はわずかに震えていた。けんめいに悲しみを押しかくし、できるかぎり平静な声を保とうとしていたが鋭敏な葵を欺くことはできない。「あのときの若英ねえさまはとてつもない打撃を受けていたのに、急に雲夢から新しい土地へと出て、わずらわしさの増す暮らしを迫られ、さらに顔を知らないおおぜいの相手と朝夕暮らしつづけるのは、あまりに残酷だったはず。死にかけている木を豊かな土へと植えかえても、生きのびられるとは限らないようなものよ。若英ねえさまの育ちかたはほんとうに苛烈で、犯した罪もほんとうに大きかった。そしてあれだけひどい打撃を受けていたなら、きっとどう手をつくしても若英ねえさまを救うことはできなかったでしょう」

「たしかにそうかもしれない」

「小休も同じ……葵、ただひとつだけ永遠に許してあげられないのは、葵が小休を痛めつけていたこと、それも五年ものあいだ。ひょっとすると、惨事をほんとうに生んだのはあの日の軽い戯言でも、葵の背負った巫女の禁忌でもなくて、葵から小休への教育だったのかもしれない。小休がなにを迷っていたのか私にはわかる。はじめは鞭を使って自分に逆らうことはできないと教えて、その信念を肌に刻みこんだ——そのうちに葵は自分の崇める経典を覚えこませた。その経典のなかにはなぜか、主人のあやまちを正すことこそがほんとうの忠誠だと書いてある。そのせいで、二つのまったく食いちがう信念に小休はいきどまりへ追いこまれたの。覚えているでしょう、宴会のあと、小休がいちど悩みを話したとき、葵は自分で考えろといっただけだった。あのときもし小休の考えをのこらず吐きだささせていたなら、あれだけの命が失われることはなかったはず」

「……簡単にいってくれるわね」このとき葵は、察しのわるい友のまえですら動揺を隠すことができなかった。「小休と出会ったとき、私はまだ十二歳だった。十二歳の子供に正しく人を導くことなど求められると思う？　それに、なによりも大事な権利を奪われることで私は家族から放任と寛大さを与えられていて、それで私はなんの歯止めもないまま自らの侍女を支配することになった——私自身もほんと

う の教育を受けていなかったのだから。両親から授けられたのはたんなる束縛と、そのあとにやってくる埋めあわせだけ」

「それはわかるけれど……」

「ほんとうに私を教育してくれたのは、よく考えると」葵は痛ましげに笑い、抑えた声でいう。「小休だけだったかもしれない。ああした、極端なかたちではあったけれど」

「そう、葵から小休へのふるまいよりも極端だった」

二人はやっと目的の丘へとのぼってきた。

ここから数歩進めば、死者ととなりあう領域へと足を踏みいれることを二人は身にしみて感じとっていた。小休はその生きていた世界を捨て、置きさっていった。それでもこの世界に残された人々は小休とともにいることができる。つまるところ他人の死を真正な意味で経験することはできない。できることは、せめてその場に居合わせることだけ。まして——他人の死を肩代わりすることはだれにもできない。たしかに、だれかが「他の人の身代わりになって死ににいく」ということはできる。しかしこのことは、どこまでも「ある何かのために」相手に代わって自分を犠牲にするということでしかない。このような「身代わりの死」は、それによって他人の死をいささかでも肩代わりすることを決して意味しない——だれしもすべて、自らの死を受け入れなければならなかったのだ。

小休の死も同じことだった。

あくまでも於陵葵を死から逃れさせることはできず、死への理解を深めさせるのが精一杯だった。

あの柏の木が見えてくるまえに、露申は足どりを止めた。

「私は、ここからはいかないほうがいいと思う。ひと晩じゅう考えてはみたけれど、どう顔を合わせればいいかわからなくて。だから葵、私の代わりに別れをいってきて」

「ええ、無理はしないほうがいい。すべて私にまかせて」

そして葵は歩を進め、小休の墓のまえへいきついた。

――小休、いまあなたは願ったとおりに私の一部となって、このときも私の身体に息づいている。あなたは私の傷、私の罪、私の悔い、そして思いだしたくなかろうとも飽きずに思いかえしてしまうだろう記憶。私が死んだとき、あの温かな湖のなかで巡りあいましょう。そのときには、もうなにものも私たちを分かちはしない。

――だけど小休、いずれにしても私はもうあなたに触れることはできないし、あなたの料理した食事を楽しむこともできない、それにあなたひとりの自由と幸福をかなえてやることもできない。ひとつの命としての小休がよみがえることはない。きっとこれからの人生で、あなたを失ったのにまさる悔い、憾《うら》みは生まれないことでしょう。そしてきっと、この五年ほどの甘く愛おしい時間はもうやってこないでしょう、そのあいだ、あなたはずっとそばにいてくれたのだから。

――きょうになってもあなたはそこにいて、私のそばから一挙一動を見つめ、私が人に聞かせることのできない心の声に耳をかたむけてくれる、でもこのかたちを私が望んだはずがない。ただ、これがあなたの願いだったのなら、私は受けいれましょう。あなたはいままで私になにかを求めたことがなかったし、その願いを口にすることすらなかったのだから。それなら、最後の願いはかならず私が叶えてあげる、いまあなたは私の一部となって、永遠に離ればなれにはならない……

——なのに、どうして私にはあなたがいるのを感じられないの。

——どうして私はなんども自分にいいきかせ、騙して、あなたの願いは叶ったと信じこませているのに、あなたがそばにいたころの喜びをすこしも感じられないの。

——どうして頭のなかでいくらあなたの名前を呼ぼうとも、それを声に出そうともいちども答えてくれないの。いままでのあなたはそうでなかった。

——つまり、死というものはこういうことなのでしょう。思いかえすこともできない、また会えるはずもない、残るのは果てのない暗闇と身を切る風だけ。

——そうなのだとしたら、私はなんのために生きていけばいいの？

——おそらく私が深く信じていた甘い死というのはそもそもがありえないことで、悲しく可笑しいかたちで自分を欺いていただけなのでしょうね——そう思いこむことで、私は世の人を惑わせる怯えから逃げることができていた。なのにきょうから、私は向きあわなくてはならない。すると、これからの人生は死への恐怖のなかで過ごさなければならないの？　私の求めているものすべてはいつかこの身体のように煙と土に変わって、しかも身体に居ついている魂もその瞬間に消えさるというの。

——私はこの世界と完全に決別することになるというの。

——まさか、それがあなたの願いだったの。まさかこうして、知りたくなどなかったむごい真実に気づかせるためだけに私を捨てていったの？　それとも、あなたはこのようなおしまいを望んでいなかった？

——教えて、小休……


（了）

著者あとがき

『元年春之祭』のプロットは大学四年生の頃に考えたものだが、ようやく脱稿したのは大学院二年生の夏だった。この五文字は《春秋》の冒頭の三文字〝元年、春〟と、ストラヴィンスキーのバレエ『春の祭典』をつなぎあわせて作ったものである。中国国文科出身とは言うものの、ずっと漢詩と書誌学を専攻していたので、小説の書き方は全然分からなかった。長篇執筆の経験もなかった。なのに、一番ハードルが高い歴史ものに挑みたかった僕は、たぶん勇気というより無謀といったほうが近かった。もともと歴史もののフィクションに全く興味なく、おそらく一冊の歴史小説も読んだことがなかった僕がどうして前漢時代を舞台とした本格ミステリを書き始めたのだろう。それは、考案した真相はこの時代以外にぜったい成立できないから。せっかくとんでもない趣向を考えて、諦めるわけにはいかないと思った。

構想と執筆中、二人の日本ミステリ作家の影響をかなり受けた。大学四年生の春、翻訳者の張舟先生ともう一人の友達のすすめで、麻耶雄嵩先生の『隻眼の少女』を読んだ。これは初めて日本語で読み終わった小説で、記念すべき一冊だ。ほぼ同じ頃に三津田信三先生の『厭魅の如き憑くもの』（台湾の中国語版）も読んだ。この二冊の傑作と出会わなければ、『元年春之祭』は完成しなかっただろう。そのまま麻耶先生と三津田先生が示された道に沿って執筆していればよかったかもしれない、と今では思う。しかし、未熟なクリエイターの僕はどうしても漢籍と、アニメ的なキャラクター表現への情熱を割愛したくなかった。けっきょく自分の好きな要素を全部一冊に詰めた結果、後で問題作と言われるようになってしまった。

日本では、初めて完成させた長篇をミステリの新人賞に投稿することは普通かもしれないが、中国にはいまでも長篇ミステリの新人賞がない。その時たまたま第三回島田荘司賞が台湾で開催されており、原稿を募集していた。これは唯一のチャンスだと思って、初稿を台湾の出版社に送って参加した。そして翌年の夏に一次選考も通過することなく落選した。当時、ものすごくショックを受けたが、運命を感じた。綾辻行人先生も、法月綸太郎先生も、有栖川有栖先生も、日本で新本格ムーブメントを導いた先輩作家たちは新人賞に落選した経験がある人が少なくなかったから。何よりも、新本格の先駆者である島田荘司先生自身にもそういう経験があった。

二〇一三年の八月、島田荘司賞から落選した『元年春之祭』の初稿を新星出版社の編集者の趙さんに読んでもらった。趙さんも、あとに僕の担当編集者になった王さんも、出版される価値があると思ったという。しかし当時は様々な事情で新人ミステリ作家のデビューは容易ではなく、出版は立ち消えそうになった。

結果を待っている時に、僕は「前奏曲」という短篇で中国のミステリ専門誌《歳月・推理》が催した第二回華文ミステリ大賞で最優秀新人賞を受賞した。それから雑誌に短篇を何作か発表した。二〇一四年の末に、いま『元年春之祭』の出版について社長と相談していると新星出版社の編集者から連絡があった。そして翌年の一月に、やっと出版社と契約を結んだ。その後大幅な改稿を経て、拙著が本屋の店頭に並んだのは、二〇一六年の三月だった。

新星出版社の〈午夜文庫〉は中国のもっとも重要なミステリの出版レーベルで、いままで六百冊くらいの推理小説を出版している。その中にはエラリイ・クイーンや、アガサ・クリスティー、日本のミステリ作家の作品も多数ラインナップされている。日本のポケミスか、創元推理文庫に相当する存在かもしれない。『元年春之祭』が刊行される前、〈午夜文庫〉の国内部門からはすでに十数冊ほどの中国ミステリが出版されていた。しかし、文澤爾先生の『荒野猟人』ほか一部の作品を除いて、全体の評判はあまりかんばしくなかった。国内部門の作品を絶対読みたくなかった〈午夜文庫〉のファンも多数いた。けれども、僕や時晨先生と陸燁華先生などの作家のミステリが刊行されはじめた時期から着実に信頼を得て、中国の本格ミステリ長篇も読みがいがあると評価する読者が増えたように思う。

その一方で、批判的な声も絶えなかった。まるで日本語から翻訳されたみたいな文章と前漢時代を舞台とした物語の組み合わせは、中国の読者にとっては違和感があるという意見があった。ミステリ要素以外の内容は薄いとか、人間が描けていないとか、〝新本格バッシング〟の定番文句も聞こえる。『元年春之祭』の完成以来、僕が書いた小説は、だいたい現代中国の物語だ（サミュエル・コールリッジを取り上げた短篇「一七九七年のザナドゥ」は唯一の例外）。それぞれの物語はひそかに繋がりがある。いつか僕も辻村深月先生のように、小説同士がリンクした世界観を構築したい、と考えている。二〇一七年に刊行した『雪が白いとき、かつそのときに限り』と今年の『桜草忌』は、いずれも長篇学園ミステリだ。前者はガチガチなロジックパズルだけど、後者は推理要素が薄い青春小説だ。学園ものは体験に基づくだけあって書きやすいし、僕のようにデビューから日が経っていないクリエイターにふさわしい題材かもしれない。

こうして複数冊の出版を経た現在から振り返ると、『元年春之祭』は欠点のある小説ではないかと思う。正直、いまでも完成度が高い歴史ものが書けるわけではない。本格ミステリだから許されると思わない。しかし、あの時に燃やした情熱はもう二度とないかもしれない。ある講演会で、僕は勝手に新本格を「ミステリファンの青春」と定義した。ならば、『元年春之祭』も、僕の青春そのものではないか。

訳者あとがき

本書は、二〇一六年に中国の新星出版社から刊行された長篇、陸秋槎（りく・しゅうさ／ルー・チウチャー）『元年春之祭──巫女主義殺人事件』の翻訳です。

物語は現在から二千年以上さかのぼった前漢の時代、天漢元年（紀元前一〇〇年）に、楚《そ》の雲夢澤《うんぼうたく》を舞台に展開します。豪族の娘である於陵葵《おりょうき》は、かつて楚国で祭祀を司っていた名家、観《かん》家を客としておとずれ、当主の娘、観露申《かんろしん》と強い友情を結びます。広範な教養と明晰な頭脳を持ち、犯罪捜査にも才を見せる葵は、観家で四年前に起きた殺人事件や、楚の偉人である屈原《くつげん》の人生についての謎解きに挑みますが、彼女のまえでさらに新たな殺人事件が起こります。不思議なことに、観家当主の妹が殺された現場は、犯人がどこかに消えてしまったとしか思えない状況でした。

著者の陸秋槎は一九八八年北京生まれで、復旦大学古籍研究所古典文献学専攻の修士課程を修了しており、その専門的な知識は『元年春之祭』にも生かされています（とはいえ、作中に挿入された「読者への挑戦状」がいうとおり、本作の謎解きを堪能するのに詳しい予備知識は必要ありません。ご安心を）。学生たちのサークルである復旦大学推理協会の最初期からのメンバーでもあり、同会の機関誌《推理学導論》へ寄稿もしています。

在学中から創作をはじめた陸秋槎のデビュー作となったのは、雑誌《歳月・推理》銀版二〇一四年四月号に掲載された短篇「前奏曲」で、この作品は同誌上で開催されていた賞、第二回「華文推理大奨賽」（華文ミステリ大賞）で最優秀新人賞を受賞することになりました。また同じ年には日本に渡り、現在まで石川県に生活の拠点をおいて執筆を続けています。《歳月・推理》誌では著者と同名の主人公、陸秋槎が登場する作品群を中心に断続的に短篇を発表する一方で、新星出版社からは、第一長篇である本作を皮切りにほぼ年一冊のペースで長篇を刊行しています。

陸秋槎についてこれまで発表された、日本語で読める紹介としては立原透耶「中華圏小説の蠱惑的世界――日本在住の本格ミステリ作家・陸秋槎の世界」（《TH》（アトリエサード）Vol. 71・72）があるほか、同人サークル「風狂奇談倶楽部」の刊行物『2016　現代華文ミステリ最前線！』にインタビューが、『現代華文ミステリ☆ワールド』に短篇「冬の喜劇」が拙訳で、それぞれ掲載されています。

今回の翻訳にあたっては新星出版社から刊行されたものを底本としましたが、著者からの意見を参考に、細部に変更が加わっています。また、作中に多数登場する文語文の書き下しについては、すでに訳があるものは別途列挙したとおりそれらを参照し、訳者の判断で漢字や仮名づかいに変更を加えたかたちで引用しました。

最後になりますが、訳文に関して意見をくださった陸秋槎氏と伏見完氏、また煩雑な編集作業をお願いすることになった早川書房の根本佳佑氏に感謝を申し上げます。翻訳にあたっての誤りはすべて訳者の責に帰します。

二〇一八年八月

参考文献

文中で引用した古典や出土文献はひじょうに多く、ここですべての出典の版を記していくことはしない。そのなかでとくに《礼記》からの引用が多いが、白話への翻訳については王文錦氏の《礼記訳解》（中華書局、二〇〇一）を参考にした。《楚辞》の語句についての訓詁はおもに蔣天樞氏の《楚辞校訳》（上海古籍出版社、一九八九）を参考にしている。そのほかにも、現代に書かれた著書や論文をかなりの数参考にした。以下には、構想や執筆にあたって助けになることの多かった一三の出版物を出版年順に列挙する（著者）。

蔣天樞《楚辞論文集》（陝西人民出版社、一九八二）
張正明《楚文化史》（上海人民出版社、一九八七）
張孟倫《漢魏飲食考》（蘭州大学出版社、一九八八）
銭玄《三礼通論》（南京師範大学出版社、一九九六）

林富士《漢代的巫者》（稲郷出版社、一九九九）
譚維四《曾侯乙墓》（文物出版社、二〇〇一）
潘富俊《楚辞植物図鑑》（上海書店出版社、二〇〇三）
李零《中国方術続考》（中華書局、二〇〇六）
陳遵嬀《中国天文学史》（上海人民出版社、二〇〇六）
楊樹達《漢代婚喪礼俗考》（上海古籍出版社、二〇〇七）
孫機《漢代物質文化資料図説》（上海古籍出版社、二〇〇八）
白川静（杜正勝訳）《詩経的世界》（東大図書、二〇〇九）
《中研院歴史語言研究所集刊論文類編　歴史編・秦漢巻》（中華書局、二〇〇九）

引用出典

高田眞治訳註『詩経（上・下）』（漢詩大系1・2）集英社、一九六六・一九六八
藤野岩友訳註『楚辞』（漢詩大系3）集英社、一九六七
内田泉之助・星川清孝訳註『古詩源（上・下）』（漢詩大系4・5）集英社、一九六四・一九六五
竹内照夫訳註『春秋左氏伝（上・中・下）』（全釈漢文大系4・5・6）集英社、一九七四-一九七五
鈴木由次郎訳註『易経（上・下）』（全釈漢文大系9・10）集英社、一九七四
池田末利訳註『尚書』（全釈漢文大系11）集英社、一九七六
市原亨吉・今井清・鈴木隆一訳註『礼記（上・中・下）』（全釈漢文大系12・13・14）集英社、一九七六-一九七九
小尾郊一・花房英樹訳註『文選（全7巻）』（全釈漢文大系26-32）集英社、一九七四-一九七六
吉田賢抗・水澤利忠・青木五郎・寺門日出男訳註『史記（全14巻）』（新釈漢文大系38-41・85-

92・115・116・120）明治書院、一九七三-二〇一四
大野峻訳註『国語（上・下）』（新釈漢文大系66・67）明治書院、一九七五・一九七八
加地伸行訳註『論語』増補版、講談社学術文庫、二〇〇九
池田知久訳註『荘子　全訳注（上・下）』講談社学術文庫、二〇一四
加地伸行訳註『孝経　全訳注』講談社学術文庫、二〇〇七
池田知久『老子：その思想を読み尽くす』講談社学術文庫、二〇一七
藤田剣峯訳註『呂氏春秋』（国訳漢文大成　経子史部20）国民文庫刊行会、一九二四

参考：
小竹武夫訳註『漢書（全8巻）』ちくま学芸文庫、一九九七-一九九八
マルティン・ハイデッガー（細谷貞雄訳）『存在と時間（上・下）』ちくま学芸文庫、一九九四

巻末作者注

(1)七七頁：屈原の作品の中には「美人」という言葉がしばしば登場する。歴代の注釈者は「美人」とは楚王を示していると解釈した。特に《楚辞》には恋愛のような忠誠心があふれている印象が強く、現代の研究者の中には屈原は同性愛者ではないかと推測する者もいる

(2)七九頁：白止水が行った《詩経》の解釈はすべて日本の学者、白川静《しらかわしずか》『詩経――中国の古代歌謡』に依っている

(3)八七頁：〝太一〟と〝太一三星〟の関係については李零氏の論文「〝太一〟崇拝的考古研究」「〝三一〟考」（『中国方術続考』所収）を参考にした

(4)九一頁：〝蕭〟の字は写本によっては〝簫《しょう》〟とし、多くの注釈は楽器と解しているが、王念孫《広雅疏証》巻三の考察によれば、この〝蕭〟は動詞と解釈し、たたくことを表す

(5)一六六頁：〝天一家〟を、典拠である《史記》日者列伝は〝天人家〟とする。しかし銭大昕《十駕斎養新録》巻十七〝天一家〟の項に曰く、〝天人家の語は《漢書》芸文志に見えず、天一の転訛

と考える。芸文志の五行三十一家にある《天一》六巻は一例であろう〟。また馬王堆漢墓からは《式法・天一》なる帛書が出土している。そのため〝天人〟は〝天一〟の転訛とし、ここでは〝天一家〟とした

⑹二〇九頁：《扁鵲外経》は現存せず、以上の内容は作者が現代の遺伝学をもとに創作したものである

HAYAKAWA POCKET MYSTERY BOOKS No. 1935

稲《いな》 村《むら》 文《ぶん》 吾《ご》

早稲田大学政治経済学部卒,
中国語文学翻訳家
訳書
『ぼくは漫画大王』胡傑
『逆向誘拐』文善　他

この本の型は，縦18.4センチ，横10.6センチのポケット・ブック判です.

〔元年春之祭《がんねんはるのまつり》〕

2018年9月15日初版発行　　2018年12月15日5版発行

著　者　陸　秋　槎
訳　者　稲　村　文　吾
発行者　早　川　浩
印刷所　星野精版印刷株式会社
表紙印刷　株式会社文化カラー印刷
製本所　株式会社川島製本所

発行所　株式会社　早川書房
東京都千代田区神田多町2－2
電話　03-3252-3111（大代表）
振替　00160-3-47799
http://www.hayakawa-online.co.jp

（乱丁・落丁本は小社制作部宛お送り下さい
送料小社負担にてお取りかえいたします）

ISBN978-4-15-001935-8 C0297
Printed and bound in Japan

ハヤカワ・ミステリ〈話題作〉

1928
ジェーン・スティールの告白
リンジー・フェイ
川副智子訳

アメリカ探偵作家クラブ賞最優秀長篇賞ノミネート。19世紀英国を舞台に、大胆不敵で気丈なヒロインの活躍を描く傑作歴史ミステリ

1929
エヴァンズ家の娘
ヘザー・ヤング
宇佐川晶子訳

〈ストランド・マガジン批評家賞最優秀新人賞受賞作〉その家には一族の悲劇が隠されていた。過去と現在から描かれる物語の結末とは

1930
そして夜は甦る
原　尞

〈デビュー30周年記念出版〉伝説のデビュー作がポケミスで登場。書下ろし「著者あとがき」を付記し、装画を山野辺進が手がける特別版

1931
影の子
デイヴィッド・ヤング
北野寿美枝訳

〈英国推理作家協会賞ヒストリカル・ダガー賞受賞作〉東西ベルリンを隔てる〈壁〉で少女の死体が発見された。歴史ミステリの傑作

1932
虎の宴
リリー・ライト
真崎義博訳

アステカ皇帝の遺体を覆った美しい宝石のマスクをめぐり、混沌の地で繰り広げられる、大胆かつパワフルに展開する争奪サスペンス